KB141711

호남병자창의록
湖南丙子倡義錄

역주자 신해진(申海鎭)

경북 의성 출생
고려대학교 국어국문학과 졸업, 동대학원 석·박사(문학박사)
현재 전남대학교 인문대학 국어국문학과 교수

저역서 『호남의록·삼원기사』(2013)
　　　『심양사행일기』(2013)
　　　『17세기 호란과 강화도』(편역, 2012)
　　　『남한일기』(2012)
　　　『광산거의록』(2012)
　　　『강도일기』(2012)
　　　『병자봉사』(2012)
　　　『남한기략』(2012)
　　　『한국고전소설의 이해』(공저, 2012)
　　　『대학한문』(공편, 2012)
　　　『떠난 사람에 대한 그리움의 미학, 애제문』(2012)
　　　『증보 해동이적』(공역, 2011) 등
이외 다수의 논문

호남병자창의록 湖南丙子倡義錄

초판 1쇄 인쇄 | 2013년 8월 10일
초판 1쇄 발행 | 2013년 8월 16일

편찬자 | 박기상·이덕양
역주자 | 신해진
펴낸이 | 지현구
펴낸곳 | 태학사
등　록 | 제406-2006-00008호
주　소 | 경기도 파주시 광인사길 223
전　화 | 마케팅부 (031)955-7580~82　편집부 (031)955-7585~89
전　송 | (031)955-0910
전자우편 | thaehak4@chol.com
홈페이지 | www.thaehaksa.com

값은 뒤표지에 있습니다.
ISBN 978-89-5966-593-8 93810

호남병자창의록

湖南丙子倡義錄

박기상 · 이덕양 편찬
신해진 역주

태학사

머리말

　호남인은 자신의 고장을 '의향(義鄕)'이라 일컬으며 자긍심을 갖는다. 그 의향은 아마도 나라가 어려움에 처해 있을 때마다 자신의 안위는 생각지 않고 목숨을 바쳐 나라를 구했고, 불의를 보면 참지 못하고 스스로 떨쳐 일어났던 사적이 많았던 데서 기인한 문화적 표상이리라. 그렇기 때문에 수많은 인물과 사건의 역사적 발자취들이 증거로서 발굴되어야 한다. 조선시대 때 우리의 선조들이 이미 그것들을 집적해 놓은 문헌들은 한문으로 표기되어 있어서 자료적 접근과 활용을 하는 데에 그리 용이하지가 않다. 따라서 그 문헌들의 실상을 가독권(可讀圈) 내로 이끌어내는 견실한 역주 작업이 필요하다.

　그 역사적 발자취 중에서도 후금(청나라)이 조선을 침입하여 일어난 호란(胡亂)은 주목을 요한다. 되놈이라고 폄시했던 만주 여진족이 우리 민족에게 입힌 내상과 외상은 가히 컸었고, 주지하다시피 조선 후기의 심대한 변동과 대응을 야기한 주요 요인이었기 때문이다. '정묘호란' 때 호남 의병활동의 면모를 보여주는 ≪광산거의록(光山擧義錄)≫이 있다. 정묘호란 당시 충의지심을 분연히 떨쳤던 거의자(擧義者)들의 후손들이 1761년 그때까지 가지고 있던 자료들을 모아 편찬한 문헌이다. 이 문헌은 1798년 중간(重刊)된 ≪양호거의록(兩湖擧義錄)≫의 초석이 된 모본이다. 이 초간본을 발굴하여 역주한 바 있다.(『광산거의록』, 2012) 전란의 소식을 들은 광주지역에서는 고순후(高循厚) 의병장 및 유림들이 의병을 일으키고 군량을 모아 후금군과의 항전을 준비하던 차, 호소사(號召使) 김장생(金長生)의 격문을 계기로 전주에 집결하게 되었고, 세자의 분조(分朝)를 구심점으로 활발한 활동을 하였으나, 강화도 연미정(燕尾亭)에서 화의가 이루어짐에 따라 실제로 후금군과 전투해 보지도 못하고 해산하게 된 과정이 기록되어 있다. 호남에서의 이러한 움직임은 후금으로 하여금 조선의 후방 방어체제가 만만치 않음을 깨닫게 하였고, 민초들로 하여금 국난극복의 민족적 저력을 깨닫게 하였다.

이에, 정묘호란 당시의 호남에 대해 의향으로서의 면모, 의병활동의 면모 등을 파악하기 위해서는 자료가 풍성한 중간본 등을 보는 것도 물론 중요할 것이다. 그러나 그 자료적 풍성함을 낳은 시원적(始原的) 자료를 우선 주목하는 것이 보다 정도(正道)일 것이다. 초간본 간행 이후에 문헌적 변개 내지 변동이 심하게 진행된 중간본들은 저간의 사정을 고려하며 자못 조심스럽게 세밀하게 살피고 접근하여 자료적 활용을 해야 한다. 작금 원전자료를 접근하는 연구자들의 태도를 보건대, 최초의 토대와 뼈대에 대한 원형을 살피는 연원지학(淵源之學)이 더욱 필요하다는 생각에서 초간본을 역주하였던 것이다.

이번에도 같은 의도로 '병자호란' 당시 호남인의 의병활동을 기록한 '호남창의록'의 초간본을 역주하였다. 1762년 간행된 ≪호남병자창의록(湖南丙子倡義錄)≫을 대본으로 삼았다. 이 문헌은 국립중앙도서관 소장본으로 1798년과 1932년 두 차례 간행된 중간본에 지대한 영향을 끼친 모본이다. 또 고경명의 7대손 고정헌(高廷憲)에 의해 1799년 완성된 ≪호남절의록(湖南節義錄)≫에도 어떤 형태로든 영향을 미쳤던 듯하다. 이 절의록은 1592년 임진왜란, 1624년 이괄의 난, 1627년 정묘호란, 1636년 병자호란, 1728년 이인좌의 난 등이 일어났을 때 활약한 호남 의병들의 행적을 기록한 책이다. 호남 의향론(義鄕論)의 핵심자료 중의 하나로 널리 이용되는 책이다. 그러나 이 절의록을 번역한 김동수 교수에 의하면, ≪호남병자창의록≫에 입록(立錄)된 인원의 62% 정도만 수록되어 있다고 한다. 따라서 병자호란 당시 호남의 의병활동에 관한 한, ≪호남병자창의록≫은 지대한 의미를 지니는 문헌이라 할 수 있다.

병자호란 당시 청나라 군대가 쳐들어와 강화도를 함락하고 인조(仁祖)는 부득이 남한산성으로 피난하는 등 국가의 위기에 처하게 되자, 옥과 현감 이흥발(李興淳) 등 5인이 근왕창의(勤王倡義)하여 남한산성으로 진격하려고 전라도 경계선 여산(礪山)에 집결하였다. 그렇지만 인조가 남한산성에서 나와 소위 삼전도(三田渡) 굴욕을 겪으며 항복하여 강화가 이루어졌다는 소식을 듣고는 청주(淸州)에 이르렀던 의진(義陣)을 파하고 고향으로 돌아왔다. 이러한 과정을 드러내면서도 후방지역에 의병이 조직적으로 구성된 곳은 호남임을 보여주는 것이 바로 ≪호남병자창의록≫이다.

≪호남병자창의록≫은 김원행(金元行)의 서문, 범례, 의병을 일으켰을 때의 사적(事蹟), 교문(敎文), 격문(檄文), 공문서, 창의제공사실(倡義諸公事實) 등의 순서로 실려 있다. 이 창의록에 수록된 인물은 모두 106명이다. 그 가운데 사실(事實) 없이 이름만 등재된 인물이 14명이고, 사실과 이름이 함께 등재되어 있지만 생몰년이 확인되지 않는 인물이 5명이다. 이들을 제외한 87명을 연령별로 분석해보면, 20대가 7명(8%), 30대가 22명(25%), 40대가 26명(30%), 50대가 18명(21%), 60대가 12명(14%), 70대가 2명(2%)이다. 21살의 청년부터 75살의 노인에 이르기까지 참전 가능한 모든 연령대가 참전하였음을 알 수 있다. 그리고 106명의 사실을 통해, 친족 가운데 의병 전력이 있는 사람, 본인이 이전에 의병을 일으킨 경험이 있는 사람 등이 꽤 많음을 알 수 있었고, 또한 근왕(勤王)과 존명(尊明)이라는 명분을 의병의 기치로 내세웠음을 알 수 있었다. 이는 호남이 의향이라고 일컬어지는 소이연이리라.

이를 위해, 수록된 인물의 생몰년 8자리를 한 사람도 빠짐없이 확인하였다. 인터넷, 각종 대동보와 파보 등을 두루 참고하였으며, 게다가 각 문중 관계자들의 후의(厚意)도 입었다. 몹시도 귀찮게 했건만 친절한 도움을 주셨던 분들께 이 자리를 빌려 감사의 마음을 전한다. 그리고 주석 작업도 가급적이면 의병을 일으키게 된 내력을 이해할 수 있도록 주력하였다. 또한 다양한 문서 양식의 분위기에 맞게 번역하려고 애썼지만 초역(初譯)이라서 어쩌면 의도하지 않은 실수나 잘못 등이 있을 수 있겠으나, 오역을 하지 않으려고 나름대로 최선을 다했다. 특히 이덕양(李德養)의 현손 이만영(李萬瑩)과 5세손 이상곤(李相坤) 부자를 포함한 편찬자들이 ≪호남병자창의록≫을 간행하고자 애썼던 정신에 조금이라도 보답하고자 함이었다.

그간 호란을 비롯한 17세기 전란과 관련한 문헌을 주목하고 일련의 역주서 내지 편역서를 간행하였다. 이 책까지 포함하여 10권의 간행은 편중된 자료와 편향적 시각을 극복하고 다방면의 자료와 다양한 시각을 통해 그 실상에 보다 균형성 있게 접근케 하려는 의도에서 기획된 것이다. 이 책들이 세대를 넘나드는 소통의 장, 치열한 논의의 공간 등에서 그 몫을 다했으면 하는 바람이다. 이제 이 책을 상재하는 바이니, 대방가의 질정을 청한다.

끝으로 편집을 맡아 수고해 주신 태학사 가족들의 노고에도 심심한 고마움을 표한다.

2013년 7월 빛고을 용봉골에서
무등산을 바라보며 신해진

차례

9

의병 일으킨 제공들의 사실 倡義諸公事實

11

부록

影印

일러두기

1. 번역은 직역을 원칙으로 하되, 가급적 원전의 뜻을 해치지 않는 범위 내에서 호흡을 간결하게 하고, 더러는 의역을 통해 자연스럽게 풀고자 했다.
2. 원문은 저본을 충실히 옮기는 것을 위주로 하였으나, 활자로 옮길 수 없는 古體字는 今體字로 바꾸었다.
3. 원문표기는 띄어쓰기를 하고 句讀를 달되, 그 구두에는 쉼표(,), 마침표(. 。), 가운데점(·), 느낌표(!), 의문표(?), 홑따옴표(' '), 겹따옴표(" ") 등을 사용했다.
4. 인물들의 생몰년은 原典, 인터넷, 각종 대동보와 파보, 각 문중의 관계자들의 도움에 의해 기록된 것이다. 8자리의 숫자를 기입하기 위해 온갖 노력을 다한 결과이다.
5. 주석은 원문에 번호를 붙이고 하단에 각주함을 원칙으로 했다. 독자들이 사전을 찾지 않고도 읽을 수 있도록 비교적 상세한 註를 달았다.
6. 주석 작업을 하면서 많은 문헌과 자료들을 참고하였으나 지면관계상 일일이 밝히지 않음을 양해 바라며, 관계된 기관과 여러분들께 진심으로 감사드린다.
7. 이 책에 사용한 주요 부호는 다음과 같다.
   1) ( ) : 同音同義 한자를 표기함.
   2) [ ] : 異音同義, 出典, 교정 등을 표기함.
   3) " " : 직접적인 대화를 나타냄.
   4) ' ' : 간단한 인용이나 재인용, 또는 강조나 간접화법을 나타냄.
   5) < > : 편명, 작품명, 누락 부분의 보충 등을 나타냄.
   6) 「 」 : 시, 제문, 서간, 관문, 논문명 등을 나타냄.
   7) ≪ ≫ : 문집, 작품집 등을 나타냄.
   8) 『 』 : 단행본, 논문집 등을 나타냄.

호남병자창의록

主簿南懷字仲深號聽竹宜寧人沙川伯乙珍七世

孫直提學踣知 止堂褒玄孫南臺掌令廷縉曾孫

桑奉景招子 萬曆乙亥生天姿忠厚簡重素痛

早孤至老龐解愛衆弟督課無怠一世趨之宣

廟朝中司馬箆仕至主簿昏朝退歸不復仕進丙

守後杜門絶世講究經旨 孝宗庚寅卒 贈嘉善義光福孫文

호남병자창의록 서

湖南丙子倡義錄序[1]

지난 선조(宣祖)와 인조(仁祖) 때 40여 년에 걸쳐 나라가 여러 번 국
난을 겪었는데, 호남의 선비들은 그때마다 피눈물을 흘리며 창검을 휘
둘러서 종묘사직을 보위하였다. 임진년(1592) 국난이 있을 때는 건재
(健齋) 김천일(金千鎰)과 제봉(霽峯) 고경명(高敬命) 같은 사람들이 의
병의 명성을 진실로 이미 천하에 떨쳤다. 갑자년(1624) 이괄(李适)의
난 때는 또 신유일(辛惟一) 등 여러 사람들이 군사를 일으켜 반역자를
토벌하기로 모의하고 의병을 일으키려다가 난이 평정되었음을 듣고 그
쳤지만, 사람들은 지금까지도 그것을 칭송하고 있다. 유독 병자호란에
이르러서는 그 변란이 더욱 극심하였다. 그런데도 칭송하는 것을 듣지
못하였으니 어째서인가? 어찌 산천의 기운이 사람들에게 모인 것이 예
전만 같지 않았겠는가? 장차 하늘과 땅이 온통 뒤집히려 하자, 사람들
의 힘이 하찮아서 어찌할 줄 몰라 그랬던 것인가? 나는 개탄하지 않은
적이 없었다.

지난해 호남의 유생(儒生) 몇 사람이 '병자창의록(丙子倡義錄)'을 가
지고 나를 찾아와서 보여주며 말하기를, "이 거사(擧事)는 우리 고장의
원로들이 때때로 말씀하시던 것이네. 돌아보건대 도움을 받을 만한 문
건들이 없었으나 근래 어떤 사람의 집에 있던 묵은 종이 더미 속에서
그 당시에 오갔던 공문서들을 발견하였는데, 관인(官印)을 찍고 서명한

---

1 이 서문은 ≪渼湖集≫ 권13에 수록되어 있기도 함.

것이 금방 한 것 같았고 남은 발자취가 빛났다네. 이것마저 다시 사라지게 하는 것은 옳지 못하니, 그대는 헤아려주기 바라네." 하였다. 아, 나는 참으로 의심했었다. 정말 이런 일이 있을 수 있단 말인가?

그 당시 오랑캐 기병들이 갑작스럽게 도성(都城) 가까이 들이닥치자 대가(大駕)가 남한산성으로 피란해 들어갔다가, 오랑캐의 포위 속에서 애통한 조서(詔書)를 반포하여 사방의 군사들이 들어와 구원하도록 징발하였다. 이에 옥과 현감(玉果縣監) 이흥발(李興浡)과 그의 동생 찰방(察訪) 이기발(李起浡), 순창 현감(淳昌縣監) 최온(崔蘊), 전 한림(前翰林) 양만용(梁曼容), 전 찰방(前察訪) 류집(柳楫) 등이 어명을 듣고 비분강개하여 그 자리에서 격문(檄文)을 지어 여러 고을에 보내고 동지들을 규합하였는데, 십여 일만에 바람처럼 달려오고 구름처럼 모여들어 의병 수백 명이 되자, 밤낮으로 의병들을 달리게 하여 청주(淸州)에 이르렀으나, 오랑캐와 화의(和議)가 이루어지고 말았다. 끝내 서로 통곡하고 해산하였다.

아, 이 몇 분들은 모두 직책이 낮고 미약하였으며, 나머지 사람들은 대부분 벼슬이 없는 선비들로 미천하였을 뿐이었다. 하루아침에 허둥지둥 단지 충의로써 서로 격려하며 수백 명의 오합지졸(烏合之卒)을 이끌고서 매우 흉악하고 강포한 오랑캐 속으로 뛰어들었는데, 오랑캐들의 힘이 강한지 약한지는 헤아리지도 않고 오직 임금이 위급한 처지에 있는 곳에서 죽을 것만 알아 서슬 퍼런 칼날이 난무하는 곳으로 가기를 말 달리듯 하였다. 그 의병을 해산해야 하는 날에 이르러서는 혹은 깊은 산속으로 들어가기도 하고 혹은 초야에 은둔하기도 하여 대부분 죽을 때까지 벼슬길에 나가지 않았으니, 대개 옛날 노중련(魯仲連)이 동해에 뛰어들어 죽을지언정 그 백성이 되지 않겠다는 유풍(遺風)이 있었다.

지금 이공(李公 : 이흥발)이 지은 몇 편의 시를 읽으니, 명나라를 격정하는 마음에 울분이 격렬하여 저 ≪시경≫의 〈비풍(匪風)〉과 〈하천(下泉)〉에 남겨진 쇠망의 한이 있었는데, 그 뜻을 미루어 보면 곧 일월과 더불어 빛을 겨루어도 될 만했다. 비록 드높고 큰 공적을 당시에 이루지 못했을망정 그 의리가 우뚝함은 또한 천하 후세의 사람들에게 드러내기에 충분하다 할 것이니, 어찌 위대한 일이 아닌가.

공(公)이 살던 시대에 우재(尤齋) 송시열(宋時烈) 선생이 있어서 대의를 드러내어 밝혔으니, 나의 선조 문정공(文正公 : 김상헌의 시호) 및 삼학사(三學士 : 홍익한, 윤집, 오달제) 등과 같은 현인들이 상세하였다. 미천한 포수(砲手)나 서리(胥吏)들도 모두 대의를 위해 특별히 씌어졌다. 그러나 공(公)들의 이름은 그들 사이에도 씌어 있지 않았으니, 아마도 의병이 오래지 않아 해산되어서 사적(事蹟)이 곧 빛을 잃고 말아 능히 고할 것이 없었기 때문인가? 그렇지가 않고 공(公)들이 이룩한 것이 저와 같은데도 유독 그 필법을 아꼈으니, 나는 이런 이치가 없는 것으로 알고 있다. 비록 그렇더라도 지금으로부터 병자년(1636)이 점점 오래되어 천하가 다시는 황조(皇朝 : 명나라)가 있었음을 알지 못하고 있다. 그렇다면 이 창의록은 비록 불행하게도 우옹(尤翁 : 송시열의 호)의 시대에는 나오지 않았으나 또한 다행스럽게도 이때에 나온 것은 마치 캄캄한 기나긴 밤에 동방의 별 하나가 아직도 하늘에서 빛나고 있는 격이니, 이것이 어찌 우연히 그렇게 된 것이겠는가?

나는 이미 공(公)들의 기풍 열렬함이 어제만 같음을 느꼈는데, 숭정(崇禎) 때의 갑신년(1644)이 마침 세 번째가 되었다. 삼가 고금을 회상하고 눈물을 흘리며 책에 쓰노니, 아! 그분들도 나의 뜻을 아시려는가.

숭정 137년(1764) 12월 13일
안동 김원행이 삼가 서문을 쓰다.

昔當宣·仁之世, 上下四十年間, 國家累經大難, 湖南之士, 輒沫血[2]
奮戈, 以衛社稷. 其在壬辰, 如金健齋[3]·高霽峯[4]之倫, 其義聲固已聞
於天下. 甲子[5]變, 又有辛公惟一[6]諸人, 謀興師討叛, 兵且發, 聞賊平
而止, 然人猶至今誦之. 獨至丙子虜亂, 其變尤極矣. 而無聞焉何也?
豈山川之鍾於人者不如古歟? 將天地翻覆, 區區人力, 有不自容而然
歟? 余未嘗不慨然.

往歲湖南儒士數人, 以丙子倡義錄, 來授余曰 : "是擧也, 吾邦之遺
老, 往往能言之. 顧無文字可藉, 近從人家古紙中, 得其時往來公帖[7],

---

2 沫血(말혈) : 피눈물을 흘리며 죽음을 무릅쓰고 적과 싸우려는 마음. 前漢 때 李陵이
匈奴에게 포위되어 많은 군대가 죽고 화살도 다 떨어지자 피눈물을 흘리며 적진으로 들
어가 사투한 고사에 근거한 것이다.

3 健齋(건재) : 金千鎰(1537~1593)의 호. 본관은 彦陽, 자는 士重, 나주 출신이다. 임진왜
란 때 高敬命, 朴光玉, 崔慶會 등에게 의병을 일으킬 것을 촉구하는 글을 보냈고, 호남에
서 가장 이른 1592년 5월 6일 나주에서 의병을 일으켰다. 수원의 禿城山城에서 유격활동
을 하다가, 강화도에서 관군과 함께 전투 준비를 하였는데, 장례원판결사의 벼슬과 倡義
使라는 군호를 받았다. 양화도 전투, 仙遊峰 및 沙峴 전투, 행주산성 전투 등에 참가하여
공을 세웠다. 1593년 명과 일본 간에 강화가 제기되었을 때 이를 반대했다. 그해 6월 2차
진주성 전투에서 경상우병사 최경회와 충청병사 黃進 등과 함께 항전했으나, 10만에 달
하는 적군의 공세로 성이 함락되자 아들 金象乾과 함께 남강에 투신해 자살했다.

4 霽峯(제봉) : 高敬命(1533~1592)의 호. 본관은 長興, 자는 而順, 호는 苔軒. 임진왜란이
일어나 서울이 함락되고 왕이 의주로 파천했다는 소식을 전해들은 그는 각처에서 도망
쳐 온 官軍을 모았다. 두 아들 高從厚와 高因厚로 하여금 이들을 인솔, 수원에서 왜적과
항전하고 있던 廣州牧使 丁允佑에게 인계하도록 했다. 전라좌도 의병대장에 추대된 그
는 종사관에 柳彭老·安瑛·楊大樸, 募糧有司에 崔尚重·楊士衡·楊希迪를 각각 임명했
다. 그러나 錦山전투에서 패하였는데, 후퇴하여 다시 전세를 가다듬어 후일을 기약하자
는 주위의 종용을 뿌리치고 "패전장으로 죽음이 있을 뿐이다."고 하며 물밀듯이 밀려오
는 왜적과 대항해 싸우다가 아들 고인후와 유팽로·안영 등과 더불어 순절했다.

5 适(괄) : 李适(1587~1624). 본관은 固城, 자는 白圭. 선조 때에 형조 좌랑·泰安郡守를
역임, 1622년 함북병마절도사가 되어 부임하기 직전 仁祖反正에 가담하여 이듬해 거사일
의 작전 지휘를 맡아 반정을 성공케 했다. 이해 후금과의 마찰로 변방에서 분쟁이 잦자
평안도병마절도사 겸 副元帥로 발탁되어 寧邊에 出鎭하여 城柵을 쌓고 군사훈련을 실시
하는 등 국경 경비에 힘썼으며, 이어 靖社功臣 2등에 책록되었다. 1624년에 반란을 일으
켰다가 실패하고 참형되었다. 그의 반란은 뒤에 정묘호란의 한 원인이 되었다.

6 辛公惟一(신공유일) : 辛惟一(1569~1632). 본관은 寧越, 자는 執中, 호는 石渚. 靈光 출
신이다. 1613년 사마시에 합격하였다. 정묘호란 때 호소사 김장생을 받들고 靈光召募都
有司가 되어 兵粮을 모집해 全州에 이르러 和議가 이루어짐을 듣고 돌아왔다.

7 公帖(공첩) : 공문서.

印署如新, 遺蹟爛然。此不可使之復泯, 願吾子圖之。" 噫! 余固疑之。
信有是哉?

盖其時虜騎驟薄王城, 車駕入南漢, 自圍中下哀詔[8], 徵四方兵入
救。於是, 玉果縣監李公興浡[9], 其弟察訪起浡[10], 淳昌縣監崔公蘊[11], 前
翰林梁公曼容[12], 前察訪柳公楫[13], 聞命悲憤, 立草檄, 傳告列郡, 號召
同志, 十數日中, 風馳雲合, 得兵累百人, 日夜趣兵至淸州, 而和事成
矣。遂相嚮痛哭而散。

嗟乎! 此數公者, 皆職卑責微, 其餘則多布衣疎賤耳。一朝倉卒, 徒
以忠義相感激, 提數百烏合之卒, 犯百萬[14]不測之强虜, 不計其力之强
弱, 惟知死於君父之爲急, 赴白刃如鶩。及其兵罷之日, 或入深山, 或

8 哀詔(애조) : 哀痛敎書. 국난이 위급할 때를 당하여 임금이 자기의 죄를 뉘우쳐서 애
통한 말로 국민에게 호소하는 교서.

9 李公興浡(이공흥발) : 李興浡(1600~1673). 본관은 韓山, 자는 悠然, 호는 雲巖. 1624년
생원시에 합격하고, 1628년 별시문과에 을과로 급제하였다. 執義에까지 올랐으나 1636년
청나라 사신이 와서 화친을 청하자, 척화를 주장하는 상소를 올린 뒤 1637년 벼슬을 버
리고 전남 영암에 돌아가 명나라를 위하여 절개를 지키며 학문을 닦았다.

10 起浡(기발) : 李起浡(1602~1662). 본관은 韓山, 자는 沛然, 호는 西歸. 1624년 생원시
에 합격하고 1627년 식년시에 급제하여 弱善이 되었다. 병자호란으로 남산산성이 포위
되자, 형 이흥발, 군사 崔蘊 등과 근왕병을 모집하여 淸州를 거쳐 서울에 진격할 때 和約
이 성립되어 全州로 돌아가 만년을 보냈다.

11 崔公蘊(최공온) : 崔蘊(1583~1659). 본관은 朔寧, 자는 輝叔, 호는 砎齋. 1624년 李适
의 난과 1636년 병자호란 때 의병을 일으켰다. 1649년 司業이 되었으나 사직하고, 1653년
世子侍講院進善·司憲府掌令을 거쳐 同副承旨에 이르렀다.

12 梁公曼容(양공만용) : 梁曼容(1598~1651). 본관은 濟州, 자는 長卿, 호는 梧齋. 1633년
생원과·진사과·대과를 한꺼번에 치러 급제하는 連貫三場을 통과하였다. 이듬해 시강
원설서와 검열을 거쳐 1636년 봉교를 지냈다. 그해 병자호란이 일어나자 광주지방에서
의병을 일으켜 서울을 향해 진격하던 중 인조가 남한산성에서 나와 항복했다는 소식을
듣고는 돌아갔다. 지제교 등을 역임한 후에 1643년 수찬을 지냈다. 이듬해 沈器遠의 옥
사 이후 寧國原從功臣 2등에 녹훈되었다.

13 柳公楫(류공집) : 柳楫(1585~1651). 본관은 文化, 자는 用汝, 호는 白石. 인조반정 후
김장생의 천거로 爇樹察訪에 제수되었고, 1627년 정묘호란 때에는 兩湖號召使 김장생의
막하에서 의병모집에 많은 활약을 하였다. 그 뒤 고향에 은거하여 학문연구와 후진양성
에 전념하다가 1630년 다시 의금부도사에 제수되었고, 1636년 麒麟察訪, 이듬해 왕자사
부에 제수되었으나 병으로 인하여 모두 사양하였다.

14 百萬(백만) : 구체적인 숫자가 아니라 '정도가 심하다'는 말.

遯荒野, 多終身不出, 盖有昔人蹈海之風[15]。

今讀李公所爲數詩, 係心天朝, 感憤激烈, 有匪風下泉[16]之遺音, 推其志, 卽與日月爭光可也。雖功烈不得遂于一時, 其秉義卓然[17], 亦足暴於天下後世矣, 詎不偉哉? 當公之世, 有尤齋[18]宋先生, 表章大義, 如吾祖文正公[19]及三學士[20]諸賢詳矣。至於砲手吏胥之賤, 亦皆爲之特書。而公等之名, 不見于其間, 豈兵未久而罷, 事蹟旋晦, 無能以告者歟? 不然, 以公等樹立之如彼, 而獨靳其筆法, 余知其無是也。雖然, 今去丙子寖遠, 天下不復知有皇朝矣。然則, 是錄者, 雖不幸而不及於尤翁, 而亦幸而出於此時, 如長夜晦冥, 東方一星, 尚煌煌在天, 此豈偶然而然歟?

余旣感諸公風烈之如昨, 而崇禎之涒灘[21], 適三回矣。竊爲之俯仰流

---

15 蹈海之風(도해지풍) : 전국시대 齊나라의 높은 節義를 가진 隱士 魯仲連은 당시 제후들이 포악한 秦나라 황제국으로 떠받들려 하자, 新垣衍에게 "秦나라가 천하의 제왕으로 군림하게 되면 나는 동해에 빠져 죽을지언정 그 백성이 되지 않겠다.(秦卽爲帝, 則魯連有蹈東海而死耳.)"고 한 고사를 일컬음.

16 匪風下泉(비풍하천) : ≪시경≫〈檜風〉과 〈曹風〉의 篇名. 周代의 賢人이 쇠미해진 왕실을 걱정하고 슬프게 여겨 지은 시들이다.

17 卓然(탁연) : 여럿 중에서 높이 뛰어나 의젓한 모양.

18 尤齋(우재) : 宋時烈(1607~1689)의 호. 조선의 문신·성리학자·정치가. 본관은 恩津, 자는 英甫, 아명은 聖賚, 호는 尤庵·尤齋·橋山老夫·南澗老叟·華陽洞主, 시호는 文正. 유교 주자학의 대가이자 서인 분당 후에는 노론의 영수였다. 효종, 현종 두 국왕을 가르친 스승이었으며, 별칭은 大老 또는 宋子이다.

19 文正公(문정공) : 金尙憲(1570~1652)의 시호. 본관은 安東, 자는 叔度, 호는 淸陰·西磵老人·石室山人이다. 1596년 庭試文科, 1608년 重試文科에 각각 급제하여 正言·校里·直提學 등을 역임하였다. 한때 파직되었다가 1623년 인조반정 이후 이조참의에 발탁되자 공신세력의 정치에 반대, 시비와 선악의 엄격한 구별을 주장함으로써 西人 淸西派의 영수가 되었다. 1636년 병자호란이 일어나자 예조판서로 斥和를 주장하여 이듬해 강화가 이루어지자 파직되고, 1639년 명나라를 공격하기 위한 청의 출병 요구를 반대하는 상소를 올려 이듬해 청나라에 압송되었다가 6년 후에 귀국하였다. 1649년 효종이 즉위한 후 大賢으로 추대를 받아 좌의정에 임명되었다.

20 三學士(삼학사) : 조선시대 병자호란 때 淸나라와 화의를 반대하고 결사 항전을 주장하다가 인조가 항복한 뒤 중국 선양으로 끌려가 참형당한 洪翼漢·尹集·吳達濟 등 세 명의 學士를 가리킴. 송시열은 1671년 이들 삼학사의 전기인 〈삼학사전〉을 지었다.

21 涒灘(군탄) : 古甲子의 十二支의 하나인 申을 말함. 명나라 毅宗의 연호인 숭정은 1628년부터 1644년까지 쓰였는데, 그 사이에 1632년 임신년과 1644년 갑신년이 있다. 여

涕而書于卷, 噫! 其亦有知余之意也歟。

崇禎紀元百三十七年, 季冬[22]庚寅[23], 安東金元行[24] 謹序

기서는 갑신년을 가리킨다.

22 季冬(계동) : 음력 12월을 달리 이르는 말.

23 庚寅(경인) : 1764년 12월의 일진이 庚寅인 날은 13일임.

24 金元行(김원행, 1702~1772) : 본관은 安東, 자는 伯春, 호는 渼湖・雲樓. 1719년 진사가 되었다. 1722년 종조부 金昌集이 노론 4대신의 한 사람으로 賜死되고 온 집안이 귀양을 가게 되자 어머니의 配所에 따라갔다. 그곳에서 李珥・宋時烈의 저서를 탐독하였다. 1725년 조부 김창협과 아버지 金崇謙이 伸寃되었으나 과거를 포기하고 고향에서 학문에만 열중하였다. 생부는 金濟謙이다. 1740년 內侍敎官을 제수받고 1750년 衛率・宗簿寺主簿, 1751년 翊贊・持平, 1754년 書筵官 등에 임명되었으나 모두 사퇴하였다. 1759년 王世孫(正祖)이 책봉되자 세손의 교육을 위하여 영조가 그를 불러들였으나 상소를 올려 사퇴하고 응하지 않았다. 1761년 工曹參議・成均館祭酒・世孫諭善에 임명되었으나 역시 사양하였다. 문집에 ≪渼湖集≫이 있다.

호남창의록 범례
湖南倡義錄凡例

하나. 청나라 오랑캐가 쳐들어왔을 때 의병을 일으킨 전말을 책머리에 대략 붙여서 참고하도록 하였다.

하나. 의병을 일으켰을 때의 모든 문서들과 장부들은 시간이 오래 지난 뒤라서 대부분 잃어버렸는데, 다만 교문(敎文) 1수와 격문(檄文) 1통, 여러 고을의 유사(有司)가 보낸 보첩(報牒 : 공문) 몇 편 및 제공(諸公)들의 명첩(名帖)만 있을 뿐이었다. 이것들에 근거하여 바르게 고친 것이 자못 몹시 거칠고 소략하겠지만, 보는 이가 자세히 살필 일이다.

하나. 의병을 일으킨 제공들의 성과 이름이 격문에 이미 열거되어 있어서 또 열전(列傳)의 전례에 따라 이 창의록의 뒷부분에다 별도로 열록(列錄)하였는데, 대대로 쌓아 내려오는 미덕 그리고 벼슬과 행실 등의 간단한 기록까지 게재하여 후대의 사람들이 참고하도록 하였다.

하나. 병자년에 일으킨 의병은 이미 본사(本事)이기 때문에 보충하는 글 가운데는 중첩하여 기록하지 않았다.

하나. 고부(古阜), 고창(高敞), 순천(順天), 영광(靈光), 함평(咸平) 등의 고을들은 비록 격문에서 상고할 수 없었지만, 이 다섯 고을의 유사(有司)들이 모의청(募義廳)에 보첩(報牒 : 공문)을 보낸 것들이 열두 고을 도유사(都有司)들의 거행한 현황과 서로 어긋나지 않았으므로 함께 입록(入錄)하였다.

하나. 의병을 일으킨 제공들 가운데 더러는 먼 후손들이 문건들을 없애버려 징험할 만한 것들이 없으면 보충하는 글을 기록하지 않았다.

호남창의록 범례 끝

一。奴賊¹入寇²時, 倡義³顚末, 略著卷首, 以備考覽。

一。倡義時, 凡干文蹟⁴, 年久之後, 太半遺失⁵, 只有敎文一・檄文一, 及列邑有司報牒略干編, 及諸公名帖⁶而已。依此修正, 頗甚草略⁷, 觀者詳之。

一。倡義諸公姓諱, 旣列於檄文中, 而又從紀傳⁸例, 別爲列書⁹於下, 揭其世德官爵及行實梗槩, 以備後人之考覽。

一。丙子倡義, 則旣是本事, 故不爲疊錄於註脚¹⁰中。

---

1 奴賊(노적) : 淸主를 뜻하는 말로, 여기서는 청나라 태종을 가리킴. 그러나 문맥상 청나라 오랑캐로 번역하였다.

2 入寇(입구) : 외적이나 도둑 떼가 쳐들어옴.

3 倡義(창의) : 國難을 당했을 때 의병을 일으킴.

4 文蹟(문적) : 文簿. 나중에 자세하게 참고하거나 검토할 문서와 장부.

5 遺失(유실) : 가지고 있던 물건 따위를 부주의로 잃어버림.

6 名帖(명첩) : 오늘날의 명함. 명첩의 서식은 "아버지 아무개와 어머니 아무개의 딸인 아무개는 몇째 딸인데, 아무 해 몇월 며칠 아무 시에 출생하였습니다.[父某母某氏女某行幾 某甲子年幾月幾日某時生]"이다.

7 草略(초략) : 몹시 거칠고 간략함.

8 紀傳(기전) : 기전체 역사책에서, 제왕의 事跡을 기록한 本紀와 여러 사람의 傳記를 차례로 적어 놓은 列傳을 이르는 말.

9 列書(열서) : 列錄. 죽 벌여서 기록함.

10 註脚(주각) : 脚註. 어떤 부분의 뜻을 보충하거나 풀이한 글을 본문의 아래쪽에 따로 다는 것.

一。古阜・高敞・順天・靈光・咸平等邑，雖無檄文可考，而此五邑有司之報牒[11]於募義廳者，與十二邑都有司，擧行形止[12]，不相緯繣[13]，故併爲入錄焉。

一。倡義諸公中，或後裔[14]殄滅文字無徵者，闕註脚。

湖南倡義錄凡例終

---

11 報牒(보첩) : 무엇을 알리는 공문이나 통지문.
12 形止(형지) : 어떤 일이 벌어진 처음부터 끝까지의 경위.
13 緯繣(위홰) : 어긋남.
14 後裔(후예) : 후손.

의병 일으켰을 때의 사적

倡義時事蹟

　숭정(崇禎) 병자년(1636) 12월 청나라 오랑캐가 곧바로 서울을 침범하자, 인조대왕(仁祖大王)께서는 남한산성으로 거둥하시며 창덕궁에서 세자를 거느리셨고, 세자빈은 강도(江都 : 강화도)로 들어가기에 이르렀다. 오랑캐 기마병이 남한산성을 겹겹으로 포위하여 위태롭고도 급박한 형세가 바로 코앞에 닥치자, 부윤(府尹) 황일호(黃一皓)가 사람을 모집하기 위해 몰래 나가기를 청하니, 여러 도의 의병을 독려케 하였다. 이에, 통지하여 깨우치시는 교서[通諭敎書]가 포위된 속에서 나오게 되자, 옥과 현감(玉果縣監) 이흥발(李興浡), 대동 찰방(大同察訪) 이기발(李起浡), 순창 현감(淳昌縣監) 최온(崔蘊), 전 한림(前翰林) 양만용(梁曼容), 전 찰방(前察訪) 류집(柳楫) 다섯 사람이 도내(道內)에 격문을 보내어 각 고을에 모의도유사(募義都有司)를 나누어 배정하였다. 유사(有司) 제공(諸公)들은 일제히 메아리처럼 응하여 군사를 모집하고 양식을 모아서 모두 여산(礪山)에 모이기로 굳게 기일을 정하였다. 근왕병을 이끌고 행군하여 청주(淸州)에 도착하였으나, 강도(江都)가 함락되었고 남한산성에서 나와 항복 조약을 이미 맺었다는 것을 듣고서, 제공들은 북쪽을 향하여 통곡하고 돌아왔다.

　崇禎丙子十二月日, 奴賊[1]直犯京城, 仁祖大王入南漢, 中殿[2]攣世子[3],

---

1 奴賊(노적) : 淸主를 뜻하는 말이나, 문맥상 청나라 오랑캐로 번역함.

及嬪宮[4]入江都。虜騎圍南漢數重, 危急之勢, 迫在朝夕, 府尹黃公一皓[5], 請募人潛出, 使督諸道兵。於是, 通諭敎書, 自圍中出來, 玉果縣監李公興浡, 大同察訪李公起浡, 淳昌縣監崔公蘊, 前翰林梁公曼容, 前察訪柳公楫, 五人發檄道內, 分定列邑募義都有司。有司諸公, 一齊響應, 募兵聚糧, 剋期[6]都會于礪山。行到淸州, 聞江都失守, 已成城下之盟[7], 諸公北向慟哭而歸。

---

2 中殿(중전) : 조선조 제16대 인조의 비 仁烈王后 韓氏를 가리킴. 본관은 淸州. 아버지 領敦寧府事 韓浚謙과 어머니 黃氏 사이에서 1594년 강원도 원주에서 출생하였다. 17세의 나이에 陵陽君(후의 인조)과 혼인하여 淸城縣夫人으로 봉해졌다. 1623년 광해군을 폐위하는 '인조반정'으로 능양군이 왕이 됨에 따라 한씨 나이 30세에 왕비로 책봉되었다. 이후 昭顯世子와 후일의 효종인 鳳林大君·麟坪大君·龍城大君을 낳았다. 서인세력이 득세하던 당시의 상황에서 소현세자의 세자빈 간택조차 조정의 뜻에 따라야 하는 세월을 보내야 했다. 그런데 인열왕후는 1635년 42세의 늦은 나이에 출산을 하다 병을 얻어 타계하였다. 계비 莊烈王后는 1638년 15세의 젊은 나이로 왕비에 봉해졌다. 따라서 병자호란 때는 살아 있는 중전이 없었던 셈이어서 이 문장은 착종이라 하겠다.
한편, 창덕궁 대조전을 中殿 혹은 中宮殿이라 한 것에 유의하면 창덕궁을 가리키는 것으로 볼 수 있다. 이는 세자 곧 소현세자를 거느렸다는 문맥과 서로 통할 수 있다. 따라서 여기서는 창덕궁을 가리키는 것으로 보았다.

3 世子(세자) : 昭顯世子(1612~1645). 이름 李𣳷. 仁祖의 장자, 孝宗의 형이며, 어머니는 한준겸의 딸 仁烈王后이다. 1625년 세자로 책봉되었고, 부인은 姜碩期의 딸인 민회빈 강씨이고 보통 姜嬪이라고 부른다. 1636년 병자호란이 일어나 삼전도에서 청나라에 항복한 이후, 아우 봉림대군과 함께 청나라에 인질로 끌려갔다. 돌아와 아버지 인조의 견제로 비참한 최후를 맞이했다.

4 嬪宮(빈궁) : 姜碩期의 딸인 愍懷嬪 姜氏. 보통 姜嬪이라고 부른다.

5 黃公一皓(황공일호) : 黃一皓(1588~1641). 본관은 昌原, 자는 翼就, 호는 芝所. 병자호란이 일어나자 인조를 호종하여 남한산성에 들어가서 督戰御史로 전공을 세웠고, 척화를 적극 주장하였다. 난이 끝난 뒤 호종의 공으로 通政大夫에 올라 진주목사에 제수되었다. 1638년 의주부윤으로 있을 때 명나라를 도와 청나라를 치고자 崔孝一 등과 모의하다가 그 사실이 발각되어 1641년 피살되었다.

6 剋期(극기) : 굳게 기일을 정함.

7 城下之盟(성하지맹) : 성에 나가서 항복 조약을 체결하는 것을 일컬음.

임금이 내린 글

敎文

왕은 이르노라.

우리나라가 신하로서 천조(天朝 : 명나라)를 섬긴 지 지금 어느덧 200년이 되었고, 황조(皇朝 : 명나라)가 하늘처럼 덮어주고 길러준 은혜는 임진년(1592)에 이르러 절정에 달했으니, 이는 만고에 변할 수 없는 대의(大義)이다. 우선 먼저 서쪽 오랑캐들이 중국을 어지럽힌 뒤부터 우리나라는 의리상 함께 복수했어야 했는데, 정묘년(1627)의 변란이 너무나도 갑작스럽게 일어나서 천조(天朝)에 주문(奏文)을 올리고 기미책(羈縻策)을 임시로 허락했던 것은 다만 온 나라 생령(生靈 : 살아 있는 백성)들의 목숨을 보전하기 위함이었다. 이번에 이 오랑캐들이 분수에 넘치게도 황제라 칭하면서 우리에게 함께 의논하자고 강요하였으나, 귀로 차마 들을 수 없고 입으로 차마 말할 수 없는 것이라서 그들의 힘이 세고 약한 것을 헤아릴 겨를도 없이 드러내놓고 그 사신을 내쫓았던 것은 다만 만고에 군신 사이의 의리를 붙들어 세우기 위함이었다.

내가 처음부터 끝까지 살아 있는 백성들을 위하고 천조를 위한 것은 저 해와 별처럼 분명하니, 이 모든 것을 온 나라의 사민(士民)들은 모두 다 알고 있는 바이라. 그런데 저 오랑캐는 함부로 포악한 짓을 행하여 날랜 군사가 멧돼지처럼 막무가내로 쳐들어와서, 나는 남한산성으로 나와 머물며 기필코 죽기를 무릅쓰고 지키고 있으나 나라의 존망이 바로 호흡하는 한 순간에 달려 있는 바, 너희 사민(士民)들은 천조의 은택을 똑같이 받았으니 오랑캐와 화친한 일을 깊이 부끄러워한 것이 오래

되었을 터이다. 하물며 지금 임금이 위태롭고도 급박한 환란을 당한 것이 이러한 지경에까지 이르렀으니, 이때야말로 바로 충성스런 신하들과 의로운 선비들이 몸 바쳐 나라에 보답할 때일러라.

아, 내가 생각건대 지혜가 밝지 못하고 인덕(仁德)이 널리 미치지 못하여 너희 사민들을 저버린 적은 있었다. 그러나 지금 이렇게 환란이 일어나게 된 것은 스스로 취한 바가 아니라 단지 군신(君臣)의 대의를 차마 저버릴 수가 없었기 때문이다. 이 마음과 이 도리는 천하의 모든 사람에게 통하는 것이니, 너희들이 또한 어찌 차마 군신의 의리에 대해 모르는 체하여 나에게 갑자기 닥친 어려운 일을 구해주지 않을 수 있겠는가?

마땅히 강력하게 지혜와 힘을 분발하여 의병을 규합하기도 하고 군량(軍糧)과 기계(器械)를 돕기도 해서 용맹을 떨치고 북으로 올라와 큰 난리를 말끔히 없애어 삼강오상(三綱五常)을 바로 일으키고 공명을 수립한다면 어찌 통쾌하지 않으랴. 이런 까닭으로 이에 교시하는 바이니, 마땅히 알아 할지어다.

숭정 9년(1636) 12월 19일

王若曰 :

我國臣事天朝, 二百年于玆, 皇朝覆育¹之恩, 至于壬辰而極, 此萬古不可渝之大義²也。一自西虜猾夏³, 我國義在同仇, 丁卯之變, 出於猝

---

1 覆育(부육) : 덮어주고 길러줌. ≪맹자≫〈盡心章句 下〉의 "천도라는 것은 하늘이 만물을 덮어주고 길러주어 각각 그 처소를 얻게 하는 것이다.(天道者, 天之所以覆育萬物, 使各得其所者也.)"에서 나온 말이다.

2 大義(대의) : 사람으로서 마땅히 지키고 행하여야 할 큰 도리.

3 猾夏(활하) : 중국을 어지럽힘. ≪서경≫〈舜典〉의 "순임금이 말하기를, '고요여, 야만스런 오랑캐가 하나라의 변방을 어지럽히며 도적 떼들이 안팎으로 들끓고 있어서 그대

迫, 上奏天朝, 權許羈縻[4]者, 只爲保全一國生靈之命故也。今者此虜, 至稱僭號, 要我通議, 耳不忍聞, 口不忍說, 不計彊弱, 顯斥其使, 只爲扶植萬古君臣之義故也。

予之終始爲生民爲天朝者, 昭如日星, 此皆一國士民所共悉。伊虜肆虐, 輕兵豕突[5], 予出駐南漢, 期以死守, 存亡之勢, 決於呼吸, 爾士民等, 同受天朝恩澤, 深以和事爲恥者久矣。況今君父危迫之禍, 至於此極, 此正忠臣義士, 捐軀報國之秋也。

噫! 予惟智不能明, 仁不能博, 以負爾士民, 則有之矣。今玆禍亂之作, 非有所自取, 徒以不忍背君臣大義也。此心此義, 通天下上下, 爾亦安忍恝然於君父之義, 不救予之急難哉?

冝力奮智力, 或糾合義旅, 或資助軍粮器械, 奮勇北首[6], 廓淸大亂, 扶植綱常, 樹立勳名, 豈不快哉? 故玆敎示, 想宜知悉。

崇禎九年十二月十九日

를 법관에 임명하오.' 하였다. (帝曰 : '皐陶, 蠻夷猾夏, 寇賊姦宄, 汝作士.')"에서 나온 말이다.

4 羈縻(기미) : 굴레와 고삐라는 뜻으로, 속박하거나 견제함을 비유적으로 이르는 말. 여기서는 형제관계를 맺은 화친을 일컫는 말이다.

5 豕突(시돌) : 산돼지처럼 앞뒤를 헤아림 없이 함부로 달려듦.

6 北首(북수) : 머리를 북으로 함. 신하가 임금을 잊지 못하는 뜻이다.

격문

檄文[1]

국운이 불행하여 청나라 오랑캐가 서울 가까이에 들이닥치자, 대가
(大駕)는 외로운 성으로 옮겨 머물게 되었습니다. 그러나 오랑캐의 군
사들이 포위하여 도로가 가로막히고 끊어져 호령이 통하지 않으니, 나
라가 망할지 흥할지의 기틀이 바로 호흡하는 한 순간에 달려 있습니다.
말이 여기에 미치니 오장(五臟)이 타는 듯합니다. 임금이 욕되면 신하
가 죽어야 하는 것은 예나 지금이나 공통된 의리인 바, 모든 혈기를 지
닌 자들은 진실로 몸을 사리지 않고 국난에 달려가야 마땅할 것입니다.
우리 호남으로 말하면 평소에도 충의(忠義)의 고장으로 일컬어져 일찍
이 임진왜란 때에 의기(義氣)가 장렬함을 이미 드러냈거든 하물며 이렇
게 임금이 포위되어 있는 때임에랴.

이제 통지하여 깨우치시는 교서[通諭教書]가 포위된 속에서 나왔는
데 애통한 말씀이 아닌 것이 없으니, 도내(道內)의 사민(士民)들에게
책망함이 지극히 깊고도 간절합니다. 읽고 나니 저도 모르게 목 놓아
통곡하였고, 죽으려 해도 되지 않았습니다. 오직 모든 군자들은 각기
분발하고 격려하며 소매를 떨치고 일어나 동지들을 규합하고 군량(軍
糧)을 모아서 기일을 정해 여산군(礪山郡)에 일제히 모이기를 바랄 뿐
입니다. 기필코 한 마음으로 적진에 달려가서 임금님의 위급함을 구원
하십시다. 혹시라도 망설이고 관망하거나 저 월(越)나라 사람이 진(秦)

---

1 이 격문은 柳楫의 《白石遺稿》 권2 〈倡義檄文〉, 李起渤의 《西歸遺稿》 권7 〈倡義
時檄文〉, 권9 〈西歸先生家狀〉, 권10 〈서귀선생연보〉 등에 수록되어 있음.

나라의 땅이 메마름을 상관하지 않듯이 전혀 무관심한다면, 지난날 충렬(忠烈)의 기풍이 땅을 쓴 듯 다 없어지고 말뿐만 아니라, 또한 장차 윤리와 기강에 죄를 지어 고을과 나라에 용납되지 못할 것입니다. 격서(檄書)가 도착하면 시각을 지체하지도 말고 서로 미루며 피하지도 마십시오. 마음을 합치고 힘을 하나로 뭉쳐 함께 국난을 극복하면 그보다 더 큰 다행이 없겠습니다.

숭정(崇禎) 9년(1636) 12월 25일
옥과 현감 이흥발

대동 찰방 이기발, 순창 현감 최온, 전 한림 양만용, 전 찰방 류집.
(역주자 주 : 이들은 26일 하루 동안 회람한 것으로 보임)

옥과(玉果) 도유사 : 양산익, 허섬, 허우량, 김홍서, 정운붕.
(12월 27일 격문 보냄. 좌수 허 서명)

창평(昌平) 도유사 : 남수, 조수, 류동기, 현적, 양천운, 이중겸, 안처공, 남이녕, 오이두.
(12월 27일 해시(亥時 : 밤 9시~11시 사이) 도착. 도유사 오 서명)

광주(光州) 도유사 : 류평, 신필, 정민구, 이덕양, 고부립, 고부민, 박종, 박충겸, 박충정, 박창우, 이정태, 이정신, 박진빈, 기의헌.
(12월 27일 자시(子時² : 밤 11시~오전 1시) 도착. 좌수 김 서명)

---

2 국립중앙도서관에 소장된 ≪호남창의록≫(청구기호 : 古2154-14)을 참고하여 삽입한 글자임. 국립중앙도서관 소장본은 1798년 간행한 중간본인데, 필요에 따라 이 중간본을 참조할 것이다. 이 중간본은 이하 '국립중앙도서관본'이라 칭한다.

남평(南平) 도유사 : 최신헌, 서진명, 서행, 윤검, 홍남갑.
(12월 28일 사시(巳時 : 오전 9시~11시 사이) 도착. 분의유사 류 서명)

능주(綾州) 도유사 : 양제용, 주필, 문인극, 위홍원(개원).
(12월 28일 유시(酉時 : 오후 5시~7시 사이) 도착. 좌수 문 서명)

화순(和順) 도유사 : 조수성, 조황, 임시태, 최명해.
(12월 28일 해시 도착. 도유사 조 서명)

동복(同福) 도유사 : 김종지, 정지준, 하윤구, 정호민.
(12월 29일 신시(申時 : 오후 3시~5시) 도유사 정 서명)

낙안(樂安) 도유사 : 이순, 류악, 이순일.

흥양(興陽) 도유사 : 정운릉, 송유문, 정환.

보성(寶城) 도유사 : 박춘수, 박현인, 임황, 김부(金鈇)[3], 안후지, 이종신, 이민신, 염내입.
(12월 30일 도착)

장흥(長興) 도유사 : 정남일, 김확, 위정명.

해남(海南) 도유사 : 백상빈, 백상현, 윤유익, 윤선계, 윤인미, 윤적.

---

3 국립중앙도서관 소장본에는 '金鈇'로 되어 있음.

진도(珍島) 도유사 : 향교 집강(鄕校執綱), 유향소(留鄕所)

이때에 밤낮없이 차례대로 전령(傳令)을 띄우며 일각(一刻)을 지체하지 말되, 해당 고을의 도유사가 혹 먼 곳에 있어서 만약 기어이 통지한 뒤에 다른 고을로 보내야 한다면, 반드시 시각을 지체하는 염려가 있어도 각 고을의 향소(鄕所)는 시각을 써넣고 성(姓)을 써서 서명하여 부리나케 보내고, 한편으로는 온 고을사람들에게 알려서 일제히 모이도록 할 것이며, 마지막에 다다른 고을에서는 원래의 통문을 밤낮 가리지 않고 돌려보내어서 태만했던 곳을 살필 수 있도록 하라.

하나. 향교·서원·사마재(司馬齋)의 유사(有司)는 비록 통문에 적힌 사람이 아닐지라도 또한 의당 빠짐없이 일제히 모이도록 조처하고 힘쓸 일이다.

하나. 지금 더 이상 다른 방법이 없으니, 군대에 들어가 전쟁터로 나아가는 길에 전직 관원(前職官員), 진사(進士), 충의(忠義 : 공신의 자손으로서 忠義衛에 소속된 사람), 교생(校生 : 향교에 다니는 생도), 품관(品官 : 향소의 좌수나 별감 같은 지방의 유력자) 중에서 합당한 젊은이는 스스로 마땅히 행장을 꾸려 달려가고, 그 나머지 늙고 잔약하여 군대를 따라 전쟁터로 나가기에 합당하지 못한 사람은 노비로 대신하든 군량을 운반하든, 군기(軍器)나 전마(戰馬)로써 내든 스스로 원하는 대로 모으고 거둘 일이다.

하나. 모집한 군병(軍兵)과 군량, 군기, 전마(戰馬) 등은 많고 적은 것에 얽매이지 말고 그 얻은 바에 따라서, 도유사 한 사람으로 하여금 일일이 모두 거느리고 올라와서 본청(本廳)에 넘겨줄 일이다.

하나. 각 읍은 그 지역 내의 높고 낮은 모든 벼슬아치 중에서 만일 용기와 힘이 출중하고 계책이 약간 뛰어난 자가 있으면, 우선 성명을 책자에 기록하고 행장을 꾸려서 보낼 일이다.

하나. 이번 변란은 갑자년(1624)과 정묘년(1627) 같은 변란에 견줄 것이 아니니, 일각을 머물러 있어서는 아니 되고 밤중이라도 올라와야 할 일이다.

하나. 이번에 의병을 모집함은 지난날 촌구석에서 스스로 서로 규합하던 것이 아니라 바로 유지(有旨 : 왕명서) 안의 일이거든 신하와 백성 된 자들이 게으르고 소홀해서는 아니 되거늘, 혹시라도 기다리느라 지체하여 앉아서 기회를 잃는다면 임금을 저버린 죄에서 끝내 면하기가 반드시 어려울 것이니, 각별히 두려워하는 마음을 가지고 거행할 일이다.

하나. 여러 고을의 도유사는 올라오는 상황 보고 등을 거두어 합쳐서 먼저 급히 통보할 일이다.

하나. 출정해 있는 동안에 시급한 것은 군량만한 것이 없으니, 각 읍의 지역 안에 집안 형편이 부유하고 풍족한 사람은 백 석이나 혹 열석 혹 두세 석이라도 각자 자기의 힘에 따라서 성명을 책자에 기록하고 올려 보낼 일이다.

國運不幸, 奴賊逼京, 大駕移駐孤城。賊兵合圍, 道路阻絶, 號令不通, 存亡之機, 決於呼吸。言念及此, 五內如焚。主辱臣死, 古今通誼, 凡有血氣者, 固當忘身赴難。而惟我湖南, 素稱忠義之邦, 曾在壬辰,義烈已著, 況此君父在圍之日乎?

　郎者, 通諭敎書, 自圍中出來, 無非哀痛之語, 其責望於道內士民, 至深切矣. 讀來不覺失聲痛哭, 求死而不得也. 惟願諸君子, 各自奮勵, 投袂而起, 糾合同志, 資助兵粮, 剋期齊會于礪山郡. 期以一心赴敵, 以救君父之急. 如或遲回[5]觀望, 越視秦瘠[6], 則非但前日忠烈之風掃地盡矣, 且將得罪於倫紀, 不容於邦國. 書到, 無淹晷刻, 無相推調[7]. 協心一力, 共濟國難, 不勝幸甚.

崇禎九年 十二月 二十五日

玉果縣監李興浡

大同察訪李起浡・淳昌縣監崔蘊・前翰林梁曼容・前察訪柳楫.

玉果都有司[8]：梁山益・許暹・許廷亮・金弘緖・鄭雲鵬. (十二月二十七日出, 座首許着署[9])

昌平都有司：南燧・曹璲・柳東紀・玄績・梁千運・李重謙[10]・安處恭・

4　五內(오내)：五臟을 가리키는 말.

5　遲回(지회)：머뭇거림. 망설임.

6　越視秦瘠(월시진척)：월나라 사람이 멀리 떨어져 있는 진나라 땅이 걸고 메마름을 상관하지 않듯이, 남의 일에 전혀 무관심함을 이르는 말.

7　推調(추조)：쌍방이 서로의 책임을 미루고 피함.

8　都有司(도유사)：조선시대 향교・서원의 우두머리.

9　着署(착서)：이름을 써서 적는 것. 곧 서명했다는 뜻이다.

10　李重謙(이중겸)：국립중앙도서관본에도 동일한 한자어로써 표기되어 있음. 그런데 국립중앙도서관본의 '曺璲의 사실'에는 '李仲謙'으로 되어 있다. 또한 경자년(1660) ≪식년사마방목≫의 '李尙熙(1622년생)'를 보면 본관은 水原, 거주지는 昌平, 아버지의 이름은 進士 李仲謙,, 형은 李尙穆, 아우는 李尙夏・李尙彬으로 되어 있다. 따라서 '李仲謙'의 오기이다. 그러나 수원이씨 족보에는 등재되어 있지 않다고 하는 바, 더 이상 확인할 자료가 없다.

南以寧 · 吳以斗。(十二月二十七日亥時[11]到, 都有司吳着署)

光州都有司：柳玶·申澤·鄭敏求·李德養·高傳立·高傳敏·朴琮·朴忠廉·朴忠挺·朴昌禹·李鼎泰·李鼎新·朴晉彬·奇義獻。(十二月二十七日到, 座首金着署)

南平都有司：崔身獻·徐晉明·徐荐·尹儉·洪南甲。(十二月二十八日巳時[12]到, 義有司[13]柳着署)

綾州都有司：梁悌容·朱燁·文仁克·魏弘遠(改源)。(十二月二十八日酉時[14]到, 座首文着署)

和順都有司：曹守誠·曹煜·林時泰·崔鳴海。(十二月二十八日亥時到, 都有司曹着署)

同福都有司：金宗智·丁之雋·河潤九·丁好敏。(十二月二十九日申時[15]到, 都有司丁着署)

樂安都有司：李淳·柳潯·李純一。

興陽都有司：丁運隆·宋裕問·丁煥。

---

11 亥時(해시)：밤 9시~11시까지의 시간.
12 巳時(사시)：오전 9시~11시까지의 시간.
13 義有司(의유사)：'奮義有司'의 오기인 듯.
14 酉時(유시)：오후 5시~7시까지의 시간.
15 申時(신시)：오후 3시~5시까지의 시간.

寶城都有司：朴春秀・朴顯仁・任況・金鈇・安厚之・李宗臣・李敏臣
・廉來立。(十二月三十日到)

長興都有司：丁南一・金碻・魏廷鳴。

海南都有司：白尙賓・白尙賢・尹唯翼・尹善繼・尹仁美・尹績。

珍島都有司：校執綱[16]，留鄕所[17]。

此亦中[18]，罔晝夜，次次[19]飛傳[20]，無滯一刻(爲乎矣[21])，本邑都有司，或
在遠地，若必通諭後，傳送他邑，則必有遲滯時刻之患(是置[22])，各其官
鄕所，時刻書塡[23]，書姓着名，急急傳送一邊，通諭一鄕，使之一時齊會，
終到官，則元通罔晝夜還送，以爲考慢之地(爲齊[24])。

一。鄕校・書院・司馬齋[25]有司，則雖非通文中所書之人，亦當無遺
齊會，措辦事。

一。此時，更無他條，出軍之路，前銜[26]・進士・忠義・校生・品官

---

16 執綱(집강)：州縣의 행정명령을 백성들에게 알리고 조세의 납부를 지휘하는 구실
을 한 사람.
17 留鄕所(유향소)：조선시대 지방 군현의 수령을 보좌하던 자문기관.
18 此亦中(차역중)：'이때에'의 이두표기.
19 次次(차차)：'차례대로'의 이두표기.
20 飛傳(비전)：역참의 車馬 또는 다급한 일을 처리하는 파발이라는 뜻.
21 爲乎矣(위호의)：'하오되'의 이두표기.
22 是置(시치)：'이어도'의 이두표기.
23 書塡(서전)：글자를 써넣음.
24 爲齊(위제)：'하라'의 이두표기.
25 司馬齋(사마재)：지방의 생원과 진사들이 강학하던 조직을 이름.

中, 年少可合人, 則自當裝束馳赴, 其餘老殘不合從軍者, 或代奴或運粮, 或以軍器, 或以戰馬, 從自願募聚事。

一。所募軍兵, 粮餉[27]・軍器・戰馬, 勿拘多少, 随其所得, 都有司一人, 這這[28]率領上來, 交付于本廳事。

一。各邑境內, 大小人員中, 如有勇力絶倫, 計慮稍優者, 則爲先姓名成册, 裝束治送事。

一。今畨之變, 非如甲子[29]丁卯[30]之比, 不可一刻留滯, 星夜上來事。

一。今畨募義, 非前日鄉曲自相糾合, 乃是有旨內事(時去等[31]), 爲臣民者, 不可慢忽, 或遲延等待, 坐失期會[32], 則後君之罪, 終必難免, 各別惕念, 擧行事。

一。列邑都有司, 收合形止[33], 爲先馳通[34]事。

一。軍中[35]所急者, 莫如粮餉, 各邑境內, 家計富足者, 則或百石, 或

---

26 前銜(전함) : 前職 官員. 이전의 벼슬을 말하는 것으로 前任 또는 前職이라는 뜻이다.
27 粮餉(양향) : 軍糧.
28 這這(저저) : '낱낱이'의 이두표기. 있는 사실대로 낱낱이 모두.
29 甲子(갑자) : 1624년 李适의 난을 지칭함.
30 丁卯(정묘) : 1627년 정묘호란을 지칭함.
31 時去等(시거등) : '이거든'의 이두표기.
32 期會(기회) : '機會'의 오기. 국립중앙도서관 소장본(古2154-14)으로 1798년 간행한 ≪호남병자창의록≫에 따른 것이다.
33 形止(형지) : 일이 진행되어 가고 있는 형편. 사실의 전말이란 뜻으로, 실태・양상・상황 등의 의미이다.
34 馳通(치통) : 급한 통지문이라는 뜻도 있으나, 여기서는 급히 통보하다는 의미.

十石, 或數三石, 各隨其力, 爲先成册, 上送事。

공문서

文狀

主簿南懌字仲深號聽竹宜寧人沙川伯乙珍七世
孫直提學踣知 止堂壕玄孫南臺掌令廷繡曾孫
蔡奉景哲子 萬曆乙亥生天姿忠厚簡重素痛
早孤至老癃解愛衆弟督課無怠一世韙之 宣
廟朝中司馬筮仕至主簿昏朝退歸不復仕進丙
子後杜門絶世講究經旨 孝宗庚寅率

여산 모의청의 종사관이 회답하는 일
礪山募義廳從事官爲回答事

 금번 도착한 귀 진영(陣營)의 이문(移文 : 같은 등급의 관아 사이에 오
간 공문서)에 있는 내용인즉, '태인(泰仁)에 이르러서 길가에 떠도는 유
언비어로 말미암아 심히 동요된 군사들의 마음이 금방 진정되기는 어
려울 것 같다고 하므로 오랑캐의 정세를 탐지할 양으로 급히 알리는 것
이니, 사실대로 제송(題送 : 지령문을 써 보냄)해주시면 그것을 가지고
군사들의 마음을 진정시키고자 하는 일로 이문(移文)한 것이라.'고 하
였기에 상고(相考)하되, 일찍이 귀 고을이 보낸 패문(牌文 : 미리 통지하
는 공문서)을 보니 이미 의병을 불러 모으고 장수를 뽑아 거느리고 올
라가게 했다고 한 바, 나라를 위하여 목숨 바치기로 나선 그 뜻을 누군
들 가상히 여기고 감탄하지 않았으랴. 금번 이문(移文)을 보니 이미 접
경 근처에 이르렀다고 하여 더욱 절실히 바라고 있거늘, 길가에 떠도는
유언비어가 군졸들을 도망치고 흩어지게 하는데 그치지 않고 그로 인
해 놀란 나머지 즉시 전진하려 하지 않으니, 다른 장수들이 이를 알도
록 해서는 아니 됨. 게다가 남북군(南北軍 : 도성 안팎의 군대)의 도원수
와 부원수의 병력이 이미 남한산성 아래에 도달하여 북문(北門)에 주둔
하고 있는 오랑캐를 밤에 쳐서 대파했을 뿐 아니라, 영동과 영남, 양호
(兩湖 : 충청과 호남)의 관군(官軍) 및 통제사(統制使)의 정예 포병 수천
명이 일제히 전진하여 합세하기로 기약했으니 포위망 풀릴 때가 머지
않은 바, 귀 진영은 군사들의 마음을 진정시키고 신속히 국난에 나아가
세상에 드문 공을 세우되, 일이 지난 뒤에 후회하는 일을 남기지 말기

바람.

위와 같이 관문(關文)을 광주 의병장(光州義兵將)에게 보냄.

정축년(1637) 정월 21일
모의청 종사관

今到貴陣移文¹內, 行到泰仁, 因道路訛傳, 驚動軍情², 似難鎭定(爲去乎³), 探知賊情次(以), 馳報(爲去乎), 從實題送⁴, 以鎭軍情事, 移文(是置有亦⁵), 相考(爲去乎⁶), 曾見貴州牌文⁷, 則旣已召募義旅, 拜將領率上去(是如爲有臥乎所⁸), 其爲國效死之義, 誰不嘉歎? 今見移文, 則已到近境, 尤切顒望, 道路訛傳, 不過逃軍潰卒之做作, 而因此驚疑, 不卽前進, 不可使聞於他將. 況南北軍⁹都副元帥兵, 已到南漢之下, 北門屯賊, 夜擊大破(兺不喩¹⁰), 嶺東嶺南, 兩湖官軍, 及統制使精砲數千, 一時齊進, 期以合勢(爲去等¹¹), 解圍之期, 指日可待¹², 貴陣鎭定軍情, 斯速赴難, 以樹不世之勳, 毋貽事過之悔事.

右關¹³

---

1 移文(이문) : 같은 등급의 관아 사이에 주고받던 공문서.

2 軍情(군정) : 군사들의 마음.

3 爲去乎(위거호) : '하므로'의 이두표기.

4 題送(제송) : 상부기관이 하부기관에 명령이나 취지를 공문서로 작성하여 보내는 일.

5 是置有亦(시치유역) : '이라고 하였기에'의 이두표기.

6 爲去乎(위거호) : '爲乎矣'의 오기. '하되'의 이두표기인데, 국립중앙도서관 소장본에 따른 것이다.

7 牌文(패문) : 도착할 날짜 등을 그곳에 미리 통지하는 공문.

8 是如爲有臥乎所(이여위유와호소) : '이라 한바'의 이두표기.

9 南北軍(남북군) : 성안에 있는 군사를 南軍이라 하고, 성 밖에 있는 군사를 北軍이라 함.

10 兺不喩(뿐불유) : '뿐 아니라'의 이두표기.

11 爲去等(위거등) : '하거든'의 이두표기.

12 指日可待(지일가대) : 실현될 날이 머지않음.

光州義兵將

丁丑[14]正月二十一日

募義聽從事官

---

13 關(관) : 關文. 상급관부에서 하급관부로 보내던 공문서.

14 丁丑(정축) : 仁祖 15년인 1637년.

광주 의병청의 유사가 문서 보고하는 일
光州義兵廳有司爲文報事

    우리 의병청은 활과 화살을 거두어 모아서 적진으로 나가는 군대에 나누어 준 뒤 남은 화살 16부(部)를 모의청에 바치니, 바친 깃을 확인하기 위함.

    위와 같이 첩문(牒文)을 모의청에 올림.

숭정(崇禎) 10년(1637) 정월 24일
유사 : 신(서명). 기·이(서명).

    제사(題辭 : 처리한 결과를 회신하는 글) : 장전(長箭 : 긴 화살) 15부(部) 29개(箇)를 여산(礪山)으로 올려 보내라는 공문이 도착한 것은 그대로 두고, 안남(安南 : 전북 정읍의 옛 지명)의 결교자궁(傑交子弓) 2정(丁), 편전(片箭) 1부(部) 안에 1개는 화살촉 없이 바치는 것임.

    本廳收合弓箭, 赴敵軍分給後, 餘箭十六部(乙), 募義廳納上(爲去乎), 考捧[1](爲只爲[2])。

    右牒[3]呈

    募義廳

---

1 捧(봉) : 捧納. 물건을 바침.
2 爲只爲(위지위) : '하기 위하여'의 이두표기.
3 牒(첩) : 牒文. 공문서의 일종으로 하급관서에서 상급관서로 보고하는 문서.

崇禎十年⁴正月二十四日

有司：申(着署)・奇・李(着署)

　題辭⁵：長箭十五部二十九箇, 捧上礪山⁶, 留置到付⁷, 安南⁸傑交子弓二丁, 片箭一部, 納上內一箇無鏃⁹。

---

　4 崇禎十年(숭정십년)：仁祖 15년인 1637년.

　5 題辭(제사)：보내온 공문에 대한 처리 결과 등을 회신하는 글.

　6 礪山(여산)：전라북도 益山에 속해 있는 지명. 礪良과 朗山 두 현의 合名이다.

　7 到付(도부)：도착한 공문 또는 공문이 도달함.

　8 安南(안남)：전북 정읍시 고부면의 옛 이름.

　9 納上內一箇無鏃(납상내일개무촉)：'內一箇無鏃, 納上'의 오기. 국립중앙도서관 소장본에 따른 것이다.

동복현 모의도유사가 급히 보고하는 일
同福縣募義都有司爲馳報[1]事

　지금 임금께서 위급하신 때에 신하된 자이면 진실로 통곡하며 국난에 나아가는 것이 마땅하니 우리의 여러 고을과 함께 의기를 떨칠 선비들이 힘을 다하여 오랑캐를 멸해야 할 것이나, 우리 고을은 쇠잔하고 피폐하여 고을의 모양을 제대로 이루지 못해서 백성들이 극히 적은데다 물자까지 결딴났는지라, 의병은 불러 모아도 겨우 유생(儒生) 6인을 모집하고는 책자에 기록하여 한꺼번에 보내며, 의포(義布) 40필(疋)은 군수(軍需)에 보충할 의향으로 며칠 안에 올려 보낼 계획임.
　위와 같이 첩문을 모의청에 올림.

　　　　　　　　　　　　　　　　　　　숭정 10년 정월 20일
　　　　　　　도유사 : 하(서명). 김(서명). 정(서명). 정(서명).

　제사(題辭) : 공문이 도착함.

當此君父危急之日, 爲臣子者, 固當慟哭赴難, 與我列邑, 奮義之士, 戮力滅賊, 而本邑殘弊, 不成邑樣, 人民鮮小, 物力板蕩, 義旅段[2]招募, 僅得儒生六人, 成册一時起送(爲旀[3]), 義布四十正, 以補軍需次(以), 不

---

1 馳報(치보) : 지방에서 역마를 달려 급히 중앙에 보고하던 일.
2 段(단) : '은, 는'의 이두표기.
3 爲旀(위며) : '하며'의 이두표기.

日內上納, 計料(爲只爲)。

　右牒呈

　募義廳

崇禎十年正月二十日

　　都有司：河(著署)・金(著署)・丁(着署)・丁(著署)

　題辭：到付。

고부 도유사가 급히 보고하는 일
古阜都有司爲馳報事

삼가 통문(通文)을 보니 통곡을 더욱 금할 수 없었는데, 비루한 우리 고을은 따로 유사(有司) 4인을 정하여 갖은 방법으로 불러 모았지만 모집에 응하는 자가 별로 없었기 때문에 겨우 5,6인을 모집하였고, 장차 보내려할 때에 바야흐로 마음을 다하여 모집하였으나 군량 20여 석을 거두었으니, 금번 수송하려는 일임.

위와 같이 첩문을 모의청에 올림.

숭정 9년(1636) 12월 30일

도유사 : 조극납. 최경행. 김지문. 김지영. 박광형. 김지서.

伏見通文[1], 尤不勝慟哭, 鄙邑別定有司四人, 多般召募, 而無應募者, 故只得五六人, 將爲起送時, 方盡心募得, 而軍粮二十餘石收合, 今將輸送事。

右牒呈

募義廳

崇禎九年[2]十二月三十日

都有司 : 趙克訥 · 崔敬行 · 金地文 · 金地英 · 朴光亨 · 金地西

---

1 通文(통문) : 여러 사람의 성명을 적어 차례로 돌려 보는, 통지하는 문서.

2 崇禎九年(숭정구년) : 仁祖 14년인 1636년.

고창 도유사가 보내는 일
高敞都有司爲起送事

우리 현(縣)이 모집한 의병 7명과 거둔 곡식 18석을 책자에 기록하고 올려 보내는 일임.

위와 같이 첩문을 모의청에 올림.

숭정 10년(1637) 정월 5일

도유사 : 류동휘. 류철견.

재유사(齋有司) : 박기호. 조첨. 류여해. 류지태.

제사(題辭) : 공문이 도착함.

本縣募兵七名・募粟十八石, 成册上送(爲臥乎)事。

右牒呈

募義廳

崇禎十年正月初五日

都有司 : 柳東輝・柳鐵堅

齋有司 : 朴奇琥・曹添・柳汝楷・柳之泰

題辭 : 到付。

순천 도유사가 발송하는 일

順天都有司爲發送事

우리 순천부(順天府)가 모집한 의병 30명을 유사(有司, 협주 : 순천부의 〈행군일기(行軍日記)〉에는 조원겸(趙元謙)이라 일컬음) 1인으로 하여금 데려가게 하되, 자원하여 바친 전마(戰馬) 1필 및 거둔 군량 1백 석을 책자에 기록하고 올려 보내는 일임.

위와 같이 첩문을 모의청에 올림.

숭정 10년 정월 6일

도유사 : 전 경력(前經歷) 안용. 진사(進士) 조시일. 조시술.

유학(幼學) 김정두.

제사(題辭) : 의병과 전마 및 군량 등을 점고하여 군대에 보내거니와, 우리 순천부(順天府)는 본디 호남에서 아주 큰 고을로 이 망극한 때를 당하여 싸움터에 달려갈 군사를 모집한 것이 겨우 30명에만 이르렀으니, 도유사가 마음을 다하지 못한 정상이 되고 말아 진실로 매우 편치 못한지라, 신속히 더 많은 수의 의병을 모집하여 행장을 꾸려 보내는 일임.

本府所募義兵三十名, 有司一人(本郡行軍日記云趙示謙[1])領送(爲乎矣),

---

1 趙示謙(조시겸) : '趙元謙'의 오기. 실제 사적의 순천 부분을 보면 趙元謙으로 되어 있고, 또 국립중앙도서관본에도 조원겸으로 되어 있다.

願納²戰馬一匹, 及所募義粮(二字缺³)石, 成册上送(爲臥乎)事。

右牒呈

募義廳

崇禎十年正月初六日

都有司：前經歷安瑢, 進士趙時一・趙時述, 幼學金廷斗.

題辭：義兵戰馬及義粮, 點送軍前(爲在果⁴), 本府素以湖南莫大之邑, 當此罔極之日, 所得戰軍, 僅至三十名, 都有司不爲盡心之狀, 誠極未便(爲置⁵), 斯速加數募兵裝束起送事。

---

2 願納(원납) : 자원하여 재물을 바침.

3 二字缺(이자결) : 국립중앙도서관 소장본에는 '一百'으로 되어 있음.

4 爲在果(위재과) : '하거니와'의 이두표기.

5 爲置(위치) : '한지라'의 이두표기.

해남 도유사가 문서 보고하는 일
海南都有司爲文報事

나랏일이 이토록 망극한 지경에 이르렀으니, 통곡하는 것을 제외하고 다시 무슨 말을 하랴. 우리 고을의 백성들은 변란이 일어났음을 듣자마자 곧장 의병을 모으고 군량을 거두었으니, 군량미 40여 석과 군기(軍器)로는 장전(長箭) 20부(部), 장창(長槍) 20병(柄) 등을 이미 조처하여 지금 낱낱이 거두었으며, 의병은 또한 불러 모으는데도 성화같이 재촉하였거니와, 대개 의병과 군량을 조처한 현황은 일찍이 우리 고을의 파발 문서로 하나하나 기록하여 도차사원(都差使員 : 지방에 파견된 차사원의 장)에게 보고하였는데, 우리 고을의 백성들이 군량을 조처한 연유를 급히 보고하는 일임.

위와 같이 첩문을 모의청에 올림.

숭정 10년 정월 7일 유시(酉時 : 오후 5시~7시)
도유사 : 진사 김연지·윤적. 초학(初學) 윤선계.

제사(題辭) : 공문이 도착하였거니와 군량을 거두어 모은 후에 서면으로 보고하오며, 의병은 신속히 규합하여 기한을 정하고 올려 보내어 합세해서 진격토록 하려는 일임.

國事至此罔極, 慟哭之外, 更何言哉? 本縣士民等, 聞變之初, 卽爲收募兵粮, 則粮米四十餘石, 軍器長箭二十部, 長槍二十柄等(乙), 已爲措辦, 而今方這這¹募聚(爲乎旀), 義兵段, 亦爲募召, 星火催督(爲在果), 大檗義兵粮措辦形止(段乙²), 曾於本縣擺撥文牒中, 枚報³于都差使員⁴ 前(爲如乎⁵), 本縣士民等, 兵粮措爲緣由(乙), 馳報(爲臥乎)事。

右牒呈

募義廳

崇禎十年正月初七日西時

都有司:進士金鍊之・尹績, 初學尹善繼.

題辭:到付(爲在果), 義粮收聚後, 牒報(爲旀), 義旅斯速糾合, 刻日上送, 以爲合勢進擊事。

---

1 這這(저저) : '낱낱이'의 이두표기.

2 段乙(단을) : '段'의 오기. 국립중앙도서관 소장본에 따른 것이다.

3 枚報(매보) : 하나하나 기록하여 보고하는 것.

4 都差使員(도차사원) : 중요한 사무를 위하여 임시로 중앙에서 파견하는 차사원원의 장.

5 爲如乎(위여호) : '하였는데'의 이두표기.

영광 도유사가 문서 보고하는 일
靈光[1]都有司爲文報事

　　우리 고을의 의청(義廳)이 의병을 불러 모았는데, 마음대로 정하기가 어려움으로 말미암아 의기를 떨쳐 모집에 응한 12명만을 우선 올려 보내되, 그 가운데 김경백(金慶伯)으로 장수를 정하여 거느리고 가도록 하니, 이후에 계속해서 의병을 불러 모을 계획을 하고 있으며, 군량은 100석을 올려 보낼 의향으로 이번 달 6일에 우선 배로 보낸 일임.
　　위와 같이 첩문을 모의청에 올림.

　　　　　　　　　　　　　　　　　　　　　숭정 10년 정월 9일
　　도유사 : 전 현감 이희태. 유학(幼學) 이민겸. 이구. 송식. 이장. 김담.
　　　　　　생원 강시억. 정명국. 유학 김상경. 강시만. 강시건. 이운.

　　제사(題辭) : 도착한 군정(軍丁 : 군역의 의무를 지는 장정) 12명은 점고하여 군대에 보냈거니와, 또 뒤따라서 더 많은 수의 의병을 모집하여 보내겠다는 보고와 나라의 위급한 일에 달려가려는 뜻도 있으니 참으로 가상히 여기어 감탄할 일이거니와 낱낱이 모집한 것을 급히 보고할 일.

---

1 靈光(영광) : 어떤 연유에서인지 알 수 없으나, 국립중앙도서관 소장본에는 '영광'이란 지명이 생략된 채로 기사가 기록되어 있음.

本縣義廳, 召募義旅(爲乎矣), 勒定爲難(乙仍于²), 取其奮義應募者十二人, 先爲上送(爲乎矣), 其中金慶伯(以), 定將領去(爲去乎), 此後連爲召募計料(爲乎旀), 義粮段一百石, 納上次(以), 今月初六日, 爲先船運(爲臥乎)事。

右牒呈

募義廳

崇禎十年正月初九日

都有司：前縣監李喜態, 幼學李敏謙, 李坵, 宋軾, 李㘴, 金礚,
　　　　生員姜時億, 丁名國, 幼學金尙敬, 姜時萬, 姜時健, 李暉.

題辭：來到軍丁³十二名段, 點送軍前(爲在果), 又有隨後, 加數募送之報, 爲國急難之意, 誠可嘉歎(是在果⁴), 這這募得馳報事。

---

2 乙仍于(을잉우)：'을 말미암아'의 이두표기.

3 軍丁(군정)：軍役의 의무를 지는 장정.

4 是在果(시재과)：'이거니와'의 이두표기.

함평의청 도유사가 서둘러 급히 보고하는 일
咸平義廳都有司爲急急馳報事

　우리 현(縣)의 의병들이 행장을 꾸려서 떠난 뒤에 치보(馳報)하려다가 미처 책자에 기록하시 못하고 올려 보낸 것이라 하므로 이달 15일에 의병 교생(校生 : 향교의 생도) 12명을 떠나보낼 것이오며, 당초 군량을 급히 보고할 때에 넉넉하게 배로 운반하여 올 계획이었지만 바람이 순조롭지 않아 행여 더디고 늦어지는 폐단이 있을까봐 온 힘을 다해 육지로 운반하여 때에 맞춰 바치면 편리하고 마땅할까 하여 20석으로 첩문을 올렸다 하므로 항목을 하나같이 본도(本道)에 하달한 공문의 내용대로 하려고 실어 나르는 배에는 교생들뿐이며, 거두어 모은 군량미 37석(石) 1두(斗)를 배로 시방 실어 운반하기 위함.

　위와 같이 첩문을 모의청에 올림.

숭정 10년 정월 13일

도유사 : 정색. 정적.

　제사(題辭) : 도원수 및 남북군이 이미 도성에 당도하여 남한산성의 북문에 주둔해 있던 오랑캐를 습격해 대파하고 오랑캐의 기세를 꺾어서 섬멸하기를 기약할 수 있는바, 지금의 형편이 대단히 긴급하와 의병과 군량은 조금이라도 늦어져서는 아니 되니 신속히 보내거나 실어 날라서 일이 지난 뒤에 미처 후회하는 일이 없기 바람.

本縣義旅, 裝束發程, 後馳報次(以), 未及成册上送(是如乎[1]), 今月十五日, 義旅校生十二名, 發送(是乎旀), 當初義粮馳報時, 優數船運計料(是乎矣[2]), 風勢不順, 倖有遲緩之弊(是乎乙可[3]), 竭力陸運, 趁時上納, 則便當(是乎乙可), 二十石(以)牒呈(爲有如乎[4]), 節一依道行下, 船運次(以), 校生等(叱分[5]), 募合米三十七石一斗(乙), 船隻(以)時方載運(爲只爲).

右牒呈

募義廳

崇禎十年正月十三日

都有司：鄭穚・鄭穚

題辭：都元帥及南北兵, 已到京城, 南漢北門屯賊(乙), 襲擊大破, 賊勢摧挫, 勦滅可期, 卽今事萬分緊急, 義旅義粟, 不可小緩, 斯速發送運輸, 俾無事過未及之悔事。

---

1 是如乎(시여호)：'이라 하므로'의 이두표기.
2 是乎矣(시호의)：'이되' 높임말의 이두표기.
3 是乎乙可(시호을가)：'이올까'의 이두표기.
4 爲有如乎(위유여호)：'하였다 하므로'의 이두표기.
5 叱分(질분)：'哛'의 오기.

의병 일으킨 제공들의 사실

倡義諸公事實

主簿南懍字仲深號聽竹宜寧人沙川伯乙珍七世
孫直提學踇知止堂褒玄孫南臺掌令廷縉曾孫
叅奉景拓子萬曆乙亥生天姿忠厚簡重素痛
早孤至老靡解愛衆弟督課無怠一世韙之宣
廟朝中司馬筮仕至主簿昏朝退歸不復仕進丙
子後杜門絕世講究經音 孝宗庚寅卒

옥과 현감 이홍발

玉果縣監李興浡(1600~1673)

　자는 유연(油然), 호는 운암(雲巖), 본관은 한산(韓山)이다. 목은(牧
隱) 선생 이색(李穡)의 후손으로, 진사 이극함(李克諴)의 아들이다. 공
은 타고난 자질이 맑고 순수하며, 지조는 바르고 확고하였다. 어려서
아버지를 여의고 학문에 힘썼으며, 문장으로 세상을 떨쳤다. 인조(仁
祖) 갑자년(1624) 두 동생[이기발과 이생발]과 함께 사마시에 합격하고,
성균관에 들어가 선비 친구들의 존경을 받았다. 병인년(1626) 후금의
사신이 이르자, 공은 앞장서서 발의하여 두 동생 및 성균관 동료들 10
여 명과 함께 상소하기를, 「오랑캐가 바야흐로 제 분수도 모르고 대방
(大邦 : 명나라)을 침범하였으니, 우리나라는 의리상 교유해서는 아니
됩니다. 청컨대 오랑캐 사신의 목을 베고 머리를 함에 담아서 천조(天
朝 : 명나라)에 보내십시오.」 하였다. 글의 뜻이 당당한 기개가 있으니,
당대 사람들이 옳게 여겼다. 무진년(1628) 문과에 급제하였다.

　병자년(1636) 겨울에 오랑캐가 또 크게 쳐들어왔는데, 이때 공은 옥
과(玉果)의 수령을 맡고 있었다. 남한산성이 포위되어 위급하다는 것을
듣고는, 아우 서귀공(西歸公) 이기발(李起浡) 및 동지 몇 사람과 함께
의병을 일으키기로 모의하고 직접 격문(檄文)을 써 도내(道內)에 두루
알리면서, 여러 고을들의 유사(有司)에게 여산(礪山)에서 의병을 모이
게 하였다. 공은 종사관(從事官)으로서 군병을 전담하였는데, 청주(淸
州)에 도착했을 때 이미 강화가 이루어졌다는 소식을 듣고는, 서귀공과
손을 맞잡고 통곡하며 함께 은둔하기로 굳게 마음먹었다. 시를 지어 그

뜻을 나타내었으니, 다음과 같다.

명나라는 우리의 선조와 같으니,	天朝猶我祖
성스러운 임금은 나의 어버이일러라.	聖主卽吾親
이미 인륜에 정한 바가 있으니	已有人倫定
어찌 내가 처신하기 어려울 것이랴.	何難處此身

또 이르기를 다음과 같다.

봄빛은 비린내 나는 티끌 따라 변치 않았고	春光不逐腥塵變
산색은 도리어 지난해와 같이 새롭구나.	山色還同去歲新
지친 말을 타고서 홀로 강가의 길 찾다가	疲馬獨尋江上路
환한 밝은 천지에 고기 낚는 신세로구나.	大明天地釣魚身

마침내 운암산(雲巖山) 속으로 들어가 종신토록 나오지 않았다. 여러 차례 대관(臺官)과 간관(諫官)으로 부르는 명이 있었으나 한 번도 나아가지 않았다. 매번 병자호란 당시의 일을 말할 때마다 눈물을 흘렸고, 늙도록 앉더라도 서쪽을 향하지 않았다. 물건들 가운데 오랑캐 나라에서 가져온 것이면 비록 갖옷과 모자일지라도 절대로 몸에 가까이 하지 않았다. 임종하며 분부하기를, 단지 옥과 현감으로만 신주(神主)에 직함을 쓰도록 하였는데, 대개 교지(教旨)에 쓰인 숭정(崇禎 : 명나라 마지막 황제 의종의 연호)이 옥과 현감으로써 그치기 때문이었다.

공은 더욱 효성과 우애가 돈독했으니, 부친상을 당했을 때 어렸음에도 슬픔이 지나쳐 거의 목숨을 잃을 뻔했으며, 모친상을 당했을 때는 나이가 60이 넘었는데도 상제 노릇을 하며 예의를 갖추었고 여묘살이 3년을 하였다. 공은 만력(萬曆) 경자년(1600)에 태어나서 현종(顯宗)

임자년(1672)에 죽었다. 전주(全州), 임실(任實), 옥과(玉果) 등의 고을에서는 공을 배향하였다. 금상(今上 : 영조)의 조정은 공의 절의와 효성을 기리어 이조참의(吏曹參議)에 증직하고 또 마을에 정문(旌門)을 세우도록 명하였다. 상공(相公) 유척기(兪拓基)가 묘지명(墓誌銘)을 지었다.

字油然, 號雲巖, 韓山人。牧隱[1]先生穡之後, 進士克誠[2]之子。公天姿淸粹, 志操端確。早孤力學, 文章振世。仁廟甲子[3], 與二弟[4], 同登司馬, 遊泮宮[5], 士友推重之。丙寅[6], 虜使至, 公倡議[7], 與二弟及同舘十餘人, 上章[8]言 :「虜方匪茹[9]大邦[10], 在我義不可交。請斬虜价, 函首送天朝。」[11] 辭意凜然, 一世韙之。戊長[12], 登文科。

---

1 牧隱(목은) : 李穡(1328~1396)의 호. 본관은 韓山, 자는 穎叔. 贊成事 李穀의 아들이고, 李齊賢의 문인이다.

2 克誠(극함) : 李克誠(1579~1615). 본관은 韓山, 자는 子和.

3 仁廟甲子(인묘갑자) : 인조 2년인 1624년.

4 二弟(이제) : 李起浡(1602~1662)과 李生浡(1609~1629). 이생발의 본관은 韓山, 자는 時然, 1624년 생원시에 합격, 1627년 식년시에 급제하였고, 學正을 지냈다. 水使 李憕의 딸 全州李氏와 결혼하였는데, 이담의 첩과 그 첩의 자식들이 모의하여 죽게 만들었다. 그리하여 그의 맏형 이흥발이 관직에서 물러나 고향으로 돌아가 소송하여 진실을 밝혀 누명을 벗었다.

5 泮宮(반궁) : 성균관과 문묘. 여기서는 성균관만 일컫는다.

6 丙寅(병인) : 仁祖 4년인 1626년.

7 倡議(창의) : 앞장서서 주장함.

8 上章(상장) : 임금이나 관청에 글을 올리는 일.

9 匪茹(비여) : 스스로의 역량을 헤아리지 못한다는 뜻으로, 자기분수도 모른다는 말. ≪시경≫〈六月〉의 "험윤이 스스로 헤아리지 못하고서 초 땅과 호 땅에 정연하게 거처하였다.(玁狁匪茹, 整居焦穫。)"에서 나온 말이다.

10 大邦(대방) : 큰 나라. 여기서는 중국 곧 명나라를 일컫는다.

11 이 상소문은 ≪인조실록≫ 1627년 7월 1일조 3번째 기사에 보임. 곧, "明將 徐孤臣이 우리 경내에 있다가 적에게 살해되었고, 적들이 또 서쪽으로 廣寧을 침범하여 명장을 죽였으니 이들은 바로 명조의 적입니다. 그런데 적의 사신이 왔을 때 전하께서 그들을 客館에 머물게 하고 큰 손님으로 예우한 것은 무슨 일입니까? 신들의 생각에는 적의 사신을 목 베어 함에 담아 명조에 보내지 않으면 끝내 중국을 배신하는 결과를 면하지 못하리라 여겨집니다.(天將徐孤臣, 在我國境, 被賊殺害。伊賊又西犯廣寧, 殺天將, 此奴卽天朝之賊

丙子[13]冬, 虜又大寇, 時公守玉果。聞南漢圍急, 與弟西歸公起浡, 及同志數三公, 共謀擧義, 手草檄文[14], 徧諭道內, 與諸邑有司, 會兵于礪山[15]。公以從事官, 專管軍兵, 行到淸州, 聞已講和, 與西歸公, 握手慟哭, 決意共遯。賦詩見志云: "天朝猶我祖, 聖主卽吾親. 已有人倫[16]定, 何難處此身." 又云: "春光不逐腥塵[17]變, 山色還同去歲新. 疲馬獨尋江上路, 大明天地釣魚身." 遂入雲巖山[18]中, 終身不出。屢有臺省[19]之命, 一不就。每語丙丁[20]時事, 輒流涕, 至老坐不向西。物之自虜中來者, 雖裘帽之屬, 絶不近身。遺命[21], 只以玉果縣監, 題主[22], 盖以敎旨書崇禎[23]止玉果也。

公尤篤孝友, 其丁外憂[24], 幼而能致哀毁幾減性, 及遭艱[25], 年過六旬, 而執喪[26]備禮, 廬墓三年。公生於萬曆庚子[27], 卒於顯廟壬子[28]。全州・

也。賊使之來, 殿下輒舍之以館, 禮之以大賓, 抑何歟? 臣等以爲, 若非斬使函送, 則終未免背華之歸矣。)"이다.

12 戊辰(무진): 仁祖 6년인 1628년.

13 丙子(병자): 仁祖 14년인 1636년.

14 檄文(격문): 어떤 사실을 여러 사람에게 알리어 부추기면서 군병을 모집하기 위한 글.

15 礪山(여산): 전라북도 益山에 속해 있는 지명. 礪良과 朗山 두 현의 合名이다.

16 人倫(인륜): 사람이 지켜야 할 떳떳한 도리.

17 腥塵(성진): 비린내와 티끌이라는 뜻. 청나라 오랑캐를 일컫는 말로도 쓰인다.

18 雲巖山(운암산): 전라북도 임실군에 있는 산.

19 臺省(대성): 臺諫. 臺官과 諫官을 아울러 이르는 말.

20 丙丁(병정): 병자호란을 가리킴. 병자호란이 병자년(1636) 12월부터 정축년(1637) 1월까지 일어났기 때문이다.

21 遺命(유명): 부모가 임종할 때에 하는 명령.

22 題主(제주): 神主를 만들어 거기에다 죽은 사람의 직함과 이름을 쓰는 일.

23 崇禎(숭정): 명나라 마지막 황제 毅宗의 연호(1628~1644).

24 丁外憂(정외우): 부친상을 당함. 이흥발의 나이 16세 때인 1615년 11월 12일 부친 이극함이 죽었다.

25 遭艱(조간): 當故. 부모의 상을 당했다는 뜻이나, 여기서는 어머니의 상을 당한 것을 일컬음. 이흥발의 나이 64세 때인 1663년 9월 18일 어머니 全州崔氏가 죽었다.

26 執喪(집상): 어버이 상사에서 예절에 따라 상제 노릇을 함.

27 萬曆庚子(만력경자): 宣祖 33년인 1600년.

任實·玉果等邑, 各腏亨之。今上²⁹朝, 襃公節孝, 贈吏曹參議, 又命旌閭。兪相公拓基³⁰, 撰墓銘。

28 顯廟壬子(현묘임자) : 顯宗 13년인 1672년.

29 今上(금상) : 英祖를 가리킴.

30 兪相公拓基(유상공척기) : 상공 兪拓基(1691~1767). 본관은 杞溪, 자는 展甫, 호는 知守齋. 金昌集의 문인이다. 1714년 증광문과에 급제해 검열이 된 후 正言·수찬·이조정랑·사간 등을 역임하였다. 1722년 신임사화 때 소론의 언관 李巨源의 탄핵을 받고 海島에 유배되었다. 1725년 노론의 집권으로 풀려나서 이조참의·대사간을 역임하고 이듬해 승지로 참찬관을 겸하다가 경상도관찰사·양주목사·함경도관찰사·도승지·元子輔養官·世子侍講院賓客·평안도관찰사·호조판서 등을 두루 지냈다. 1739년 우의정에 오르자, 신임사화 때 세자책봉 문제로 연좌되어 죽은 金昌集·李頤命 두 대신의 復官을 건의해 伸冤시켰다.

대동 찰방 이기발
大同察訪李起淳(1602~1662)

자는 패연(沛然), 호는 서귀(西歸), 곧 운암공(雲巖公 : 이흥발)의 둘째 아우이다. 만력(萬曆) 임인년(1602)에 태어났다. 8살 때 ≪시경(詩經)≫을 읽다가 〈회풍(檜風)편의 '누가 장차 서쪽으로 돌아갈거나, 좋은 소식 품고 오려나.(誰將西歸, 懷之好音)'라고 한 구절에 이르러서는 분개하여 울며 말하기를, "주(周)는 천자의 나라인데도 그 쇠잔하고 미약함이 이와 같으니 슬퍼하지 않을 수 있으랴." 하니, 사람들이 기이하게 여겼다.

인조(仁祖) 갑자년(1624) 공의 형제 세 사람은 모두 사마시(司馬試)에 합격하여 성균관에 들어갔다. 공은 만형, 막내 동생과 함께 항소(抗訴)하기를, 「청컨대 오랑캐 사신의 목을 베어 함에 담아서 천조(天朝 : 명나라)에 보내십시오.」 하니, 온 나라 사람들이 의롭게 여겼다. 정묘년(1627) 공은 막내 동생과 함께 잇달아 과거에 급제하였다. 병자년(1636) 한림(翰林)의 추천에 의하여 대동 찰방(大同察訪)으로 외직에 나아갔다. 감사를 비롯한 여러 관원들과 함께 어명을 받들어 기자전(箕子殿)을 보살핀 적이 있었는데, 감사 이하 사람들은 재배(再拜)하였지만 공만은 홀로 절하지 아니하여 감사가 그 까닭을 캐물으니, 공이 말하기를, "절하는 것도 절하는 이의 마음에 달린 것이고 절하지 않는 것도 절하지 않는 자의 마음에 달린 것이지, 아마도 백마를 타고 주(周)나라에 조회한 기자(箕子)의 뜻은 아닐 것입니다." 하였다.

이해 겨울에 청나라 군대가 갑자기 들이닥쳐 남한산성이 포위되었는데, 공은 어머니를 뵈러 만형[이흥발]의 임지인 옥과에 와 있다가 자신의 임소로 돌아갈 길이 없었다. 그리하여 맏형 및 동지들과 함께 격문을 돌려 의병을 일으켰는데, 전라도 여러 고을의 유사들에게 의병을 규합하여 여산(礪山)에서 모이도록 하였다. 의병장 정홍명(鄭弘溟) 및 감사 이시방(李時昉)과 병력을 합쳐서 진군하여 청주(淸州)에 이르렀다. 오랑캐의 진영(陣營)이 매우 가까워지자, 군사들의 마음이 흉흉하였다. 감사와 의병장이 상금을 걸고 적정을 살피러 갈 자를 모집하였으나 응하는 이가 있지 않자, 공이 자진하여 가기를 청하였다. 산에 올라 내려다보다가 갑작스레 오랑캐 군사를 만나게 되자 칼을 뽑아 큰소리로 외치며 쳐서 달아나게 하였고, 뒤쫓아 가서 9명을 목 베어 돌아오니 군사들의 사기가 배로 치솟았다. 이윽고 남한산성에서 임금이 나왔다는 소식을 듣고는, 공은 맏형과 함께 머리를 북쪽으로 하고 통곡하다가 돌아왔다.

풀로 엮은 옛집에서 몸소 농사를 지으며 어머니를 봉양하였다. 의기가 북받쳐 시를 지었으니 다음과 같다.

중원 대륙에 본래의 주인 없으니	中原自無主
어느 곳에서 황제의 위엄 보려나.	何處見皇威
하북에선 전쟁 티끌만이 자욱했건만	河北風塵暗
강남에는 급한 격서조차 드물었구나.	江南羽檄稀
지난날 문물이 번성했던 곳에선	當年文物地
오늘날 전쟁이 일어난 터가 되어	此日戰爭畿
영원히 존주하는 의리를 저버렸으니	永負尊周義
서쪽에 돌아가도 눈물이 옷깃 적시리라.	西歸淚滿衣

손님과 마주하여 이야기를 나누다가 말이 병자호란의 일에 미칠 때마다 눈물을 흘렸고, 중국에서 온 터럭만한 물품이라도 몸에 댄 적이 없었

다. 조정에서 필선(弼善)과 헌납(獻納) 등으로 여러 차례 불렀으나 나아
가지 않고 저 노중련(魯仲連)처럼 동해에 빠져 죽을지언정 오랑캐 천하
의 백성이 되지 않겠다는 사직소(辭職疏)를 지었으니, 글의 뜻이 당당한
기개가 있었다. 개 한 마리를 기르며 이름을 극한(殛汗 : 汗은 청나라 태
종을 가리킴)이라 한 적이 있었는데, 손님을 마주하고 개를 소리쳐 부르
기를, "무슨 수로 칸(汗)을 죽이려느냐?" 하니, 개가 곧장 눈을 부릅뜨고
날뛰면서 나무를 물어뜯자, 신만(申曼)이 그것을 보고 기이하게 여겼다.
공은 임인년(1662)에 죽었다. 신해년(1671)에는 효성과 우애로써 도승
지(都承旨)를 증직 받았다. 을축년(1745)에는 충효와 절의로써 마을에
정문을 세우도록 명받았다. 서산(西山)에 사우(祠宇)를 세웠다.

字沛然, 號西歸, 卽雲巖公之仲弟。萬曆壬寅[1]生。八歲, 受讀《詩
傳》, 至〈檜風〉'誰將西歸, 懷之好音'[2]之句, 慨然泣曰 : "周, 天子之國,
而其衰微如此, 可不悲乎?" 人異之。

仁廟甲子, 公兄弟三人[3], 俱中司馬, 居泮[4]。公與伯季氏抗訴, 「請斬
虜使, 函送天朝.」一國義之。丁卯, 公與季氏, 聯捷登第。丙子, 以翰
薦[5], 出爲大同[6]察訪。嘗與方伯諸員, 奉審[7]箕子殿[8], 方伯以下再拜, 公
獨不拜, 方伯詰其故, 公曰 : "拜者有拜者之心, 不拜者有不拜者之心,
盖非其白馬朝周[9]之意也."

---

1 萬曆壬寅(만력임인) : 宣祖 35년인 1602년.
2 誰將西歸, 懷之好音(수장서귀, 회지호음) : 《시경》〈檜風 · 匪風〉에 나오는 구절.
3 兄弟三人(형제삼인) : 이흥발, 이기발, 이생발을 가리킴.
4 居泮(거반) : 성균관에 기거하며 공부함.
5 翰薦(한천) : 翰林의 추천. 선배 사림의 추천을 받는 것을 일컫는다.
6 大同(대동) : 조선시대 평안도 평양에 있던 驛이름. 義州의 義順驛까지 모두 11개의
역이 딸려 있었는데 이 驛路를 大同道라고 하였다.
7 奉審(봉심) : 왕명을 받들어 능이나 묘를 보살피는 일.
8 箕子殿(기자전) : 기자조선 시조 箕子의 제향을 위해 평양성 밖 箕林里에 세웠던 사당.

是年冬, 清兵猝至, 南漢受圍, 公方以覲, 在玉果, 伯氏任所, 無路還官[10]. 與伯氏及同志, 移檄倡義, 與本道諸邑有司, 糾聚義旅於礪山. 進與義將鄭公[11]及方伯李公[12]合兵, 至淸州. 賊陣甚逼, 軍情洶洶. 監司及義將, 購募[13]觇賊, 而莫有應者, 公挺身[14]請往. 陟山[15]俯瞰, 卒遇賊軍, 奮劍一喝, 而擊走之, 追斬九首而還, 士氣增倍. 俄聞南漢出城, 公與伯氏, 北首慟哭而還.

於薪堂舊舍, 躬治田園, 爲養母夫人. 慷慨作詩曰："中原自無主, 何處見皇威. 河北風塵暗, 江南羽檄稀. 當年文物地, 此日戰爭畿. 永負尊周義, 西歸淚滿衣."[16] 對客酬酢, 語及丙丁, 輒流涕, 燕貨[17]毛物[18],

---

9 白馬朝周(백마조주) : 殷나라가 망한 뒤 箕子가 백마를 타고 周나라에 朝會한 사실을 말함. 이때 그는 은나라의 폐허를 지나면서 감개무량한 느낌을 금치 못하여 '麥秀歌'를 지어 회포를 달래었다 한다.

10 還官(환관) : 지방관이 자기의 임소로 돌아가거나 돌아옴.

11 鄭公(정공) : 鄭弘溟(1582~1650)을 가리킴. 조선 중기의 학자. 본관은 延日, 자는 子容, 호는 畸庵·三癡. 아버지는 우의정 鄭澈이며, 어머니는 文化柳氏로 柳强項의 딸이다. 정철의 4남이자 막내아들이다. 宋翼弼·金長生의 문인이다. 1616년 문과에 급제, 승문원에 보임되었으나 반대당들의 질시로 고향으로 돌아가 독서와 후진 양성에 힘썼다. 1623년 예문관검열을 거쳐, 홍문관의 정자·수찬이 되었다. 이때 李适의 난이 일어나자, 임금을 모시고 공주까지 몽진 갔다 돌아와 사간원의 정언·헌납과 교리, 이조정랑을 거쳐 의정부의 사인으로 휴가를 받아 湖堂에 머물면서 독서로 소일하였다. 1627년에 사헌부집의·병조참지·부제학·대사성을 역임하고, 자청해서 김제군수로 나가 선정을 베풀었다. 仁烈王后 상을 마친 뒤 예조참의·대사간에 임명되었으나 모두 사양하고 고향으로 돌아갔다. 1636년 병자호란이 일어나자 召募使로 활약하였다. 적이 물러간 뒤 고향으로 돌아가 벼슬을 사양하다가 다시 함양군수를 지내고, 1646년 대제학이 되었으나 곧 병이 들어 귀향하였다. 1649년 인조가 죽자 억지로 불려 나왔다가 돌아갈 때 다시 대사헌·대제학에 임명되었으나 모두 나가지 않았다.

12 李公(이공) : 李時昉(1594~1660)을 가리킴. 본관은 延安, 자는 系明, 호는 西峰. 아버지는 연평부원군 李貴이며, 영의정 李時白의 아우이다. 1636년 나주목사를 지낸 후 전라도관찰사로 승진되었으나, 병자호란이 일어나자 즉시 군사를 동원하여 위급한 남한산성을 지원하지 않았다는 죄로 定山(지금의 충청남도 청양군)에 유배되었다가 풀려났다.

13 購募(구모) : 상금을 걸고 모집함.

14 挺身(정신) : 어떤 일에 앞장서서 나아감. 또는 남들보다 앞서 자진하여 나아감.

15 陟山(척산) : 산에 오름.

16 이 시는 이기발의 ≪西歸遺藁≫ 권3에 있는 〈述懷〉 3수 가운데 두 번째 시임.

17 燕貨(연화) : 연경의 물화. 곧 중국의 물품을 가리킨다.

18 毛物(모물) : 털옷. 여기서는 '毫物'로 보아 '터럭만한 물품'으로 해석하였다.

未嘗加體。朝家, 以弼善[19]・獻納[20], 累召不起, 作蹈東海[21]疏, 辭義凜然。嘗畜一犬, 名曰'殛汗[22]', 對客呼犬曰: "汝何以殺汗?" 犬卽張目踊躍, 取木嚼齧, 申公鐼[23]見而異之。公壬寅[24]卒。辛亥[25], 以孝友, 贈都承旨[26]。乙丑[27], 以忠孝節義, 命旌閭[28]。立祠西山[29]。

---

19 弼善(필선) : 조선시대에, 세자시강원에 속한 정4품 벼슬.

20 獻納(헌납) : 조선시대에, 사간원에 둔 정5품 벼슬. 임금의 잘못을 지적하여 고치게 하는 일을 맡아보았다.

21 蹈東海(도동해) : 전국시대 齊나라의 높은 節義를 가진 隱士 魯仲連이 新垣衍에게 "秦나라가 천하의 제왕으로 군림하게 되면 나는 동해에 빠져 죽을지언정 그 백성이 되지 않겠다.(秦即爲帝, 則魯連有蹈東海而死耳.)"고 말한 데서 나온 것.

22 汗(칸) : 오랑캐 추장. 여기서는 청나라 태종을 이른다. 이름 홍타이지[皇太極]. 시호 文皇帝. 태조 누르하치[奴兒哈赤]의 여덟째 아들. 1626년 태조가 죽자 後金國의 캔汗이으로 즉위하고 이듬해 天聰이라 改元하였다. 1635년 내몽골을 평정하여 大元傳國의 옥새를 얻은 것을 계기로 국호를 大淸이라 고치고, 崇德이라 개원하였다. 1636년에는 명나라를 숭상하고 청나라에 복종하지 않는 조선을 침공하였으며, 중국 본토에도 종종 침입하였으나, 중국 진출의 꿈을 이루지 못한 채 죽었다.

23 申公鐼(신공만) : 申曼(1620~1669)의 오기인 듯. 본관은 平山, 자는 曼情, 호는 舟村. 영의정 申欽의 증손이고, 侍直 申翊隆의 아들이다. 宋時烈의 문인이다. 1636년의 병자호란이 굴욕적인 講和로 끝나게 되자 당시 懷德에 있던 송시열을 찾아가 학업에 정진하였다. 1658년 송시열이 다시 등용되어 효종과 함께 북벌을 논의할 때 그의 요청으로 조정에 들어가 이에 관한 의견을 내놓아 반영시켰으나, 이듬해 효종이 죽자 그의 계획은 와해되고 말았다. 1665년 元子의 탄생으로 慶科가 설치되자 송시열의 지시로 이를 비난함으로써 南人과 논쟁을 벌였으나, 마침내 송시열이 右贊成에서 사직하자 낙향하였다.

24 壬寅(임인) : 顯宗 3년인 1662년.

25 辛亥(신해) : 顯宗 12년인 1671년.

26 都承旨(도승지) : 조선시대 承政院의 으뜸 벼슬. 왕명을 전달하거나 신하들이 왕에게 올리는 글을 상달하는 일을 맡아보았다.

27 乙丑(을축) : 英祖 21년인 1745년.

28 旌閭(정려) : 충신, 효자, 열녀 등을 그 동네에 旌門을 세워 표창하던 일.

29 祠西山(사서산) : 전라북도 全州의 西山祠를 일컬음.

순창 현감 최온
淳昌縣監崔蘊(1583~1659)

자는 휘숙(輝叔)이다. 세계(世系)는 영성부원군(寧城府院君) 문정공(文靖公) 최항(崔恒)의 7세손으로, 참찬(參贊) 최영(崔穎)의 손자이고, 교리(校理) 미능재(未能齋) 최상중(崔尙重)의 아들이다. 준수한 풍채에 영특하고 슬기로웠는데, 나이 겨우 11살 때에 명나라 장수가 무술을 닦는 곳에 빽빽이 모인 사람들을 바라보다가 그의 용모와 태도를 기이하게 여기고 맞아들여 앉히고는 후히 선물하며 말하기를, "이 아이는 진실로 천하의 기남자(奇男子 : 재주와 슬기가 남달리 뛰어난 남자)로 중국에서도 보기 드문 아이로다." 하였다.

기유년(1609) 사마시에 합격했으나 광해군의 정치가 어지러워서 위태로운 나라에는 들어가지 말아야 한다는 뜻으로 홀로 있는 어머님께 고하고 속세를 떠나 은둔하였다. 두류산(頭流山)에 집을 짓고 고기를 낚으며 화를 피하였다. 계해년(1623) 인조반정이 일어난 뒤 유일(遺逸)로 천거되어 잇달아 벼슬 임명이 있었다. 인평대군 사부(麟坪大君師傅)로서 처음으로 강(講)하는 날에 서안(書案)을 준비해두고 나아가 앉도록 청하자, 공은 '스승이란 제자에게로 찾아가서 가르칠 수 없다.'는 뜻으로 주상께 아뢰었고, 주상께서는 매우 옳은 것으로 생각하시어 즉시 고쳐 바로잡아서

서안(한국학중앙연구원 자료)

영원히 정식(定式)으로 삼으라고 하였다. ≪논어≫를 강할 때, 대군이 뒤뜰의 학 울음소리를 듣고 눈이 글에 있지 아니하니, 공은 저 ≪맹자 · 고자(告子)≫에 나오는 혁추(奕秋 : 바둑 잘 두는 사람)와 기러기 관련 이야기를 인용하여 경계하였고, 또 후추[胡椒]를 계단에 심어놓고 갑자기 싹이 돋아났음을 알리니, 공은 희경(羲經 : 주역)의 '평소 언행을 미덥고 삼가야 한다.'는 가르침을 인용하여 경계하였다.

병자년(1636) 겨울, 공은 순창(淳昌)의 수령을 맡고 있었다. 이때 정태화(鄭太和)가 원수부(元帥府)의 종사관(從事官)으로서 편안히 보전할 곳을 찾아 순창 고을에 급히 이르렀는데, 한밤중에 뒷산에서 대포소리가 크게 일자 모두 두려워 떨면서 피하기를 청하였으나, 공은 꼼짝하지 않고 들어 앉아 나오지 않았다. 이윽고 곧 절로 안정되니 정태화는 그의 도량에 탄복하였다.

인조(仁祖)가 승하하고 장례를 치른 뒤로 병 때문에 사직하고 고향에 돌아갔는데, 잇달아 진선(進善)과 장령(掌令) 등으로 부르는 명이 있었으나 모두 나아가지 않았다. 무술년(1658) 겨울에 집에서 죽었다. 제사를 내려주고 춘추관(春秋館)이 제문(祭文)을 지어 올리도록 하였는데, 주상(主上 : 효종)께서는 제문이 사실과 맞지 않자 3번이나 고친 뒤에야 쓰도록 하였다. 공이 일찍이 말하기를, "사람의 몸에 병이 있으면 치료를 할 수 있지만 마음에 병이 있으면 치료할 수 없으니, 매우 통탄스럽다." 하였고, 이어서 그의 집을 '폄재(砭齋)'라 불렀다. 공이 죽고 난 다음해에 사림들이 공을 제향하기 위한 논의가 크게 일어났다. 신축년(1661) 노봉서원(露峯書院)에 봉안되어 아버지 미능재와 함께 같은 사당에 배향되었다. 형 판서공(判書公 : 최연) 역시 방산서원(方山書院)에 배향되었다.

字輝叔。系出寧城文靖公恒[1]七世孫, 參贊潁[2]孫, 校理號未能齋尙重³子。俊彩英睿, 年甫十一, 天將望見於講武稠人之中, 奇其儀表, 延坐厚贈曰 : "此誠天下奇男, 中國所罕見也."

中己酉⁴司馬, 廢朝⁵政亂, 以危邦不入⁶之意, 告于偏親, 長往⁷。卜築頭流⁸, 漁釣避禍。癸亥改玉⁹, 以遺逸¹⁰, 連有職名¹¹。以麟坪大君¹²師傅, 始講之日, 置書案, 請師進坐, 公以'師無往敎'之義, 稟于上, 上大以爲可, 卽令改正, 永爲定式。講≪論語≫, 大君聞後庭鶴唳, 目不在書, 公引奕秋鴻鵠之說¹³而警之, 種胡椒扵階, 遽報生芽, 公引義經¹⁴庸愼之

---

1 恒(항) : 崔恒(1409~1474). 본관은 朔寧, 자는 貞父, 호는 太虛亭. 1434년 알성문과에 장원으로 급제하고 1447년 문과중시에 급제하였다. 靖難佐翼功臣 寧城府院君에 봉군되었고, 1467년 政丞의 자리에 오르고 반 년 만에 영의정에 올랐다. 뛰어난 문필 역량을 지니고 있었기에 세종·세조·성종의 3대 동안 그가 남긴 가장 뚜렷한 업적들은 주로 문화정리와 편찬 분야에서 나타났다.

2 頴(영) : '崔頴(1521~1584)'의 오기. 본관은 朔寧, 자는 景潛. 宣祖朝에 禦侮將軍을 지내고 좌승지에 증직되었다.

3 尙重(상중) : 崔尙重(1551~1604). 본관은 朔寧, 자는 汝厚, 호는 未能齋. 1576년 사마시에 합격하고, 1589년 증광문과에 급제하여 검열이 되었고, 1592년에 임진왜란이 일어나자 도원수 權慄의 종사관이 되어 5,6년간 그를 보필하였다. 그 뒤 검열·예문관봉교·헌납·지평·장령·사간·교리 등을 역임하고 1602년 사간을 끝으로 관직생활을 청산하고 고향에 돌아갔다. 도승지에 추증되었다가 아들 崔葕의 공으로 대사헌에 가증되었으며, 남원의 露峰書院에 제향되었다.

4 己酉(기유) : 光海君 1년인 1609년.

5 廢朝(폐조) : 광해군을 일컬음.

6 危邦不入(위방불입) : ≪논어≫〈泰伯篇〉의 "위태로운 나라에는 들어가지 말고, 어지러운 나라에는 살지 말아야 한다. 천하에 도가 있으면 자신을 드러내어 벼슬을 하고, 도가 없으면 숨어야 한다.(危邦不入, 亂邦不居, 天下有道則見 無道則隱.)"에서 나온 말.

7 長往(장왕) : 속세를 벗어나 은둔함을 이름.

8 頭流(두류) : 頭流山. 지리산의 異稱.

9 癸亥改玉(계해개옥) : 1623년 인조반정을 일컬음. 개옥은 패옥을 바꾼다는 뜻으로, 예를 고친다는 의미로 '反正'의 비유이다.

10 遺逸(유일) : 조선시대 초야에 은거하는 선비를 찾아 천거하는 인재등용책.

11 職名(직명) : 職命의 오기. 벼슬 임명.

12 麟坪大君(인평대군, 1622~1658) : 조선 仁祖의 셋째 아들. 본관은 全州, 이름은 㳞, 자는 用涵, 호는 松溪, 시호는 忠敬, 孝宗의 아우. 병자호란 후 청나라의 압박이 날로 심해지매 부왕 인조를 도와 외교 사명을 받들고 청나라에 가서 공을 세운 바 컸다. 병자호란의 비분을 읊은 시조가 여러 편 전하며, 글씨 그림이 다 뛰어났다. 최온이 인평대군의 사부로서 강하던 때는 崔葕翁의 ≪東岡先生遺稿≫ 권6〈從祖砭齋先生行狀〉에 따르면 인평대군 11살 때라고 되어 있어 1632년인 것으로 짐작된다.

訓[15]而戒之。

丙子冬, 公守淳昌。 時鄭太和[16], 以元帥從事, 擇保安處, 馳抵淳邑, 三更夜[17], 驚[18]大作, 皆震慄請避, 公堅臥不起。 俄乃自安, 鄭服其量。

仁廟升遐[19], 因山[20]後, 以病辭歸, 連有進善[21]·掌令[22]之命, 皆不就。 戊戌[23]冬, 卒于家。 賜祭[24], 春秋舘進祭文, 上以文不稱實, 三改用之。

---

13 奕秋鴻鵠之說(혁추홍곡지설) : ≪맹자≫〈告子章句 上〉의 "혁추는 전국에서 바둑을 제일 잘 두는 사람이다. 이 혁추를 시켜 두 사람에게 바둑을 가르치는데, 그 한 사람은 전심전력을 기울여 오직 혁추의 가르침을 듣고, 다른 한 사람은 비록 이를 듣는다고는 하나 마음 한편으로 기러기가 장차 날아오면 활을 들고 화살을 당겨 기러기를 쏠 것만 생각한다면, 비곡 같은 스승에게서 그와 함께 배울지라도 앞의 사람만 못할 것이다.(奕秋, 通國之善奕者也。 使奕秋誨二人奕, 其一人專心致志, 惟奕秋之爲聽, 一人雖聽之, 一心以爲有鴻鵠將至, 思援弓繳而射之, 雖與之俱學, 弗若之矣。)"에서 나온 말.

14 羲經(희경) : 周易 또는 易經을 말함.

15 庸愼之訓(용신지훈) : ≪주역≫〈乾卦·重天乾〉의 "〈잠룡은〉 용의 덕으로 바르고도 중심이 되는 사람이니, 평상시의 말도 미덥게 하고 평상시의 행실도 삼가며 간사함을 막고 그 성실함을 보존하면서 세상에 좋은 일을 하여도 자랑하지 말아야 한다.(龍德而正中者也, 庸言之信, 庸行之謹, 善世而不伐。)"를 가리키는 듯.

16 鄭太和(정태화, 1602~1673) : 본관은 東萊, 자는 囿春, 호는 陽坡. 영의정 鄭光弼의 5대손으로, 형조판서 鄭廣成의 아들이며, 좌의정 鄭致和와 예조참판 鄭萬和의 형이다. 1636년 청나라의 침입에 대비하여 설치된 원수부의 종사관에 임명되어 도원수 金自點 휘하에서 軍務에 힘쓰다가 병자호란을 맞자 황해도의 여러 산성에서 패잔병을 모아 항전하는 무용을 보이기도 하였다. 1637년 세자시강원의 보덕이 되어 昭顯世子를 따라 瀋陽에 가기까지, 당하관 淸要職을 두루 역임하였다. 1637년말 심양으로부터 귀국하자 그 이듬해 충청도관찰사로 발탁되어 당상관에 올랐다. 그리고 6개월 만에 승정원동부승지가 되어 조정에 돌아온 이후 1649년 48세의 나이로 우의정에 오른 직후 효종이 즉위하자 謝恩使가 되어 청나라 燕京에 갔고, 그 뒤 곧 좌의정에 승진되었으나 어머니의 죽음으로 취임하지 못하고 향리에 머무르다가, 1651년에 상복을 벗으면서 영의정이 되어 다시 조정에 나아갔다. 1673년 심한 중풍 증세로 사직이 허락되기까지 20여 년 동안 5차례나 영의정을 지내면서 효종과 현종을 보필하였다.

17 三更夜(삼경야) : 한밤중.

18 驚(경) : 국립중앙도서관 소장본에 '後山砲響'으로 되어 있어 이를 따름.

19 升遐(승하) : 昇遐의 오기. 임금이 세상 떠남을 높여 이르던 말.

20 因山(인산) : 왕, 왕세자, 왕세손과 그 妃들의 장례.

21 進善(진선) : 조선시대에, 세자시강원에 속하여 왕세자의 교육을 맡아보던 정4품 벼슬.

22 掌令(장령) : 조선시대에, 司憲府에 속한 정4품 벼슬.

23 戊戌(무술) : 孝宗 9년인 1658년.

24 賜祭(사제) : 임금이 죽은 신하에게 제사를 지내주던 일.

公嘗曰："人有病則求治，心有病不治，深可痛也。" 因名其堂曰'砭齋.'
公沒之明年，士林俎豆之議，大起。辛丑[25]，奉安于露峯書院[26]，考未能
齋，共享於一堂。兄判書公[27]，亦享于芳山書院[28]。

---

25 辛丑(신축)：顯宗 2년인 1661년.

26 露峯書院(노봉서원)：전라북도 남원에 있는 서원.

27 判書公(판서공)：崔葕(1576~1651)을 가리킴. 본관은 朔寧, 자는 孺長, 호는 星灣·星
淵. 崔彦粹의 증손으로, 할아버지는 崔穎이고, 아버지는 사간 崔尙重이다. 1603년 진사가
되고, 같은 해에 식년문과에 급제하였다. 승문원정자를 거쳐 1610년 예조좌랑이 되었으
나 李爾瞻 등의 모의에 반대, 대북파에 의하여 파직당한 뒤 고향에 돌아가 12년 동안 은
거하였다. 1623년 인조반정 후 장령에 임명되고, 응교·집의·사간 등을 지냈다. 1636년
병자호란 때 좌승지로서 왕을 호종, 남한산성에 들어갔다가 이듬해 돌아와서 예조참의
가 되었고, 嘉善大夫에 올라 한성부좌윤이 되었다. 뒤에 명리에 뜻이 없어 사직하고 낙
향하였다. 이조판서에 추증되고, 남원의 方山書院에 배향되었다.

28 芳山書院(방산서원)：'方山書院'의 오기. 전남 구례군 용방면 중방리에 있었던 서원.
1702년 이 지역 유림들이 尹孝孫의 학문과 덕행을 추모하기 위해 창건하여 위패를 모셨
다. 그 뒤 尹威·崔彦粹·崔葕·李景奭을 추가 배향하였다.

전 한림 양만용

前翰林梁曼容(1598~1651)

자는 장경(長卿), 호는 거오(據梧), 본관은 영주(瀛洲 : 제주)이다. 송천(松川) 선생 양응정(梁應鼎)의 손자요, 효사 양산축(梁山軸)의 아들이다. 효자공은 임진왜란을 당하여 그의 형들인 생원공 양산룡(梁山龍), 승지공 양산숙(梁山璹)과 더불어 의병을 일으켜 강화도로 달려갔다. 승지공은 충성으로 순절하였고 마을에 사당(祠堂)과 정문(旌門)을 세웠으며, 생원공과 효자공은 효성으로 순절하였고 모두 마을에 정문을 세웠다.

공은 만력(萬曆) 무술년(1598)에 태어났다. 갑자년(1624) 이괄(李适)의 난 때 의곡 도유사(義穀都有司)가 되어 그 충성심과 근면성, 일을 처리하는 재능에 사람들은 감복하지 않은 이가 없었다. 계유년(1633) 사마시에 합격하고 생원과·진사과 양시에는 1등, 문과에는 2등으로 한 달 사이에 연관삼장(連貫三場 : 생원, 진사, 대과를 한꺼번에 치러 급제함을 이름)을 하였으니, 세상 사람들이 우러르고 따르는 덕망에 흡족하게 되어 한림(翰林)으로 뽑혔다. 병자년(1636) 북쪽 오랑캐가 쳐들어오자, 공은 마음과 힘을 다하여 떨쳐 의병을 일으키고 8명의 장사(壯士)를 인솔하여 근왕(勤王)할 계책을 삼고는 시산(詩山 : 전북 태인)에 이르렀다. 감회가 일어 읊조렸으니 다음과 같다.

오랑캐 평정할 계책 없으나 긴 밧줄 있어 　　　　平戎無策有長纓
한밤중 칼 두드리니 울분에 평안치 못해라. 　　　　擊劍中宵氣不平

멀리서 그리워하는 남한산성 꼭대기 달이여,　　　遙憐南漢山頭月

외로운 신하의 한 조각 정성스런 마음을 살피라.　　照得孤臣一片誠

　운암(雲巖) 이흥발(李興浡) 등 제공(諸公)과 함께 의병을 모집하여 국난에 달려가는데 처음부터 끝까지 주선하였다. 관직은 응교(應敎)에 이르렀다. 신묘년(1651)에 청풍(淸風) 임지에서 죽었다.

　字長卿, 號據梧, 瀛洲[1]人。松川先生應鼎[2]之孫, 孝子山軸[3]之子。孝子公, 當壬辰亂, 與其兄生員公山龍[4]·承旨公山璹[5], 倡義赴江都。承旨公, 以忠殉節, 建祠旌閭, 生員公·孝子公, 以孝殉節, 俱旌閭。

　公生萬曆戊戌[6]。甲子乱[7], 爲義穀都有司, 忠勤幹局, 人莫不服。癸

　1　瀛洲(영주) : 濟州를 달리 이르는 말.

　2　應鼎(응정) : 梁應鼎(1519~1581). 본관은 濟州, 자는 公燮, 호는 松川. 교리 梁彭孫의 아들이며, 동래부사 梁應台의 아우이다. 1540년 생원시에서 장원으로 급제하고, 1552년 식년문과에 급제하여 檢閱이 되고, 공조좌랑으로 1556년 중시에 급제하여 湖堂에 들어갔다. 그 이듬해 공조좌랑으로 있을 때 당시 권신이었던 尹元衡에 의하여 金弘度와 함께 탄핵을 받고 파직 당하였다가 1560년에 다시 복직되었다. 그 뒤 수찬·진주목사를 거쳐 1574년 경주부윤으로 재직 중, 진주목사로 있을 당시 청렴하지 못하였다는 대간의 탄핵으로 파직되었다. 1578년에 공조참판으로 기용, 성절사로 명나라에 갔으나 부정을 저질렀다는 이유로 다시 파직되었다가 대사성에 복직되었다. 시문에 능하여 선조 때 8문장의 한사람으로 뽑혔으며 효행으로 정문이 세워졌다.

　3　山軸(산축) : 梁山軸(1571~1597). 본관은 濟州, 자는 維石. 양응정의 넷째 아들이다. 임진왜란 때 형들이 의병으로 전장에 나가자 집안일을 도맡았고, 1597년 丁酉再亂 때는 가족과 같이 피난길에 올랐다가 務安 三鄕浦에서 왜적을 만나 힘을 다해 싸운 끝에 둘째 형 양산룡과 함께 바다에 몸을 던져 순절했다.

　4　山龍(산룡) : 梁山龍(1553~1597). 본관은 濟州, 자는 字翔. 양응정의 둘째 아들이다. 1579년 식년시에 급제하였다. 1597년 정유재란 때 어머니를 모시고 바다에서 피란하다가 務安 三鄕浦에서 왜선을 만나 어머니가 물에 빠져 죽으니, 동생 양산축과 함께 빠져 죽었다.

　5　山璹(산숙) : 梁山璹(1561~1593). 본관은 濟州, 자는 會元, 호는 礏溪. 양응정의 셋째아들이다. 成渾의 문인이다. 벼슬에는 뜻을 두지 않고, 경전연구에만 전념하여 天文·地理·兵學에 정통하였다. 1591년 天象을 보고 난리가 있을 것을 예언, 상소하여 대비책을 건의했다가 배척을 받기도 하였다. 임진왜란이 일어나자 金千鎰과 의병을 일으켜, 晉州에서 싸우다가 죽었다. 左承旨에 추증되었다.

　6　萬曆戊戌(만력무술) : 宣祖 31년인 1598년.

酉[8], 中司馬, 兩試一等, 文科第二, 一月之內, 連貫三場[9], 人望洽然, 選翰林。丙子, 北虜入寇, 公奮勵起義, 率八壯士, 以爲勤王之計, 到詩山[10]。感吟曰：“平戎無策有長纓[11], 擊劍[12]中宵氣不平. 遙憐[13]南漢山頭月, 照得孤臣一片誠.” 與李雲巖諸公, 募義赴難, 終始周旋。官至應教[14]。辛卯[15], 卒于淸風[16]任所。

---

7 甲子乱(갑자란)：1624년 李适의 난을 일컬음.

8 癸酉(계유)：仁祖 11년인 1633년.

9 連貫三場(연관삼장)：생원, 진사, 대과를 한꺼번에 치러 모두 급제함을 일컫는 말.

10 詩山(시산)：지금의 전북 태인을 일컬음.

11 長纓(장영)：적을 사로잡아 묶는 긴 밧줄을 말함. 漢나라 終軍을 지칭하는 말로도 쓰인다. 18세 때 박사가 된 종군은 20세 때 에 南越이 화친을 청하자 '길다란 밧줄(長纓)을 하나 주면 가서 반드시 남월왕을 묶어 가지고 오겠다.'고 했는데, 실제로 남월왕이 와서 속국이 되기를 청하니 漢武帝가 기뻐하였다고 한다. 남월의 재상 呂嘉가 속국이 되는 것을 반대하여 그 왕을 살해하고 한나라 사자도 모두 죽였다.

12 擊劍(격검)：국립중앙도서관 소장본에는 '撫劍'으로 되어 있음.

13 遙憐(요련)：국립중앙도서관 소장본에는 '想應'으로 되어 있음.

14 應敎(응교)：조선시대에, 홍문관에 속하여 학문 연구와 敎命 制撰에 관한 일을 맡아보던 정4품 벼슬.

15 辛卯(신묘)：孝宗 2년인 1651년.

16 淸風(청풍)：충청북도 제천지역의 옛 지명.

전 찰방 류집
前察訪柳楫(1585~1651)

자는 용여(用汝), 본관은 문화(文化)이다. 사계(沙溪) 선생 김장생(金長生)의 문인이다. 문장과 덕행으로서 사문(斯文)에 나타냈다. 호는 백석(白石)이다. 의금부 도사(義禁府都事), 왕자사부(王子師傅), 시강원 자의(侍講院諮議)로 여러 차례 부르는 명이 있었으나 모두 나아가지 않았다.

정묘호란 때 노선생(老先生 : 김장생을 가리킴)이 호소사(號召使)가 되자 공을 막하(幕下)로 불러서 오게 하여 계책을 자문하였다. 이 일은 우암(尤庵 : 송시열의 호) 선생이 지은 비명(碑銘)에 보인다.

만년에 이르러 산골짜기에 집을 짓고 가난한 생활을 하며 편안한 마음으로 도를 즐기면서 후학들을 깨우쳐 나아지도록 하는 것을 자기의 소임으로 삼았는데, 학도들이 많이 따랐다. 만력(萬曆) 을유년(1585)에 태어나서 효종(孝宗) 신묘년(1651)에 죽었다.

공의 일생을 도신(道臣 : 관찰사)이 아뢰니, 임금이 장사 지내는 데 필요한 물품을 지급하게 하였다. 공이 병든 뒤로부터 장례 지낼 때까지 문인, 백성, 구실아치 등은 고기를 먹지 않았고, 모여든 자들이 매우 많았다. 노봉(老峯) 민공(閔公 : 민정중)이 우리 도의 형편을 몰래 탐문하고 조정에 돌아가 아뢰기를, "고(故) 자의(諮議) 류집은 학문과 덕행으로 사림으로부터 받는 신망이 두터웠고, 잘 가르쳐서 잘못을 뉘우치게 하는 데에 부지런하여 고을의 풍속이 잘 교화되었습니다. 그가 죽어서는 문인들이 상복(喪服)을 입고 장사 행렬을 따른 자가 백여 명으로 사람들은 모두 부럽게 여깁니다. 스승과 제자 사이의 상례(喪禮)가 저 삼대(三代) 이후 지금에 이르러서야 비로소 다시 보았으니, 이는 참으로 드물게 있는 일입니다. 마땅히 은혜를 베푸심이 있어야 하옵니다." 하였다. 효종이 가상히 여기시고 감탄하시어 사헌부 지평(司憲府持平)을 증직하고, 김제군(金堤郡)에 사당(祠堂)을 세우게 하였다.

字用汝, 文化人。沙溪[1]金先生門人。以文章德行, 著於斯文。號白石。以禁府都事·王子師傅·侍講院諮議, 累有召命, 皆不就。

丁卯虜變, 老先生, 爲號召使, 召致幕下[2], 咨以籌策。事見尤庵[3]先生所製碑銘[4]。

暮年, 築室山谷, 安貧樂道, 以開進後學, 爲己任, 學徒多從。生于萬曆乙酉[5], 卒于孝廟辛卯[6]。

始卒, 道臣[7]以聞, 命給葬需。自病時至葬, 門人·氓俗·吏胥不肉, 來集者甚多。老峯[8]閔公, 廉問[9]本道, 還朝啓曰: "故諮議柳楫, 以學行, 望重士林, 勤於教誨[10], 邑化俗善。其死, 門人服喪從葬者百餘人, 人皆

---

1 沙溪(사계) : 金長生(1548~1631)의 호.

2 幕下(막하) : 장막의 아래라는 뜻으로, 지휘관이나 책임자가 거느리는 사람.

3 尤庵(우암) : 宋時烈(1607~1689)의 호.

4 宋時烈의 ≪宋子大全≫ 권180에 〈白石柳公墓碣銘〉이 수록되어 있음.

5 乙酉(을유) : 宣祖 18년인 1585년.

6 孝廟辛卯(효묘신묘) : 孝宗 2년인 1651년.

7 道臣(도신) : 관찰사의 異稱. 이때 관찰사는 沈澤(1591~1656)이다. 1647년 장령에 오르고 그 해에 홍충·전라 양도 암행어사로 활약하였다. 1650년 의주부윤·전남감사로 치적을 올려 민심을 얻고, 1652년 전주부윤을 겸하였다. 1654년 승지를 거쳐, 평안도감사가 되어 1656년 관내를 순시하던 중 郭山에서 병사하였다.

8 老峯(노봉) : 閔鼎重(1628~1692)의 호. 본관은 驪興, 자는 大受. 1649년 정시문과에 장원, 湖南御史를 지낸 뒤 대사헌을 거쳐 이조·공조·호조·형조 판서를 역임하였다. 1675년 남인이 득세하자 서인으로서 長興府에 유배되었다가 1680년 풀려나 좌의정이 되었다. 1689년 己巳換局 때 남인이 다시 득세하자 碧潼에 유배되어 그곳에서 죽었다.

9 廉問(염문) : 사정이나 형편 따위를 몰래 물어봄.

10 教誨(교회) : 잘 가르쳐서 지난날의 잘못을 뉘우치게 함.

歆艷。師弟之禮[11]，三代以後，今始復見，此誠稀有之事。宜有令典."
孝廟[12]嘉歎，贈司憲府持平，建祠金堤郡[13]。

---

　11 공자가 세상을 떠났을 때, 그의 제자들은 曾子를 상주로 하여 부모의 장례에 준하
는 예로써 상복을 입고 그의 묘소 앞에서 3년상을 마친 뒤 각자 고향에 돌아가 후학을
양성한 사례가 있음.

　12 孝廟(효묘) : 孝宗(1619~1659). 조선의 제17대 왕으로, 1649년부터 1659년까지 재위
하였다. 본관은 全州, 이름은 淏, 자는 靜淵, 호는 竹梧이다. 仁祖의 둘째 아들이며, 어머
니는 仁烈王后이다. 妣는 우의정 張維의 딸 仁宣王后이다. 1626년 鳳林大君에 봉해졌다.

　13 金堤郡(김제군) : 전라북도 중앙부 서부지역을 점유한 군.

┃ 옥과 · 도유사(玉果都有司)

유학 양산익
幼學梁山益(1593~1660)

자는 여첨(汝瞻), 본관은 남원(南原)이다. 타고난 자질이 특출하고 남달라서 어려서부터 온갖 행실의 근원을 알고 부모에게 효도하며 형제에게 우애하였다. 뛰어난 역량을 겸비한 사람으로 마음씨가 신중하고 차분하였다. 온순하고 인정이 두터우면서 큰 도량을 지녔고, 다급한 말과 당황한 기색이 없었다. 기뻐하거나 노여워하는 감정을 겉으로 드러내지 않았으며, 친인척과 화목하고 마을사람들의 신망을 얻었다. 꾸밈없이 수수함으로 자신을 단속하고, 남의 허물을 말한 적이 없었다. 처남 허정량(許廷亮, 1591~1649)과 함께 이번 의거(병자호란 시 의병을 일으키는 일)에 응하였다.

字汝瞻[1], 南原人。資禀特異, 早知百行之源, 孝父母友兄弟。勇力兼人, 氣像抑抑[2]。醇厚有大度, 無疾言遽色。喜怒不形於外, 睦姻親信鄉里。敦朴飭躬, 未嘗言人之過。與妻娚許廷亮, 應此擧。

---

1 汝瞻(여첨) : 원문에는 글자가 빠져 있는데, 국립중앙도서관 소장본에 따라 보충한 글자임. 그러나 남원양씨 족보에는 '乃瞻'으로 되어 있다. 호는 退隱이다.

2 抑抑(억억) : 군자의 신중하고 차분한 모습을 형용한 말. 《시경》〈大雅 · 假樂〉에 군자의 풍모를 형용하여 "위의는 억억하고, 덕음은 떳떳하다.(威儀抑抑, 德音秩秩.)"한 데서 나온 말이다. 특히 抑抑을 '愼密'로 풀이하였다.

참봉 허섬
參奉許暹(1589~?)

자는 명원(明遠), 본관은 태인(泰仁)이다. 지평(持平) 허사문(許斯文)의 7세손으로, 도사(都事) 허지립(許之立)의 아들이다. 숭정(崇禎) 기축년(1589)에 태어났다. 을묘년(1615) 사마시에 합격하였다. 타고난 성품이 지극히 효성스러워 날마다 부모님을 봉양하였고, 숨어 살면서 제 몸 하나만이라도 착하게 하였다. 인조(仁祖) 때 기옹(畸翁) 정홍명(鄭弘溟)이 공을 유일(遺逸)로 천거하여, 장릉 참봉(章陵參奉)에 제수되었다. 그러나 어버이를 모시려는 뜻이 간절하여 미련 없이 벼슬을 버리고 돌아가려 하자, 기옹의 전별시(餞別詩)가 있었으니 다음과 같다.

누런 의관 차림으로 고향산골에 돌아가려	黃冠返壑
벼슬자리 내던지고 그만둘 생각만 하더니,	思投紱彩
색동옷 입고 재롱 피워드리려는 어머니가	服趨庭慰
동구 밖에 기다리시는 고향집으로 돌아가네.	倚閭歸家

부지런히 봉양하고 또 경학(經學)을 강론하였으니, 조금도 동요됨이 없이 벼슬할 생각은 없었다.

字明遠, 泰仁人。持平斯文¹七世孫, 都事之立子。生崇禎己丑²。乙

---

1 斯文(사문) : 許斯文(?~1430). 본관은 泰仁, 호는 止齋. 아버지 中郞將 許慶의 여섯 아들 중 둘째아들로 태어났다. 넷째아우 許斯行은 司憲府監察을 지냈고, 막내아우 許斯悌

卯3, 中司馬。天性純孝, 日事奉養, 隱居獨善4。仁廟朝, 鄭畸翁弘溟,

薦以遺逸, 除章陵5參奉。志切養親, 浩然棄歸, 畸翁有別詩云："黃冠6

返壑, 思投紱7彩. 服趨庭慰8, 倚閭9歸家." 勤養且講經學, 恬然10無仕官

之意。

는 司評을 지냈다. 1429년 式年試 장원으로 합격하여, 成均館典籍, 司憲府監察, 陽川・金
溝・保寧・樂安의 수령을 거쳐 兵曹侍郎, 禮曹正郎, 司憲府持平으로 역임하였다.

　2　崇禎己丑(숭정기축)：宣祖 22년인 1589년.

　3　乙卯(을묘)：光海君 7년인 1615년.

　4　獨善(독선)：≪맹자≫〈盡心章句 上〉의 "곤궁해지면 자기의 몸 하나만이라도 선하게
하고, 뜻을 펴게 되면 온 천하 사람들과 그 선을 함께 나눈다.(窮則獨善其身, 達則兼善天
下.)"에서 나온 말이다.

　5　章陵(장릉)：경기도 김포군 김포읍에 있는, 仁祖의 친아버지인 元宗과 그의 비 인헌
왕후의 陵.

　6　黃冠(황관)：누런빛의 관. 옛날에는 흔히 야인 또는 농부들이 썼던 관이다.

　7　投紱(투불)：인끈을 풀어 던진다는 뜻으로, 벼슬을 그만두다는 의미.

　8　服趨庭慰(복추정위)：옛날 老萊子가 70세에 이르도록 양친이 살아 있어 효도로 봉양
할 때 어린 아이처럼 색동옷을 입고 그 앞에서 재롱을 피웠다고 한 고사를 염두에 둔
구절.

　9　倚閭(의려)：倚閭之望. 이제나저제나 밖에 나간 자식이 돌아오기를 기다리는 부모
의 간절한 심정을 비유한 고사성어.

　10　恬然(염연)：욕심이 없이 마음이 흔들리지 아니한 모양.

효자 허정량
孝子許廷亮(1591~1649)

자는 자선(子善), 본관은 태인(泰仁)이다. 지평(持平) 허사문(許斯文)의 7세손으로, 인조(仁祖) 정사공신(靖社功臣) 허지희(許之熙)의 아들이다. 7세 때에 임진왜란을 만났다. 그의 부친이 거의 왜적에게 피해를 입게 되었을 때, 공은 칼날을 무릅쓰고 감싸 막으며 자신이 대신 죽기를 원하니, 왜적이 감탄하여 죽이지 못하고 공의 등에다 쓰기를, "이 아이는 효자이다. 뒤에 오는 사람은 해치지 말라." 하였다. 나중에 온 왜적들이 그것을 보고서 기이하다 칭찬하고 해남(海南)까지 데려갔다. 뱃머리에서 공이 아버지에게 고하기를, "차마 우리나라를 버리고 저 이역 땅으로 건너가겠습니까?" 하고는 죽기를 스스로 다짐하고 바다에 빠져 죽으려고 하자, 왜적은 이를 의롭게 여겨 놓아주었다. 이 일이 알려져 마을에 정문(旌門)이 세워졌다.

字子善, 泰仁人。持平斯文之七世孫, 仁廟朝定社功臣[1]之熙子。七歲, 遭倭亂。父幾被賊害, 公冒刃翼蔽[2], 願以身代, 賊感而不傷, 書公背曰：“此孝子。後來者勿害!” 後賊, 見而稱奇, 率去海南。船頭, 公告父曰：“忍棄家邦, 越彼異域?” 以死自誓, 將欲蹈海, 賊義而釋之。事聞旌閭。

---

1 定社功臣(정사공신) : 1398년 제1차 왕자의 난을 평정하는 데 공을 세운 사람에게 내린 칭호. 인조반정에 공을 세운 사람에게 내린 칭호인 '靖社功臣'의 오기이다.
2 翼蔽(익폐) : 새가 날개로 새끼를 감추듯이 감쌈.

진사 김홍서
進士金弘緖(1600~1675)

  자는 서보(緖甫), 본관은 경주(慶州)이다. 신라 경순왕(敬順王)의 후
예로, 조선조 판서 김충한(金冲漢)의 8세손이고, 성균관 생원 김극수(金
克修)의 아들이다. 타고난 자질이 굳세고 명석하였으며, 일을 처리할
때는 맺고 끊는 것이 분명하였다. 독실히 배우고 가난하게 살면서 효성
과 우애가 하늘로부터 타고났다. 몸소 절약과 검소를 행하였고, 다른
사람의 허물을 말한 적이 없었다. 문장과 덕행으로 사림으로부터 받는
신망이 두터웠다. 병자호란 이후 세상일에 뜻이 없어 이름을 숨기고 만
년을 보냈다.

  字緖甫, 慶州人。新羅敬順王之後, 我朝判書冲漢[1]八世孫, 成均生
員克修[2]子。天質剛明, 處事果斷。篤學安貧, 孝友出天[3]。躬行節儉,
未嘗言人之過。文章德行, 見重士林。丙子以後, 無意世事, 潛名自老
焉。

---

  1 冲漢(충한) : 金冲漢(생몰년 미상). 두문동 72현의 한 사람. 전북 남원 杜谷에 은거하
여 망국의 신하로서 지조를 지키면서 자제 교육에 전심하였다고 한다. 禮儀判書를 지냈
고, 시호는 文敏이다.

  2 克修(극수) : 金克修(1561~1615). 본관은 慶州, 자는 景新. 金玖의 아들이다. 1585년 식
년시에 합격하였다.

  3 出天(출천) : 하늘이 냄. 즉 타고났다는 의미이다.

진사 정운붕
進士鄭雲鵬(1615~1677)

자는 박중(搏仲), 호는 북명(北溟), 본관은 초계(草溪)이다. 고려조 광유후(光儒侯) 정배걸(鄭倍傑)의 후손으로, 장령(掌令) 정인(鄭寅)의 손자이다. 만력(萬曆) 을묘년(1615)에 태어났다. 나이가 21살 때인 을해년(1635) 사마시에 합격하였다. 문장과 필법이 모두 세상에 이름났다. 병자호란 때 의병을 파하고 고향으로 돌아와서는 시 1수를 읊었으니 다음과 같다.

나그네 바람 앞에서 울분으로 평안치 못하거늘   有客臨風氣不平
변방의 구름 속 가을빛은 하늘 너머로 저무는구나.   塞雲秋色晚層城
청사검 칼집 속에서 울부짖다 시퍼런 날 드러내나   青蛇吼匣霜鋩露
곰곰이 생각노니 음산에 눈 내린 뒤의 일일러라.   細想陰山雪後程

이윽고 세상일에 뜻이 없어지자, 합강(合江) 가에 정자를 지어서 거문고를 뜯고 술을 마시며 스스로 즐겼다. 정사년(1677)에 죽었다.

字搏仲, 號北溟, 草溪人。麗朝光儒侯倍傑[1]之後, 掌令寅[2]孫。生於

---

1 倍傑(배걸) : 鄭倍傑(생몰년 미상). 草溪鄭氏의 시조. 1017년 知貢擧 郭元의 문하에서 장원으로 급제하였다. 1035년 左拾遺知制誥를 역임하고, 1047년 中樞院副使로서 지공거가 되어 金鼎新 등 진사를 선발하였다. 이후 禮部尙書中樞使에 이르렀다. 그가 죽은 뒤 문종은 1080년에 공적을 기리기 위하여 조서를 내리고, 弘文廣學推誠贊化功臣開府儀同三司守太尉門下侍中上柱國光儒侯를 추증하였다.

萬曆乙卯[3]。年二十一乙亥[4]，中司馬。文章筆法，俱名于世。丙子亂，罷兵還歸，吟詩一絶曰："有客臨風氣不平，塞雲秋色晚層城[5]. 青蛇[6]吼匣霜鋩露，細想陰山[7]雪後程." 因無意世事，築亭於合江[8]上，琴酒自娛。丁巳[9]卒。

---

2 寅(인) : 鄭寅(1561~1621). 본관은 草溪, 자는 汝淸, 호는 松谷·合江亭. 일찍이 鄭介淸으로부터 수업을 받은 뒤, 1588년 진사시에, 1591년 별시문과에 급제하였다. 1600년 중국 장수의 接伴官에 임명되었으나 분수에 넘치는 추한 짓을 하고 있다는 탄핵을 받아 병조좌랑의 직에서 파직 당하였다. 1606년 예조좌랑에 다시 등용되고, 이어 江原都事에 임명되었다. 1611년 병조정랑에 다시 등용되었으며, 1615년에는 지평을 역임하였다. 右參贊에 증직되었다.

3 萬曆乙卯(만력을묘) : 光海君 7년인 1615년.

4 乙亥(을해) : 仁祖 13년인 1635년.

5 層城(층성) : 崑崙山의 가장 높은 곳을 지칭. 즉 하늘이라는 의미이다. ≪水經注≫에 "곤륜산에는 세 층이 있는데, 아래층이 樊桐으로 일명 板桐이라 하고, 둘째 층은 玄圃이니 일명 閬風이라 하며, 위층은 層城인데 일명 天庭이라 하는데 太帝가 사는 곳이다."고 했다.

6 青蛇(청사) : 青蛇劍. 보검의 이름이다.

7 陰山(음산) : 崑崙山의 북쪽 支脈으로서 예로부터 中原의 병풍이라고 불렸음.

8 合江(합강) : 전남 곡성군 옥과에서 흘러오는 강과 순창에서 흘러오는 강이 합해지는 곳임.

9 丁巳(정사) : 肅宗 3년인 1677년.

주부 남수
主簿南燧(1575~1650)

자는 중심(仲深), 호는 청죽(聽竹), 본관은 의령(宜寧)이다. 사천백 (沙川伯) 남을진(南乙珍)의 7세손으로, 직제학(直提學) 지지당(知止堂) 남포(南襃)의 현손이고, 남대(南臺 : 사헌부) 장령(掌令) 남정진(南廷縉) 의 증손자이며, 참봉(參奉) 남경철(南景哲)의 아들이다.

만력(萬曆) 을해년(1575)에 태어났다. 타고난 자질이 충직하고 온후 하였으며, 말이 간결하고 신중하였다. 평소에 일찍 어버이를 잃은 것을 애통히 여겨, 늙도록 조금도 게을리 하지 않고 동생들을 사랑하여 공부 하기를 독려하되 게으름을 피우지 못하게 하니, 당시 사람들이 옳게 여 겼다.

선조(宣祖) 때 사마시에 합격하고, 벼슬자리를 시작하여 주부(主薄) 에 이르렀다. 혼조(昏朝 : 광해군) 때 벼슬자리서 물러나 고향으로 돌아 와 다시는 벼슬자리에 나아가지 않았다. 병자호란 이후에는 두문불출 하여 세상일을 끊고 경전(經典)의 뜻을 강구(講究)하였다. 효종(孝宗) 경인년(1650)에 죽었다.

字仲深, 號聽竹, 宜寧人。沙川伯乙珍[1]七世孫, 直提學號知止堂襃[2]

---

1 乙珍(을진) : 南乙珍(생몰년 미상). 본관은 宜寧. 1368년에 현량과에 급제한 뒤 여러 관직을 거쳐 參知門下府事에 이르렀다. 조선이 개국된 뒤 태조가 沙川伯에 봉하고 회유 하였으나, '신하된 자로서 두 임금을 섬길 수 없다' 하여 積城의 紺嶽山 석굴에 들어가 은거하였다.

2 襃(포) : 南襃(1459~1540). 본관은 宜寧, 자는 士美, 호는 知止堂. 영의정 南袞의 형이

玄孫, 南臺掌令廷縉³曾孫, 參奉景哲⁴子。

萬曆乙亥⁵生。天姿忠厚簡重。素痛早孤, 至老靡懈, 愛衆弟, 督課無怠, 一世韙之。

宣廟朝中司馬, 筮仕⁶至主薄。昏朝退歸, 不復仕進。丙子後, 杜門絶世, 講究經旨。孝宗庚寅⁷卒。

다. 1489년 진사시에 합격하였다. 1502년 별시문과에 급제, 공조낭관 · 홍문관직제학을 지내고, 1506년 중종반정 후에는 昭格署令을 지냈다. 그 뒤 나라일이 잘못되는 것을 보고 세상일에 뜻을 끊고, 靑盲이라 핑계하여 벼슬하지 않고 積城의 紺岳山에 가서 은둔하였다.

3 廷縉(정진) : 南廷縉(1492~1559). 본관은 宜寧, 자는 肅甫, 호는 梨亭. 1510년 사마시에 합격하였다. 여러 차례 관직에 제수되었으나, 거의 나아가지 않았다.

4 景哲(경철) : 南景哲(생몰년 미상). 본관은 宜寧, 자는 聖彦. 濟用監參奉을 지냈다. 생부는 南崡인데, 仲父 南幰에게 양자로 갔다.

5 萬曆乙亥(만력을해) : 宣祖 8년인 1575년.

6 筮仕(서사) : 처음으로 벼슬을 얻음.

7 孝宗庚寅(효종경인) : 효종 1년인 1650년.

박사 조수
博士曺璲(1587~1637)

자는 자장(子長), 본관은 창녕(昌寧)이다. 참의(參議)에 증직된 조광복(曺光福)의 손자이고, 목사(牧使) 수죽(數竹) 조홍립(曺弘立)의 아들이다.

만력(萬曆) 정해년(1587)에 태어났다. 임자년(1612) 사마시에 합격하고, 숭정(崇禎) 무진년(1628) 문과에 급제하여 관직이 박사(博士)에 이르렀다. 성품이 지극히 효성스러웠고, 늘 나라를 걱정하고 임금을 사랑하는 마음이 있었다.

병자호란을 당하여 진사(進士) 오이두(吳以斗)와 함께 의병을 모으고 군량을 거두려는 즈음에, 운암(雲巖) 이홍발(李興浡)의 격문(檄文)이 도착하자 마침내 더불어 힘을 모아 주선하였다. 정축년(1637) 3월에 죽었다.

字子長, 昌寧人。贈參議光福[1]孫, 牧使號數竹弘立[2]子。

萬曆丁亥[3]生。壬子[4]中司馬, 崇禎戊辰[5]登文科, 至博士。性至孝, 常

---

1 光福(광복) : 曺光福(1534~?). 본관은 昌寧. 자와 호는 없음. 이조참판에 증직되었다.

2 弘立(홍립) : 曺弘立(1558~1640). 본관은 昌寧, 자는 克遠, 호는 數竹軒. 1579년 진사시에 합격, 1588년 식년문과에 급제하였다. 1626년 동부승지에 제수되었다가 驪州牧使가 되었는데, 1628년 柳孝立의 모반사건에 연루되어 하동에 유배되었다가 혐의가 없음이 밝혀져 곧 방면되었다. 그 뒤 나이가 71세였으므로 벼슬에서 은퇴하고 오로지 교육에 힘써 많은 후진을 양성하였다. 1637년 80세에 優老의 특전에 따라 嘉善大夫의 위계에 올랐다.

3 萬曆丁亥(만력정해) : 宣祖 20년인 1587년.

有憂國愛君之心。

至是, 與進士吳以斗[6], 聚義兵收軍粮之際, 雲巖[7]李公檄文來到, 遂與
并力[8]周旋[9]。 丁丑[10]三月卒。

---

4 壬子(임자) : 光海君 4년인 1612년.

5 崇禎戊辰(숭정무진) : 仁祖 6년인 1628년.

6 吳以斗(오이두, 1606~1641) : 본관은 羅州, 자는 建伯. 1633년 진사시에 합격하였다.
병자호란 때 의병을 이끌고 청주에 도착하였으나 강화의 소식을 듣고 통곡한 뒤로 부귀
영달을 구하지 아니하고 후학들을 가르쳤다.

7 雲巖(운암) : 李興浡(1600~1673)의 호.

8 并力(병력) : 힘을 합침.

9 周旋(주선) : 일이 잘되도록 여러 가지 방법으로 힘씀.

10 丁丑(정축) : 仁祖 15년인 1637년.

봉사 류동기
奉事柳東紀(1590~1646)

자는 선경(善卿), 본관은 문화(文化)이다. 중종 때 명현(名賢) 전한
(典翰) 류옥(柳沃)의 현손이고, 봉사(奉事) 류명(柳溟)의 아들이다. 만
력(萬曆) 경인년(1590)에 태어났다. 어려서부터 충성을 다하려는 뜻을
지니고 있었다. 정묘년(1627)에 진사가 되었다. 병자호란 때 운암(雲
巖) 이흥발(李興浡)이 공을 도유사(都有司)로 삼았으나, 공은 때마침 서
울에 있었다. 공의 아들 판관(判官) 류현(柳俔)이 집에서 부리던 남자
일꾼 수십 명을 이끌고 다니면서 의병을 모집하여 청주(淸州)에 도착하
였으나, 강화되었다는 소식을 듣고 군사들을 해산하였다. 그리고 공을
서울에서 찾았지만, 공이 고향으로 돌아갔음을 듣고 밤새도록 고향으
로 돌아왔다. 공은 충성과 효성을 다하여 집안을 일으켰다고 아들을 칭
찬하였다. 무인년(1638)에 천거되어 참봉에 제수되었고, 이어서 봉사
가 되었다. 병술년(1646)에 죽었다.

字善卿, 文化人。中廟朝名賢典翰沃¹玄孫, 奉事溟²子。生萬曆庚
寅³。自少有忠義志。丁卯⁴進士。是乱, 雲巖⁵李公, 以公爲都有司, 公

---

1 沃(옥) : 柳沃(1487~1519). 본관은 文化, 자는 啓彦, 호는 石軒. 1501년 생원이 되고,
1507년 식년문과에 급제해 1509년 홍문관수찬을 거쳐 이듬해 무안현감이 되었다. 1515
년 사헌부장령, 1517년 함경도평사를 거쳐 이듬해 의정부사인이 되었다. 1518년 南袞의
미움을 받아 종성부사로 전출되었다.

2 溟(명) : 柳溟(생몰년 미상). 본관은 文化, 자는 大容. 軍資監奉事를 지냈다.

3 萬曆庚寅(만력경인) : 宣祖 23년인 1590년.

時在京。公之子判官俔[6], 率家丁數十, 行收兵, 到淸州, 聞講和罷兵。尋公於京, 聞公還鄕, 罔夜[7]歸省。公以忠孝興家子, 稱之。戊寅[8], 薦拜參奉, 轉爲奉事[9]。丙戌[10]卒。

---

4 丁卯(정묘) : 仁祖 5년인 1627년.

5 雲巖(운암) : 李興浡의 호.

6 俔(현) : 柳俔(1614~1672). 본관은 文化, 자는 磬甫, 호는 遂初堂. 1653년 문과에 급제하였다. 禮曹와 兵曹의 佐郎, 弘文館正字, 通判 등을 지냈다.

7 罔夜(망야) : 밤을 새움.

8 戊寅(무인) : 仁祖 16년인 1638년.

9 奉事(봉사) : 조선시대 敦寧府와 각 寺 · 司 · 署 · 院 · 監 · 倉 · 庫 · 宮에 설치된 종8품의 관직.

10 丙戌(병술) : 仁祖 24년인 1646년.

진사 현적
進士玄績(1614~1662)

자는 공무(公懋), 호는 파옹(皤翁), 본관은 연주(延州)이다. 고려조
상서(尚書) 현덕수(玄德秀)의 후손으로, 사간(司諫) 현사의(玄思義)의 8
세손이다. 만력(萬曆) 갑인년(1614)에 태어났다. 기옹(畸翁) 정홍명(鄭
弘溟)으로부터 가르침을 받았는데, 문장이 일찍 성취되었다. 정묘년
(1627) 진사시에 1등으로 합격하였다. 임인년(1662)에 죽었다.

字公懋, 號皤翁, 延州[1]人。麗朝尚書德秀[2]之後, 司諫思義[3]八世孫。
萬曆甲寅[4]生。受業于畸翁[5]鄭公, 文章早成。丁卯, 中進士一等。壬寅[6]
卒。

---

1 延州(연주) : 국립중앙도서관 소장본에는 星州로 되어 있음. 연주는 평안북도 영변
지역의 옛 지명이다. 현씨는 연주·창원·성주·천령 등 여러 본이 전하나, 연주현씨를
大宗으로 한다고 한다.
2 德秀(덕수) : 玄德秀(?~1215). 본관은 延州, 장군 玄覃胤의 아들이다. 1174년 趙位寵이
난을 일으키자 呂嶺(慈悲嶺) 이북 40여 성이 다 이에 응하였으나, 都領인 아버지 玄覃胤과
함께 성을 고수, 州人들이 權行兵馬臺事에 추대하여 조위총이 회유차 보낸 사절을 잡아
죽였다. 그 뒤 權監倉使가 되어 서경의 군사 1만에게 성이 포위되자 이를 쳐서 궤멸시켰다.
3 思義(사의) : 玄思義(생몰년 미상). 『연주현씨대동보』(2001)에는 이름만 기재되어 있다.
4 萬曆甲寅(만력갑인) : 光海君 6년인 1614년.
5 畸翁(기옹) : 鄭弘溟(1592~1650)의 호.
6 壬寅(임인) : 顯宗 3년인 1662년.

주부 양천운
主簿梁千運(1568~1637)

자는 사형(士亨), 호는 영주(瀛洲), 세계(世系)는 탐라(耽羅) 출신이
다. 현감(縣監) 고암(鼓巖) 양자징(梁子徵)의 아들이고, 소쇄처사(瀟灑
處士) 양산보(梁山甫)의 손자이다. 만력(萬曆) 경인년(1590) 진사시에
합격하였다. 우계(牛溪) 선생 성혼(成渾)으로부터 가르침을 받았다. 효
성과 우애가 돈독하였다. 임진왜란 때 고암공은 늙고 병들었기 때문에
공에게 군량을 마련하여 제봉(霽峯) 고경명(高敬命)의 군대를 돕게 하
면서, 부모 자식의 마음은 똑같거늘 살아서나 죽어서나 협력하라는 말
로 작별하였다. 고경명은 공이 형제가 없음을 안타깝게 여겨 굳이 고향
으로 돌려보내 부모를 봉양하게 하였다. 인조(仁祖) 계해년(1623) 행
실이 돈독하였기 때문에 동몽교관(童蒙敎官)에 제수되었고, 사섬주부
(司贍主簿)를 역임하였다. 병자호란 이후에는 두문불출하고 세상일과
끊었다.

字士亨, 號瀛洲, 系出耽羅[1]。縣監鼓巖子徵[2]子, 瀟灑處士山甫[3]孫。

---

1 耽羅(탐라) : 제주도의 옛 이름.

2 子徵(자징) : 梁子徵(1523~1594). 본관은 濟州, 자는 仲明, 호는 鼓巖. 金麟厚의 문인이
자 사위이다. 효행으로 천거되어 벼슬길에 올랐으며, 1570년경 居昌縣監을 지낼 때 소쇄
원에 鼓巖精舍를 지었다. 1591년 石城縣監으로 있을 때 아들 梁千會가 1589년의 己丑獄事
에 관련되었음이 드러나 파직되었으나, 이듬해 임진왜란이 일어나자 연로하여 자신이
출전하지 못함을 한탄하면서 아들 梁千運을 의병장 高敬命의 막하로 보내 싸우게 하였다.

3 山甫(산보) : 梁山甫(1503~1557). 본관은 濟州, 자는 彦鎭, 호는 瀟灑處士. 1517년 조광
조에게 수학하였고, 1519년 현량과에 합격하였으나 나이가 어리다고 하여 벼슬에 나아

中萬曆庚寅⁴進士。受業於牛溪⁵先生。孝友純篤。壬辰亂, 鼓巖公老病, 命公資兵粮, 助高霽峯⁶軍, 訣以父子同衷, 幽明協力之語。高公憫其無兄弟, 强使歸養。仁廟癸亥⁷, 以篤行, 除童蒙敎官⁸, 知司贍主薄⁹。丙子後, 杜門謝世。

가지 못했다. 그해 기묘사화로 조광조가 화를 입어 귀향가게 되자 유배지까지 스승을 모셨다. 조광조가 사약을 받고 사망하자, 벼슬길을 등지고 고향으로 낙향하였다.

4 萬曆庚寅(만력경인) : 宣祖 23년인 1590년.

5 牛溪(우계) : 成渾(1535~1598)의 호.

6 霽峯(제봉) : 高敬命(1533~1592)의 호.

7 癸亥(계해) : 仁祖 1년인 1623년.

8 童蒙敎官(동몽교관) : 조선시대에 서울의 四學과 각 지방에서 학동들을 가르치던 종9품의 관직. 처음에는 童蒙訓導라고 불렀다.

9 司贍主薄(사섬주부) : 司贍寺에 속해 있던 종6품의 郎官. 사섬시는 조선시대 때 楮貨의 제조 및 지방 노비의 貢布 따위에 관한 일을 맡아보던 관청이다.

진사 이중겸
進士李重謙[1](1573~1644)

자는 덕용(德容), 본관은 수원(水原)이다. 주부(主簿) 이광필(李光弼)의 손자이다. 만력(萬曆) 계유년(1573)에 태어났다. 어버이를 효성스럽게 섬겼으니, 손가락을 끊어 그 피로 어버이를 소생시켰다.

기옹(畸翁) 정홍명(鄭弘溟), 한림(翰林) 오희도(吳希道)와 서로 사이가 좋았다. 무오년(1618)에 사마시에 합격하였다. 기옹의 '검자(劍字)'에 화운(和韻)한 시가 있으니, 다음과 같다.

가늘게 썬 회에 맑은 술동이 놓고 칼 이야기 하매 細斫淸樽仍說劍
황하도 기울일 듯하고 푸른 산도 쓰러트릴 듯하네. 黃河可倒碧山傾

스스로 '경당(鏡塘)'이라 불렀다. 갑신년(1644)에 죽었다.

字德容, 水原人。主簿光弼[2]孫。萬曆癸酉[3]生。事親孝, 斷指得蘇。
與鄭畸翁弘溟[4]・吳翰林希道[5]相善。戊午[6]中司馬。和畸翁劍字詩,

---

1 李重謙(이중겸) : 국립중앙도서관본에도 동일한 한자로써 표제어가 되어 있음. 그런데 국립중앙도서관본의 '曺璣의 사실'에는 '李仲謙'으로 되어 있다. 또한 경자년(1660) ≪식년 사마방목≫의 '李尙熙(1622년생)'를 보면 본관은 水原, 거주지는 昌平, 아버지의 이름은 進士 李仲謙, 형은 李尙穆, 아우는 李尙夏・李尙彬으로 되어 있다. 따라서 표제어는 '李仲謙'의 오기이다.

2 光弼(광필) : 李光弼. 수원이씨 족보에 이중겸이 등재되어 있지 않다고 하는 바, 이광필에 대해서도 확인할 수 없었다.

3 萬曆癸酉(만력계유) : 宣祖 6년인 1573년.

"細斫淸樽仍說劒[7], 黃河可倒碧山傾." 自號鏡塘。甲申[8]卒。

4 弘溟(홍명) : 鄭弘溟(1582~1650)을 가리킴. 조선 중기의 학자. 본관은 延日, 자는 子容, 호는 畸庵·三癡. 아버지는 우의정 鄭澈이며, 어머니는 文化柳氏로 柳强項의 딸이다. 정철의 4남이자 막내아들이다. 宋翼弼·金長生의 문인이다.

5 希道(희도) : 吳希道(1583~1623). 본관은 羅州, 자는 得原, 호는 明谷이다. 1602년 사마시에 합격하고, 1614년 진사시에 합격하였으나 벼슬에 나가지 않고 향리에 은거하며 학문에 정진하였고, 효성 또한 지극하여 주변의 칭송을 받았다. 1623년 알성문과에 급제한 후 記注官(역사의 기록과 편찬을 담당한 사관직)을 대신하여 어전에서 임금의 말을 기록하는 일을 하였는데 이에 출중한 능력을 보이자 곧 예문관 검열에 제수되었다. 하지만 관직에 나간 바로 그해에 천연두에 걸려 41세의 나이로 세상을 떠났다.

6 戊午(무오) : 光海君 10년인 1618년.

7 說劒(설검) : 전쟁에 관한 일을 이야기함.

8 甲申(갑신) : 仁祖 22년인 1644년.

진사 안처공
進士安處恭(1576~?)

　자는 경부(敬夫), 호는 서호(西湖), 본관은 죽산(竹山)이다. 진사 월헌(月軒) 안명산(安命山)의 5세손이고, 참봉(參奉) 안축(安軸)의 현손이다. 만력(萬曆) 병자년(1576)에 태어났다. 성격은 소박하고 양순하며 인정이 두터웠으며, 효성과 우애도 겸비하였다. 기옹(畸翁) 정홍명(鄭弘溟)이 일찍이 말하기를, "안처공의 학문은 지극히 정치하다."고 하였다. 병오년(1606) 사마시에 합격하였다. 석산호수(石山湖水)의 남쪽에 정자를 짓고 명예와 영달을 구하지 아니하며 산수 사이를 거닐었다. 나이가 70이 넘어 죽었다.

　字敬夫, 號西湖, 竹山人。進士號月軒命山¹五世孫, 參奉軸²玄孫。萬曆丙子³生。性質純厚⁴, 　孝友兼全。鄭畸翁嘗曰："安某學力至精." 中丙午⁵司馬。作亭於石山湖水之陽, 不求聞達, 逍遙山水。年逾七旬卒。

---

1 命山(명산)：安命山(생몰년 미상). 본관은 竹山, 자는 靖天, 호는 月軒.
2 安軸(축)：安軸(1500~1572)의 오기. 본관은 竹山, 자는 海濱, 호는 鈍菴. 1531년 생원시에 합격하고, 1542년 문과에 급제하였다.
3 萬曆丙子(만력병자)：宣祖 9년인 1576년.
4 純厚(순후)：순박하고 인정이 두터움.
5 丙午(병오)：宣祖 39년인 1606년.

중추 남이녕
中樞南以寧(1586~1669)

　자는 유안(幼安), 호는 구암(龜巖), 본관은 의령(宜寧)이다. 사천백
(沙川伯) 남을진(南乙珍)의 8세손이고, 직제학(直提學)으로 호가 지지당
(知止堂)인 남포(南褒)의 5세손이며, 남대(南臺 : 사헌부) 장령(掌令) 남
정진(南廷縉)의 현손이다. 아버지 남각(南恪)은 이괄(李适)의 난 때에
소모 도유사(召募都有司)가 되어 의병을 모집하였다.

　공은 만력(萬曆) 병술년(1586)에 태어났다. 일찍부터 시에 능했고
문장도 겸하였다. 인조(仁祖) 때 두 번이나 진사시에 합격했는데, 발방
(拔榜 : 과거급제등록에서 빼어버림)되기도 하고 파방(罷榜 : 급제자 전원
의 급제를 취소시킴)되기도 하였다. 이로부터 기구한 운명으로 돌리고
는 과거공부를 폐하고 학문에 꾸준히 힘썼다. 병자호란 이후에는 세상
일과 끊고서 학술이나 도의를 토론하는데 뜻을 더하였다. 시를 읊으며
스스로 즐겼다. 효종(孝宗) 때는 관직이 중추(中樞)이었다. 기유년
(1669)에 죽었다.

　字幼安, 號龜巖, 宜寧人。沙川伯乙珍八世孫, 直提學號知止堂褒[1]
五世孫, 南臺掌令廷縉[2]玄孫。考恪[3]适亂, 應召募都有司[4]。

---

　1 褒(포) : 南褒(1459~1540). 본관은 宜寧, 자는 士美, 호는 知止堂. 영의정 南袞의 형이
다. 1489년 진사시에 합격하였다. 1502년 별시문과에 급제, 공조낭관 · 홍문관직제학을
지내고, 1506년 중종반정 후에는 昭格署令을 지냈다. 그 뒤 나라일이 잘못되는 것을 보
고 세상일에 뜻을 끊고, 靑盲이라 핑계하여 벼슬하지 않고 積城의 紺岳山에 가서 은둔하
였다.

公萬曆丙戌[5]生。早工詩，兼文章。仁祖朝再中進士，或拔榜[6]或罷榜[7]。自此，歸命崎嶇[8]，廢舉藏修[9]。丙子後，加意絶世以講論。吟詠自娛。孝廟[10]朝職中樞。己酉[11]終。

---

2 廷縉(정진)：南廷縉(1492~1559). 본관은 宜寧, 자는 肅甫, 호는 梨亭. 1510년 사마시에 합격하였다. 여러 차례 관직에 제수되었으나, 거의 나아가지 않았다.

3 恪(각)：南恪(?~1629). 본관은 宜寧, 자는 完祚. 아버지는 南景郁이고, 할아버지는 南悾이다.

4 召募都有司(소모도유사)：의병을 모으는 책임자.

5 萬曆丙戌(만력병술)：宣祖 19년인 1586년.

6 拔榜(발방)：과거의 합격자를 발표한 방에서 다시 부정합격자라 하여 취소시키는 일.

7 罷榜(파방)：과거에 합격한 사람의 발표를 취소하던 일.

8 崎嶇(기구)：비유적으로 세상살이가 순탄하지 못하고 가탈이 많음을 나타내는 말.

9 藏修(장수)：藏修游息. 열심히 공부한다는 뜻임. ≪禮記≫〈學記〉의 "군자는 학문할 적에 藏하고 修하고 游하고 息한다."에서 나온 말인데, 주소에 "藏이란 마음에 항시 학업을 생각함이요, 修란 修習을 폐하지 않음이요, 游란 일없이 한가하게 노닐 때에도 마음이 학문에 있음이요, 息이란 일을 하다 쉴 때에도 마음이 학문에 있음을 이른 것이니, 군자가 학문에 있어서 잠시도 변함이 없음을 말한다."고 하였다.

10 孝廟(효묘)：孝宗(1619~1659). 조선의 제17대 왕으로, 1649년부터 1659년까지 재위하였다. 본관은 全州, 이름은 淏, 자는 靜淵, 호는 竹梧이다. 仁祖의 둘째 아들이며, 어머니는 仁烈王后이다. 妃는 우의정 張維의 딸 仁宣王后이다. 1626년 鳳林大君에 봉해졌다.

11 己酉(기유)：顯宗 10년인 1669년.

생원 오이두
生員吳以斗(1606~1641)

　자는 건백(建伯), 세계(世系)는 나주(羅州) 출신이다. 나성군(羅城君) 오자치(吳自治)의 5세손이고, 내한(內翰) 오희도(吳希道)의 장남이다. 만력(萬曆) 병오년(1606)에 태어났다. 타고난 자질이 과감하고 굳세었으며, 기개가 굽힐 줄 몰랐다. 의론이 두드러지게 뛰어나서 일찌감치 사람들로부터 우러르고 따르는 덕망을 두터이 받았다. 계유년(1633) 생원시에 합격하였다. 병자호란을 당하여 박사(博士) 조수(曺璲)와 함께 인근 지역에 통문을 띄워 의병 수백 명을 모으고 군량 80석을 거두었다. 운암(雲巖) 이흥발(李興浡)의 격문(檄文)이 도착하여서 마침내 서로 합의하여 힘을 합쳐 국난에 함께 달려갔고, 감사(監司) 이시방(李時昉)과도 두세 번의 편지가 오고갔다. 신사년(1641)에 죽었다.

　字建伯, 系出羅州。羅城君自治[1]五世孫, 內翰希道[2]長子。生于萬曆丙午[3]。天質果毅, 氣節慷慨。議論英發[4], 早負重望[5]。癸酉[6]中生員。

---

1 自治(자치) : 吳自治(1426~?). 본관은 羅州, 호는 西山. 세조 때 무과에 급제하였다. 1467년 李施愛가 난을 일으키자 曺錫文과 함께 난을 토벌한 공으로 敵愾功臣二等에 錄勳되고 羅城君에 봉해졌다. 1476년 9월 부친의 봉양을 이유로 낙향하였다.

2 希道(희도) : 吳希道(1583~1623). 본관은 羅州, 자는 得原, 호는 明谷이다. 1602년 사마시에 합격하고, 1614년 진사시에 합격하였으나 벼슬에 나가지 않고 향리에 은거하며 학문에 정진하였고, 효성 또한 지극하여 주변의 칭송을 받았다. 1623년 알성문과에 급제한 후 記注官(역사의 기록과 편찬을 담당한 사관직)을 대신하여 어전에서 임금의 말을 기록하는 일을 하였는데 이에 출중한 능력을 보이자 곧 예문관 검열에 제수되었다. 하지만 관직에 나간 바로 그해에 천연두에 걸려 41세의 나이로 세상을 떠났다.

3 萬曆丙午(만력병오) : 宣祖 39년인 1606년.

當是乱, 與曹博士璲, 發通隣近, 聚義兵數百, 收軍粮八十石。雲巖李
公檄文來到, 遂與合議, 幷力⁷同赴, 與本道方伯李公⁸, 有再三往復書。
辛巳⁹卒。

---

4 英發(영발) : 才氣가 두드러지게 뛰어남.

5 負重望(부중망) : 매우 두터운 명성과 인망을 받음.

6 癸酉(계유) : 仁祖 11년인 1633년.

7 幷力(병력) : 힘을 합침.

8 方伯李公(방백이공) : 李時昉(1594~1660)을 가리킴. 본관은 延安, 자는 系明, 호는 西峰. 아버지는 연평부원군 李貴이며, 영의정 李時白의 아우이다. 1636년 나주목사를 지낸 후 전라도관찰사로 승진되었으나, 병자호란이 일어나자 즉시 군사를 동원하여 위급한 남한산성을 지원하지 않았다는 죄로 定山(지금의 충청남도 청양군)에 유배되었다가 풀려났다.

9 辛巳(신사) : 仁祖 19년인 1641년.

참봉 류평
参奉柳玶(1577~1645)

　자는 화보(和甫), 호는 송암(松菴), 본관은 서산(瑞山)이다. 이조판서 문정공(文靖公) 저정(樗亭) 류백유(柳伯濡)의 7세손이고, 부사(府使) 설강(雪江) 류사(柳泗)의 손자이다. 사계(沙溪) 선생 김장생(金長生)의 문하에서 유학하였고, 문장과 절행(節行)이 있었다. 부모를 섬김에 효성이 지극하였다. 혼조(昏朝 : 광해군)를 만나서는 과거 공부를 폐하였다가, 인조반정(仁祖反正) 뒤에야 비로소 사마시에 급제하였다.

　이괄(李适)의 난 때, 의모 도유사(義募都有司)로서 의병을 모집하고 군량을 거두었으나, 이괄(李适)이 주벌(誅罰)되니 거두어들였던 의곡(義穀)을 감영(監營)에 보내어서 바쳤다. 정묘호란 때는 사계 선생이 호소사(號召使)가 되어 공을 소모유사(召募有司)로 삼았다. 동궁(東宮)을 전주(全州)에서 호종하여 여산(礪山)에 이르렀다가 돌아왔다. 병자호란에 이르러 또 의병을 일으켰다가 해산하고 돌아온 후에는 시를 지으며 두문불출하였다.

　字和甫, 號松庵, 瑞山人。吏判文靖公號樗亭伯濡[1]七世孫, 府使號

---

　1 伯濡(백유) : 柳伯濡(생몰년 미상). 본관은 瑞山, 자는 淳夫, 호는 樗亭. 1369년 문과에 장원으로 급제하였다. 춘추관수찬으로서 朴實·金濤 등과 더불어 명나라 과거에 참여하였다. 우왕 때 判內府寺事가 되었다. 창왕 때 趙浚의 田制改革案이 주장되자 시중 李穡이 옛 법을 가벼이 고치는 것은 옳지 않다고 반대하는 데 찬성하여 결국 新舊의 대립을 일으켰다. 1391년 判典儀寺事로서 전제개혁을 비난하였기 때문에 光州로 유배되었다가 조선왕조 개창 후 1407년 左司諫大夫가 되었다. 시호는 文靖이다.

雪江泗²孫。遊沙溪³門，有文章節行。事親至孝。值昏朝⁴廢擧，癸亥
改玉⁵，始司馬。

适乱，以義募⁶都有司，募兵穀，适誅，納穀于方伯。丁卯亂，沙溪爲
號召使，以公召募有司。扈東宮于全州，至礪山還。至是又倡義，罷歸
後，作詩杜門。

2 泗(사)：柳泗(1502~1571). 본관은 瑞山, 자는 仲洛, 호는 雪江. 1528년 진사로서 별시
문과에 급제하여 3司의 벼슬을 지냈고, 승지 때 권신을 배척하는 상소를 올렸다가 무고
를 받고 퇴직했다. 李滉·李彦迪 등과 교유했으며, 당대의 대학자로서 숭앙되었다.

3 沙溪(사계)：金長生(1548~1631)의 호.

4 昏朝(혼조)：光海君 때를 가리킴.

5 癸亥改玉(계해개옥)：1623년 인조반정을 일컬음. 개옥은 패옥을 바꾼다는 뜻으로,
예를 고친다는 의미로 '反正'의 비유이다.

6 義募(의모)：재력 있는 자가 官에 보고한 후에 스스로 장사를 선발하는 자. 곧, 義人
으로 '義募, 義餉, 義薦'이 있었던 것 같다.

별제 신필
別提申㳩(생몰년 미상)

자는 자혼(子混), 호는 정우당(靜友堂), 본관은 고령(高靈)이다. 대사간(大司諫) 귀래정(歸來亭) 신말주(申末舟)의 5세손이고, 이조판서(吏曹判書) 이계(伊溪) 신공제(申公濟)의 증손이다.

아버지 교관(敎官) 신응하(申應河)는 임진왜란을 당하여 세 아들 진사 술(㳝), 진사 호(㵓), 생원 결(潔)과 함께 왜적을 꾸짖으며 굽히지 않다가, 모두 과천(果川)에서 왜적의 칼날에 죽었다. 난이 끝나고서야 공은 비로소 이들을 과천의 상초동(霜草洞 : 지금 서울 서초동)에 장사를 지냈다. 정묘호란 때 공이 의병을 모으고 군량을 거둔 사실은 ≪광산거의록(光山擧義錄)≫에 기록되어 있다. 공은 부친과 형제들의 비명횡사를 애통히 여겨 종신토록 스스로 폐인처럼 지냈으니[1], 벼슬을 시켜도 나아가지 않으면서 거친 음식에 거친 옷으로 지내다가 죽었다.

字子混, 號靜友堂, 高靈人。大司諫號歸來亭末舟[2]五世孫, 吏曹判書號伊溪公濟[3]曾孫。

---

1 申㳩은 임진왜란 당시 어머니를 모시고 전라도 광주로 피신한 것으로 『고령신씨대동보』에는 기록됨. 그는 72세로 죽었다고 아울러 기록되어 있다.

2 末舟(말주) : 申末舟(1439~1503). 본관은 高靈, 자는 子楫, 호는 歸來亭. 1454년 생원시에 합격하고, 같은 해 식년문과에 정과로 급제하여 벼슬이 대사간에 이르렀다. 성격이 조용하고 담담하여 벼슬하기를 즐기지 않았다. 단종이 왕위에서 물러난 이후로 벼슬을 사임하고 물러나 순창에 살면서, 귀래정을 지어 산수를 즐겼다. 형 숙주가 강권하여 벼슬에 나오게 하려 하였으나 이루지 못하였다.

3 公濟(공제) : 申公濟(1469~1536). 본관은 高靈, 자는 希仁, 호는 伊溪. 1486년에 진사가

考教官應河⁴, 當壬辰亂, 與子進士澔‧進士淏(水傍昊字)‧生員潔, 罵賊不屈, 俱罹鋒刃于果川⁵。亂已, 公始克葬于果之霜草洞⁶。丁卯亂, 公召募兵粮事, 在光山義錄⁷。公痛父兄非命, 終身自廢⁸, 拜官不就, 菲食麤衣以終。

되고 1495년 증광문과에 병과로 급제, 승문원부정자가 되고, 예문관검열·승문원주서를 거쳐 玉堂에 들어갔다. 1506년 사간원 헌납과 장령을 지냈고, 1516년 창원부사를 지냈으며, 1517년에 홍문관부제학·호조참판·이조판서 등을 역임하였는데, 특히 이조판서로 있을 때는 科學試의 전형을 맡아 사사로움이 조금도 없는 공정한 관리를 하였으며, 1522년 正朝使가 되어 명나라에 다녀왔다. 1528년 左參贊, 이해 겨울에 호조판서 겸 戶曹判書 兼世子左副賓客을 거쳐, 1536년 同知中樞府事를 지냈다. 그는 순창의 수석을 사랑하여 한 정자를 짓고 스스로 伊溪主人이라 하였는데, 호가 여기에서 비롯되었다.

4 應河(응하) : 申應河(생몰년 미상). 본관은 高靈, 자는 景文. 할아버지는 申公濟이고, 생부 申渶이나 백부 申湛에게 양자갔다. 童蒙敎官을 지내고 임진왜란 때 아들 진사 澔, 진사 淏, 생원 潔과 함께 의병을 일으켜 적을 꾸짖다가 모두 살해당하니 후인들이 그 지명을 立義洞이라 하였다. 申應河 일가의 죽음에 대한 것은 ≪於于野談≫의 〈人倫篇‧孝烈〉에 실려 있기도 하다.

5 果川(과천) : 경기도의 중남부에 있는 시.

6 霜草洞(상초동) : 지금 서울 서초동을 달리 이르는 지명.

7 光山義錄(광산의록) : 광산유림에 의해 1761년에 간행된 ≪광산거의록≫을 일컬음. 이에 대한 역주서는 신해진이 번역하고 경인문화사가 2012년에 출간하였다.

8 自廢(자폐) : 스스로 모든 것을 버리고 폐인처럼 지냄.

현감 정민구
縣監鄭敏求(1565~1645)

자는 경달(景達), 호는 묵재(默齋), 본관은 서산(瑞山)이다. 청백리(淸白吏) 호조판서 정순(鄭洵)의 6세손이요, 교리(校理) 정희렴(鄭希廉)의 손자이며, 동계처사(東溪處士) 정즐(鄭騭)의 아들이다. 집안의 가르침을 받들어 과거 공부를 하지 않고 어버이를 섬김에 효성스러웠다.

선조(宣祖) 때 호종(扈從)한 공으로 병조(兵曹)의 낭관(郎官)에 보임(補任)되었다가, 궐군(闕軍 : 군무를 기피한 군사) 1,000여 명을 잡아들여 또 그 공으로 벼슬자리를 옮겨 도감랑(都監郎)과 사헌감찰(司憲監察)에 이르렀다. 혼조(昏朝) 광해군 때 관직을 버리고 향리로 돌아갔다. 계해년(1623) 반정이 일어난 뒤, 비안 현감(比安縣監)에 제수되었다. 정묘호란 때에는 호소사(號召使) 사계(沙溪) 선생 김장생(金長生)이 공을 소모 유사(召募有司)로 삼았다. 동궁을 전주(全州)에서 호종하였는데, 오랑캐가 이미 물러가버리자 여산(礪山)에 이르러 공손히 전송하고 돌아왔다.

字景達, 號默齋, 瑞山人。淸白吏戶判洵[1]六世孫, 校理希廉[2]孫, 東溪處

---

1 洵(순) : 鄭洵. ≪호남절의록≫에는 鄭珦(생몰년 미상)으로 나오는데, 이것이 옳다.

2 希廉(희렴) : 鄭希廉(1495~1554). 본관은 瑞山, 자는 以簡, 호는 龍山. 아버지는 鄭珩이다. 1519년 생원시에 합격하고, 1525년 식년문과에 급제하여 예문관검열에 등용되었다. 그 뒤 정언·지평 등 언관을 역임하면서 당시 세도를 부리고 있던 金安老 일당의 횡포를 비판하다가, 그가 주관한 과거시험의 비리를 빌미로 하여 반대파의 탄핵을 받고 벼슬에서 물러났다. 학문에 전념하면서 일생을 보냈다.

士隲[3]子。奉承家訓, 不事擧業, 事親孝。

以宣廟扈聖功[4], 補兵曹屬郎, 得闕軍[5]千人, 又遷都監郎・司憲監察。昏朝, 棄歸。改玉[6], 除庇安[7]。丁卯亂, 號召使沙溪金先生, 以公爲召募有司。扈東宮于全州, 賊退, 祗送礪山而歸。

3 隲(즐) : 鄭隲(1545~1603). 한국학중앙연구원의 한국역대인물 종합정보시스템에는 정희렴의 외아들이 '鄭隲'로 나오고, ≪研經齋全集≫의 續集 15책 〈倡義諸臣傳〉에는 '鄭隲'로 나오는 바, 한국학중앙연구원의 자료는 수정이 필요하다. 본관은 瑞山, 호는 鷺沙汀. 고봉 기대승의 문하에서 수학하였다.

4 扈聖功(호성공) : 宣祖를 따라 義州까지 간 것을 扈聖이라 하여 扈聖功臣으로 녹훈된 것을 일컬음.

5 闕軍(궐군) : 병이나 유망 등의 이유로 軍務를 기피하여 이탈한 군사.

6 改玉(개옥) : 패옥을 바꾼다는 뜻으로, 예를 고친다는 의미로 '反正'의 비유.

7 庇安(비안) : 경북 의성군 비안면을 일컬음.

진사 이덕양
進士李德養(1579~1641)

자는 중윤(仲潤), 호는 매헌(梅軒), 본관은 전주(全州)이다. 효령대군
(孝寧大君) 정효공(靖孝公) 이보(李補)의 8세손이요, 증 호조참판 전성
군(全城君) 이대(李對)의 현손이며, 전주부윤 이집(李楫)의 증손이다.
문장과 절행이 어려서부터 당대에 드러났다.

갑자년(1624) 이괄(李适)의 난 때 모의 도유사(募義都有司)로 응하였
다. 정묘호란 때에는 모병 도유사(募兵都有司)가 되어 호소사(號召使)
사계(沙溪) 선생과 함께 동궁을 전주(全州)에서 호종하였지만 강화가
이루어졌다는 소식을 듣고서 여산(礪山)에 이르러 공손히 전송하였다.

풍산(豊山) 김응조(金應祖)가 지은 공의 제문(祭文)에 이르기를, 「호
남에는 호걸스런 선비가 많은데, 공은 그 가운데서도 제일의 기남자(奇
男子 : 재주와 슬기가 남달리 뛰어난 남자)이로다.」 하였다.

字仲潤, 號梅軒, 全州人。孝寧大君[1]靖孝公補八世孫, 贈戶曹參判
全城君[2]對玄孫, 全州府尹楫[3]曾孫。文章節行, 早著當世。

---

1 孝寧大君(효령대군, 1396~1486) : 본관은 全州, 이름은 補, 초명은 祜, 자는 善叔, 시호
는 靖孝. 太宗의 2남이다. 불교에 독실하여 수많은 儒臣들의 반대에도 불구하고 僧徒를
모아 불경을 강론하도록 했으며, 원각사를 창건하게 되자 조성도감 제조가 되어 役事를
친히 감독했다.

2 全城君(전성군, 1488~1543) : 본관은 全州, 자는 盛中. 효령대군의 고손자이다. 아버지
는 呂陽君이다. 용강 현령, 평양진관 병마첨절제 도위 등을 역임하였으며, 사후 자헌대
부 호조판서에 추증되고 다시 대광보국 숭록대부 의정부 영의정에 추증되었다.

3 楫(집) : 李楫(1503~1580). 본관은 全州, 자는 汝濟. 효령대군의 5대손이다. 全城君의

甲子适變, 應募義都有司。丁卯亂, 爲募兵都有司, 與號召使沙溪先生, 扈東殿全州, 聞講和, 祗送礪山。

豊山金應祖[4]祭公文云：「湖南多豪傑士, 公其第一流奇男子.」

아들이다. 생원재랑 · 평시직장 · 의금부도사, 장연 · 연일 · 재령 군수를 역임하였다. 1560년 대사간에 오르고, 1563년 남양부사를 거쳐 1564년 장예원 판결사가 되고 1580년 돈녕부 都政에 이어 전주부윤 겸 전주진관병마절제사를 역임하였다.

4 金應祖(김응조, 1587~1667) : 본관은 豊山,, 자는 孝徵, 호는 鶴沙 · 啞軒이다. 안동 출생으로 柳成龍에게 사사하였다. 1613년 생원이 되었으나 광해군의 난정을 보고 문과응시를 포기하고, 張賢光의 문하에서 학문연마에 힘썼다. 1623년 인조가 즉위하자 알성문과에 병과로 급제하여 병조정랑 · 선산부사를 지냈다. 1662년 大司諫에 임명되었으나 사양하고, 그 뒤 한성부우윤이 되었다. 안동의 勿溪書院과 영천의 義山書院에 배향되었다.

참봉 고부립
參奉高傅立(1587~1637)

자는 군회(君晦), 본관은 장흥(長興)이다. 효열공(孝烈公) 준봉(隼峯)
고종후(高從厚)의 맏아들이고, 충렬공(忠烈公) 제봉(霽峯) 선생 고경명
(高敬命)의 손자이다. 만력(萬曆) 정해년(1587)에 태어났다.

효열공은 복수장(復讐將)으로서 진주(晉州)를 지키다가 성이 함락되
기에 이르자 남강(南江)에 뛰어들어 죽었기 때문에 유해를 미처 거둘
수가 없었다. 공은 이 사실을 가장 원통하게 여겨 항상 죄인이라 자처
하고 패랭이를 쓴 채 누추한 집에서 거처하였다.

문장에 능하였으나 종신토록 과거를 보지 않았다. 경기전 참봉(慶基
殿參奉)에 제수되었으나 나아가지 않으니, 세상에서는 남쪽고을[南州]
의 고사(高士)라고 일컬었다. 정축년(1637)에 죽었다.

字君誨, 長興人。孝烈公從厚[1]長子, 忠烈公霽峯[2]先生敬命孫。生於

---

1 從厚(종후) : 高從厚(1554~1593). 본관은 長興, 자는 道冲, 호는 隼峰. 형조좌랑 高雲의
증손으로, 할아버지는 호조참의 高孟英, 아버지는 의병장 高敬命이다. 1570년 진사가 되
고, 1577년 별시문과에 급제하여 縣令에 이르렀다. 1592년 임진왜란 때 아버지 고경명을
따라 의병을 일으키고, 錦山싸움에서 아버지와 동생 高因厚를 잃었다. 이듬해 다시 의병
을 일으켜 스스로 復讐義兵將이라 칭하고 여러 곳에서 싸웠고, 위급해진 진주성에 들어
가 성을 지켰으며 성이 왜병에게 함락될 때 金千鎰·崔慶會 등과 함께 南江에 몸을 던져
죽었다.

2 霽峯(제봉) : 高敬命(1533~1592)의 호. 본관은 長興, 자는 而順, 호는 苔軒. 아버지는
대사간 高孟英이며, 어머니는 진사 徐傑의 딸이다. 1552년 진사가 되었고, 1558년 식년문
과에 장원으로 급제해 成均館典籍에 임명되고, 이어서 공조좌랑이 되었다. 그 뒤 홍문관
의 부수찬·부교리·교리가 되었을 때 仁順王后의 외숙인 이조판서 李樑의 전횡을 논하
는 데 참여하고, 그 경위를 이량에게 몰래 알려준 사실이 드러나 울산군수로 좌천된 뒤

萬曆丁亥[3]。

孝烈公, 以復讐將, 守晉州, 及城陷, 赴南江而死, 遺骸未收。公以此爲至痛, 常以罪人自處, 着蔽陽子[4], 居側陋室。

能文章, 終身不赴擧。除慶基殿參奉, 不就, 世稱南州高士[5]。丁丑[6]卒。

파직되었다. 1581년 영암군수로 다시 기용되었으며, 이어서 宗系辨誣奏請使 金繼輝와 함께 書狀官으로 명나라에 다녀왔다. 이듬해 서산군수로 전임되었는데, 明使遠接使 李珥의 천거로 從事官이 되었으며, 이어서 종부시첨정에 임명되었다. 1590년 承文院判校로 다시 등용되었으며, 이듬해 동래부사가 되었으나 서인이 실각하자 곧 파직되어 고향으로 돌아왔다. 1592년 임진왜란이 일어나 서울이 함락되고 왕이 의주로 파천했다는 소식을 전해들은 그는 각처에서 도망쳐온 官軍을 모았다. 두 아들 高從厚와 高因厚로 하여금 이들을 인솔, 수원에서 왜적과 항전하고 있던 廣州牧使 丁允佑에게 인계하도록 했다. 전라좌도 의병대장에 추대된 그는 종사관에 柳彭老·安瑛·楊大樸, 募糧有司에 崔尙重·楊士衡·楊希迪을 각각 임명했다. 그러나 錦山전투에서 패하였는데, 후퇴하여 다시 전세를 가다듬어 후일을 기약하자는 주위의 종용을 뿌리치고 "패전장으로 죽음이 있을 뿐이다."고 하며 물밀듯이 밀려오는 왜적과 대항해 싸우다가 아들 인후와 유팽로·안영 등과 더불어 순절했다.

3 萬曆丁亥(만력정해) : 宣祖 20년인 1587년.

4 蔽陽子(폐양자) : 패랭이. 댓개비로 엮어 만든 갓. 조선 시대에는 역졸, 보부상 같은 신분이 낮은 사람이나 喪制가 썼다.

5 高士(고사) : 인격이 높고 성품이 깨끗한 선비. 특히 산속에 숨어 살며 세속에 물들지 않은 덕망 있는 선비를 이른다.

6 丁丑(정축) : 仁祖 15년인 1637년.

유학 고부민
幼學高傅敏(1577~1642)

자는 무숙(務叔), 호는 탄음(灘陰), 본관은 장흥(長興)이다. 기묘명현
(己卯名賢) 형조 좌랑(刑曹佐郎) 증 참판(參判) 고운(高雲)의 현손이요,
광주목사(廣州牧使) 고경조(高敬祖)의 손자이며, 임진선무원종공신(壬
辰宣武原從功臣) 익산군수(益山郡守) 증 참의(參議) 죽촌(竹村) 고성후
(高成厚)의 아들이다.

수은(睡隱) 강항(姜沆)의 문하에서 유학하였는데, 문장과 행실이 세
상 사람들에 의해 추중을 받았다. 정묘호란 때에는 호소사(號召使) 사
계(沙溪) 선생 김장생(金長生)이 공을 소모 유사(召募有司)로 삼았다.
동궁을 전주(全州)에서 호종하였는데, 오랑캐가 이미 물러가버리자 여
산(礪山)까지 호종하고는 돌아왔다. 병자호란 이후에는 두문불출하며
자취를 감추었다.

字務叔, 號灘陰, 長興人. 己卯名賢[1]刑曹左郎贈參判雲[2]玄孫, 廣州
牧使敬祖[3]孫, 壬辰宣武原從功臣[4]益山郡守贈參議號竹村成厚[5]子.

---

1 己卯名賢(기묘명현) : 중종 14년(1519)의 기묘사화로 화를 입은 사림.

2 雲(운) : 高雲(1479~1530). 본관은 長興, 자는 彦龍·從龍, 호는 霞川. 아버지는 高自儉
이며, 아들은 高孟英과 高仲英 등 4형제가 있다. 의병장 高敬命(1533~1592)의 할아버지이
다. 1519년 별시문과에 병과로 급제하였으며 벼슬은 형조좌랑에 이르렀다. 趙光祖와의
친교 때문에 기묘사화에 연좌되어 파직된 적이 있으나, 뒤에 예조참판으로 추증되었다.
호랑이그림을 잘 그렸다고 한다.

3 敬祖(경조) : 高敬祖(1528~1596). 본관은 長興, 자는 貽遠, 호는 龜巖. 할아버지는 형조
좌랑 高雲이며, 아버지는 진사 高仲英(1506~1577)이다. 사촌 동생이 高敬命이다. 1552년

遊姜睡隱⁶沆門, 文章行檢, 爲世所推。丁卯亂, 號召使沙溪金先生, 以公爲召募有司。扈東宮全州, 賊退, 扈至礪山而還。丙丁⁷以後, 杜門屛跡。

진사가 되고, 1561년 식년문과에 을과로 급제하였다. 1574년 海美縣監이 되었는데, 이때 뇌물을 받고 송사를 결정지었다고 사헌부로부터 탄핵받았다. 1593년 林川郡守를 거쳐 광주목사를 역임하였다.

4 宣武原從功臣(선무원종공신) : 임진왜란 때 무공을 세운 사람들에게 1604년 내린 훈호.

5 成厚(성후) : 高成厚(고성후, 1549~1602). 본관은 長興, 자는 汝寬, 호는 竹村. 목사 高敬祖의 아들이다. 1583년 별시문과에 병과로 급제, 여러 관직을 역임하였다. 1591년 감찰이 되었으며, 이듬해 임진왜란이 일어나자 군수로서 도원수 權慄의 막하에 들어가 1593년 행주대첩에서 공을 세웠다. 1594년 익산군수에 올랐고, 1601년 안성군수에 제수되었다. 임진왜란의 논공행상에 앞서 죽었다. 뒤에 1609년 예조참의에 추증되었다.

6 睡隱(수은) : 姜沆(1567~1618)의 호. 본관은 晉州, 자는 太初. 전남 靈光에서 태어났으며 姜希孟의 5대손이다. 1588년 진사가 되고 1593년 별시문과에 병과로 급제하였다. 교서관박사·전적을 거쳐 1596년 공조·형조 좌랑을 지냈다. 1597년 정유재란 때는 分戶曹判書 李光庭의 종사관으로 南原에서 군량보급에 힘쓰다가, 남원이 함락된 뒤 고향 영광으로 돌아가 金尙寯과 함께 의병을 모집하여 싸웠다. 전세가 불리하자 통제사 이순신 휘하에 들어가려고, 南行 도중에 왜적의 포로가 되었다. 일본에 끌려가 오사카, 교토에 있으면서 敵情을 고국으로 밀송하였다.

7 丙丁(병정) : 병자호란을 가리킴. 병자호란이 병자년(1636) 12월부터 정축년(1637) 1월까지 일어났기 때문이다.

진사 박종
進士朴琮(1578~?)

자는 자미(子美), 본관은 죽산(竹山)이다. 이조판서(吏曹判書) 문정공(文靖公) 박원정(朴元貞)의 6세손이요, 홍문관 수찬(弘文館修撰) 박린(朴嶙)의 손자이며, 예빈시정(禮賓寺正) 박응현(朴應鉉)의 아들이다.

일찍이 사계(沙溪) 선생 김장생(金長生)의 문하에서 유학하였는데, 경학(經學)을 연구하고 절의(節義)를 숭상하였다. 을묘년(1615)에 사마시(司馬試)에 급제하였다. 혼조(昏朝 : 광해군) 때에는 과거 공부를 폐하고 자연에 은거하는 것을 스스로 편안히 여기었다.

정묘호란 때에는 거의 유사(擧義有司)로 동궁을 전주에서 호종하였는데, 강화가 이루어졌다는 소식을 들은 뒤에 여산(礪山)에서 공손히 전송하였다. 그 후로 두문불출하며 세상일과 끊었고 산수 사이에 노닐었다. 호를 단구자(丹丘子)라 하였다.

字子美, 竹山人。吏曹判書文正公元貞[1]六世孫, 弘文館修撰嶙[2]孫, 禮賓寺正應鉉[3]子。

---

1 元貞(원정) : 朴元貞(1414~1465). 본관은 竹山, 자는 之成. 아버지는 朴翶이다. 1444년 식년시에 급제하여 벼슬이 工曹佐郎과 義盈庫使에 이르렀고, 吏曹判書에 증직되었다. 시호는 文靖이다. 원문의 시호가 '文正'으로 되어 있으나 오류인 듯하다.

2 嶙(린) : 朴嶙(1490~1544). 본관은 竹山, 자는 彦秀, 호는 遯翁. 1513년 문과에 급제하여 藝文館檢閱, 承政院注書郞, 弘文館修撰을 지냈다. 기묘사화를 당하여 고향으로 돌아갔다. 명종 때 奉常主簿로 제수되었으나 나아가지 않았다.

3 應鉉(응현) : 朴應鉉(1531~1584). 본관은 竹山, 자는 鼎叔. 朴嶙의 맏아들이다. 通訓大夫 禮賓寺正을 지냈다.

早遊沙溪金先生門, 研究經學, 雅尙節義。乙卯⁴中司馬。昏朝, 廢科自靖⁵。

丁卯亂, 以擧義有司, 扈東殿于全州, 講和後, 祗送于礪山。自後, 杜門謝世, 逍遙林泉。號丹丘子⁶。

---

4 乙卯(을묘) : 光海君 7년인 1615년.

5 自靖(자정) : 스스로 해야 할 도리에 안정하는 것.

6 丹丘子(단구자) : 丹丘는 신화 속에 나오는 신선들이 사는 땅이므로, 자연 속에 묻혀 지내는 사람이라는 의미인 듯함.

참봉 박충렴
參奉朴忠廉(1579~1647)

자는 효원(孝源), 호는 경암(鏡巖), 본관은 함양(咸陽)이다. 시강원
보덕(侍講院輔德) 박이관(朴以寬)의 현손이다. 외삼촌 효열공(孝烈公)
고종후(高從厚)의 문하에서 유학하였는데, 효열공이 공을 크게 될 인물
로 보아 재주와 기량을 매우 소중히 여겼다. 경술년(1610) 사마시(司馬
試)에 합격하였다. 문장과 행실로 당대에 추중(推重)을 받았다. 기옹
(畸翁) 정홍명(鄭弘溟)이 추천하여 현릉(顯陵) 참봉에 제수되었으나 나
아가지 않았다.

갑자년(1624) 이괄의 난 때, 소모 도유사(召募都有司)로서 의병을 모
집하고 군량을 거두었던 사실은 갑자의록(甲子義錄)에 실려 있다. 정묘
호란 때에는 호소사(號召使) 사계(沙溪) 선생 김장생이 공을 소모 유사
(召募有司)로 삼았다. 〈병자호란 때에는〉 동궁을 전주(全州)에서 호종
하였는데, 강화가 이루어졌다는 소식을 듣고는 여산(礪山)에 이르러서
공손하게 전송하였다.

字孝源, 號鏡巖, 咸陽人。侍講院輔德以寬[1]玄孫。遊表叔孝烈公高
從厚[2]門, 公甚器重[3]。庚戌[4]中司馬。文章節行, 望重一世。畸翁鄭公

---

1 以寬(이관) : 朴以寬(생몰년 미상). 본관은 咸陽, 자는 子容, 호는 葆翁. 진사 朴遂何의
장남이다. 1483년 진사시에 합격하고 1492년 문과에 급제, 내직으로 사헌부장령·홍문
관전한·世子侍講院輔德을, 외직으로 남평·순창·담양·남원·능주·강화·홍주목사
를 역임하였으나, 1519년 기묘사화로 많은 선비가 화를 입음을 보고 조정에서 물러나 동
생 朴以洪과 더불어 명산을 순례하며 자연을 즐겼다.

弘溟, 薦援顯陵⁵參奉, 不就。

甲子乱⁶, 以召募都有司, 募兵穀事, 在甲子義錄。丁卯亂, 號召使沙
溪金先生, 以公爲召募有司。扈東宮全州, 聞講和, 祗送礪山。

---

2 高從厚(고종후, 1554~1593) : 본관은 長興, 자는 道沖, 호는 隼峰. 형조좌랑 高雲의 증
손으로, 할아버지는 호조참의 高孟英, 아버지는 의병장 高敬命이다. 1570년 진사가 되고,
1577년 별시문과에 급제하여 縣令에 이르렀다. 1592년 임진왜란 때 아버지 고경명을 따
라 의병을 일으키고, 錦山싸움에서 아버지와 동생 高因厚를 잃었다. 이듬해 다시 의병을
일으켜 스스로 復讐義兵將이라 칭하고 여러 곳에서 싸웠고, 위급해진 진주성에 들어가
성을 지켰으며 성이 왜병에게 함락될 때 金千鎰·崔慶會 등과 함께 南江에 몸을 던져
죽었다.
3 器重(기중) : 크게 될 인물로 보아 재주와 기량을 매우 소중히 여김.
4 庚戌(경술) : 光海君 2년인 1610년.
5 顯陵(현릉) : 조선 제5대 왕 文宗과 문종의 부인이자 단종의 어머니인 顯德王后의 무덤.
6 甲子乱(갑자난) : 1624년 李适의 난.

진사 박충정
進士朴忠挺(1608~1657)

자는 수부(秀夫), 본관은 평양(平陽 : 전남 순천)이다. 집현전 대제학 (集賢殿大提學) 증 의정부 우찬성(議政府右贊成) 문숙공(文肅公) 박석명 (朴錫命)의 7세손이다. 만력 무신년(1608)에 태어났다. 20세 때 생원시 와 진사시에 모두 합격하였다.

어려서부터 타고난 효성을 지니고 있었다. 아버지 참의공(參議公 : 박언감)이 강도(強盜)를 만나 해를 입고 돌아가셨다. 공은 그때 다른 곳에 있어서 강도의 칼날을 대신 무릅쓰지 못한 것을 노심초사하였는 데, 6년을 뒤쫓아 찾아내어서 강도를 죄다 죽이고 원수를 갚자, 그 무 리들은 정성스런 효도에 감복하였다.

병자호란 이후에는 과거공부의 뜻을 끊고 참다운 학문에 전심하였 다. 호는 석촌(石村)이다. 숭정(崇禎) 정유년(1657)에 죽었다. 상공(相 公) 민진후(閔鎭厚)가 행록(行錄)을 지었다.

字秀夫, 平陽[1]人。集賢殿大提學贈議政府右贊成謚文肅公錫命[2]七 世孫。生萬曆戊申[3]。二十中司馬兩試[4]。

---

1 平陽(평양) : 전남 순천시의 옛 별호.

2 錫命(석명) : 朴錫命(1370~1406). 본관은 順天, 호는 頤軒, 시호는 文肅. 1385년 문과에 급제, 1390년 右副代言·병조판서를 지냈다. 1392년 조선이 개국되자, 歸義君 王瑀(공양 왕의 동생)의 사위인 이유로 화를 피하고, 7년간 은거하였다. 1399년 左散騎常侍로 기용 되고, 이어 安州牧使를 거쳐 도승지가 되었다. 이듬해 정종이 태종에게 선위하자 그 교 서를 가져가서 태종을 옹립하였다. 1401년 左命功臣 3등에 책록, 平陽君에 봉해졌다. 知 申事 등을 거쳐, 전라도 都體察使·대사헌을 지냈다.

自幼有出天孝。考參議公[5], 遇賊被害。公時在他所, 不及冒刃腐心,
六載跟尋, 讐賊盡誅, 其黨人服誠孝。

丙丁[6]後, 絶意擧業, 專心實學。號石村。崇禎丁酉[7]卒。閔相公鎭
厚[8]撰行錄。

3 萬曆戊申(만력무신) : 宣祖 41년인 1608년.

4 司馬兩試(사마양시) : 생원시와 진사시.

5 參議公(참의공) : 朴彦珹(1578~1644)을 가리킴. 본관은 順天, 자는 時獻. 工曹參議에
증직되었다.

6 丙丁(병정) : 병자호란을 가리킴. 병자호란이 병자년(1636) 12월부터 정축년(1637) 1
월까지 일어났기 때문이다.

7 崇禎丁酉(숭정정유) : 孝宗 8년인 1657년.

8 鎭厚(진후) : 閔鎭厚(1659~1720). 본관은 驪興, 자는 靜純, 호는 趾齋. 아버지는 驪陽府
院君 閔維重이며, 어머니는 좌참찬 宋浚吉의 딸이다. 숙종비 仁顯王后의 오빠이자 유수
閔鎭遠과 현감 閔鎭永의 형이다. 宋時烈의 문인이다.

진사 박창우

進士朴昌禹(1600~1657)

자는 배언(拜言), 본관은 평양(平陽 : 전남 순천)이다. 집현전 대제학(集賢殿大提學) 증 의정부 우찬성(議政府右贊成) 문숙공(文肅公) 박석명(朴錫命)의 8세손이고, 가정대부(嘉靖大夫) 동지돈녕부사(同知敦寧府事) 박숙선(朴叔善) 6세손이며, 통훈대부(通訓大夫) 감포 현감(監浦縣監) 박의손(朴義孫)의 현손이다. 만력(萬曆) 경자년(1600)에 태어났다. 어려서부터 효성과 우애가 타고났으며, 청렴하고 검약함을 스스로 지켰다. 문예(文藝)와 기절(氣節)은 세상 사람들에 의해 추앙되었다. 천계(天啓) 갑자년(1624)에 사마시에 합격하였다. 병자호란 이후에는 과거공부의 뜻을 끊었다. 호는 칠졸옹(七拙翁)이다. 숭정(崇禎) 갑오년(1657)에 집에서 죽었다.

字拜言, 平陽人。集賢殿大提學贈議政府右贊成謚文肅公錫命八世孫, 嘉靖大夫同知敦寧府事叔善[1]六世孫, 通訓大夫監浦縣監義孫[2]玄孫。生萬曆庚子[3]。自少, 孝友出天, 淸儉自持。文藝氣節, 爲世所推。登天啓甲子[4]司馬。丙丁以後, 絶意學業。號七拙翁。崇禎甲午[5]考終于家。

---

1 叔善(숙선) : 朴叔善(생몰년 미상). 순천박씨대동보에는 가정대부 동지돈영부사 관직명만 기록되어 있다.
2 義孫(의손) : 朴義孫(생몰년 미상). 본관은 順天, 자는 宜卿. 武科重試에 급제하여 통훈대부 감포현감을 지냈다.
3 萬曆庚子(만력경자) : 宣祖 33년인 1600년.
4 天啓甲子(천계갑자) : 仁祖 2년인 1624년.
5 崇禎甲午(숭정갑오) : 孝宗 5년인 1654년.

별제 이정태
別提李鼎泰[1](1595~1660)

'

자는 공보(公寶), 호는 야은(野隱), 본관은 영천(永川)이다. 고려 말
대제학(大提學) 이석지(李釋之)의 9세손이고, 조선조 직제학(直提學) 이
안직(李安直)의 8세손이며, 부제학(副提學) 이종검(李宗儉)의 7세손이
다. 어려서 기옹(畸翁) 정홍명(鄭弘溟)의 문하에 유학하였는데, 선생이
크게 될 인물로 보아 그의 재주와 기량을 매우 소중히 여겼다.

정묘호란 때에는 사계(沙溪) 선생 김장생(金長生)이 호소사(號召使)
가 되어 공을 거의 유사(擧義有司)로 삼았다. 동궁을 전주에서 호종하
였는데, 강화가 이루어졌다는 소식을 듣고는 여산(礪山)에서 공손하게
전송하였다.

1627년 가을에는 사마 양시(司馬兩試)에 급제하여 별제(別提)가 되었
다. 관직에 있을 때 어버이의 병환이 위급하다는 소식을 듣고 급히 돌
아오는 도중에 어버이가 임종하여 상(喪)을 치르게 되었다. 그 이후로
는 벼슬살이에 아무런 뜻이 없어져 자연 속에서 유유자적하였다.

字公寶, 號野隱, 永川人。麗季大提學釋之[2]九世孫, 我朝直提學安
直[3]八世孫, 副提學宗儉[4]七世孫。少遊鄭畸翁弘溟門, 甚器重[5]之。

---

1 李鼎泰(이정태) : 할아버지는 李夢得, 아버지는 李承先.

2 釋之(석지) : 李釋之(생몰년 미상). 본관은 永川, 호는 南谷. 李穀의 문하에서 수학하였
으며, 1341년 李穡과 함께 成均試에 급제하여 進士가 되었고, 1347년 문과에 급제하였다.
司諫院正言을 거쳐 慶尙道按廉使와 寶文閣大提學을 거쳐 판도판서 등을 역임하였다. 명나
라에 사신으로 갔다가 돌아와 고려의 국운을 직감하고 남곡으로 옮겨 와 은거하였다.

丁卯亂, 沙溪金先生爲號召使, 公以擧義有司。扈鶴駕[6]全州, 講和後, 祗送礪山。

秋中司馬兩試, 官別提。在官, 聞親病, 歸中道奔喪[7]。自是, 無意仕官, 逍遙林泉[8]。

---

3 安直(안직) : 李安直(생몰년 미상). 李釋之의 둘째아들. 1399년 식년시문과에 급제하고 1406년 중시에 급제하여 지제교를 거쳐 사헌부 장령을 지냈고 집현전 직제학에 이르렀다. 증 병조판서에 올랐다.

4 宗儉(종검) : 李宗儉(생몰년 미상). 李安直의 맏아들. 호는 雙溪. 1429년 문과에 급제하여 한림, 직제학, 우승지, 대사간을 지냈다. 벼슬에서 물러난 후 부모님을 모심에 효성이 지극하고, 아우 李宗謙과 우애가 독실하여 집닭이 鶴을 낳는 상서로운 이변을 가져오는 일이 있었고, 문종이 이를 듣고 孝友當이란 시호를 내렸다고 한다.

5 器重(기중) : 크게 될 인물로 보아 재주와 기량을 매우 소중히 여김.

6 鶴駕(학가) : 왕세자가 타던 수레. 여기서는 동궁을 일컫는 말로 쓰였다.

7 奔喪(분상) : 타향에 있다가 부모의 임종을 듣고 급히 돌아와 居喪하는 것.

8 林泉(임천) : 자연을 일컫는 말.

진사 이정신
進士李鼎新[1](1593~?)

자는 섭지(燮之), 호는 묵은(默隱), 본관은 영천(永川)이다. 고려 말 대제학(大提學) 이석지(李釋之)의 9세손이고, 조선조 직제학(直提學) 이안직(李安直)의 8세손이며, 부제학(副提學) 이종검(李宗儉)의 7세손이다.

문장과 행실로 이름을 드러냈다. 인조(仁祖) 정사년(1617) 사마시에 합격하였으나, 이때 나라에서 인목대비의 폐모론이 일어나자 마치 자기까지 더럽힐 것처럼 여기고 합격자 발표 행사인 방방식(放榜式)에 참여하지 않은 채 고향으로 돌아왔다. 이윽고 과거공부를 파하고 선영 아래에 집을 지어서 그곳에 거처하였다.

갑자년(1624) 이괄(李适)의 난 때 모의 유사(募義有司)로서 군량을 이미 거두었지만 역적이 평정되었다는 소식을 듣고는 그만두었다. 청사(晴沙) 고용후(高用厚)가 묵은 문집(默隱文集)의 서문을 지었다. 우암(尤庵 : 송시열)이 여러 차례 천거하였으나 나아가지 않았다.

字燮之, 號默隱, 永川人。麗季大提學釋之九世孫, 我朝直提學安直 八世孫, 副提學宗儉七世孫。

以文章行誼, 著名。仁廟朝丁巳[2]中司馬, 時國有內難[3], 若將浼焉[4],

---

1 李鼎新(이정신) : 할아버지는 李夢得, 아버지는 李榮先. 이정태와는 사촌형제이다.
2 仁廟朝丁巳(인묘조정사) : 광해군 9년인 1617년. 광해군을 혼군으로 보아 이렇게 일 컫는 경우가 종종 있다.

不應榜⁵而歸。仍廢科, 築室先塋下, 於焉樓息。甲子乱, 以募義有司,
兵粮旣聚, 聞賊平, 乃止。

高晴沙⁶製其序。尤庵累薦不起。

3 國有內難(국유내난) : 仁穆大妃 폐모론을 일컬음. 1617년부터 폐모론이 일어나 1618
년에 폐위된 대비를 西宮으로 유폐시켰다.

4 若將浼焉(약장매언) : ≪맹자≫〈公孫丑章句 上〉에서 맹자가 伯夷를 두고 이르기를,
"악을 미워하는 마음을 미루어서, 무례한 향인과 더불어 서 있을 때에 향인의 관이 반듯
하지 못하거든 뒤도 안 돌아보고 가버려서 마치 자기까지 더럽힐 것처럼 여겼다.(推惡惡
之心, 思與鄉人立, 其冠不正, 望望然去之, 若將浼焉.)"한 데서 나온 말.

5 應榜(응방) : 합격자 발표 행사인 放榜式에 참여함.

6 晴沙(청사) : 高用厚(1577~1652)의 호. 본관은 長興, 자는 善行, 호는 瑞石. 할아버지
는 참의 高孟英이고, 아버지는 의병장 高敬命이며, 어머니는 金百鈞의 딸 蔚山金氏이다.
1605년 진사시에 합격하였고, 1606년 증광문과에 을과로 급제하여, 이듬해 예조좌랑이
되었다. 그 뒤 병조좌랑ㆍ병조정랑을 거쳐 1616년 남원부사가 되었으며, 1624년 고성군
수를 역임하였다. 1631년 동지사로 명나라에 다녀왔으며, 判決事를 마지막으로 관직에
서 은퇴하였다.

유학 박진빈
幼學朴晉彬(1601~1658)

　자는 문익(文益), 호는 독옹(禿翁), 본관은 죽산(竹山)이다. 개국공신 우의정 박영충(朴永忠)의 10세손이고, 이조판서 문정공(文靖公) 박원정(朴元貞)의 8세손이며, 임진왜란 때 백의로 호종한 평시직장(平市直長) 죽림처사(竹林處士) 박경(朴璟)의 손자이다.

　천성이 남보다 뛰어나게 영리하고 슬기로워 나이가 겨우 3살일 적에 능히 글자를 알았는데, 직장공이 날아가는 기러기를 가리키며 묻기를. "저것은 무엇과 같으냐?" 하자, 대답하기를, "열십자[十字]이옵니다." 하니, 사람들이 모두 칭찬하였다. 효성과 우애가 순수하고 지극하여 사람들이 아무도 흠잡을 말을 하지 못했다.

　병자호란 이후로는 물러나서 은둔자의 삶을 지키며 두문불출하고 세상일과 끊었다.

　字文益, 號禿翁, 竹山人。開國功臣右議政永忠[1]十世孫, 吏曹判書文正公元貞[2]八世孫, 壬辰亂白衣扈從平市直長號竹林處士璟[3]孫。

---

　1 永忠(영충) : 朴永忠(생몰년 미상). 1380년 右常侍에서 公州道兵馬使가 되고, 1388년 요동정벌 때 李成桂 휘하의 助戰元帥로 임명되었다. 1390년 同知密直司事로 재직시 위화도회군의 공으로 回軍功臣에 책록되었으며, 이듬해 한양부윤으로 나갔다. 1392년 조선이 건국되자 이듬해 강화절제사 · 동지중추원사를 역임하고, 지난날의 공로가 인정되어 개국공신 2등에 추록되었다.

　2 元貞(원정) : 朴元貞(1414~1465). 본관은 竹山, 자는 之成. 1444년 式年試에 급제하여 벼슬이 工曹佐郞과 義盈庫使에 이르렀고 吏曹判書로 증직되었다. 시호는 文靖이다. 원문의 시호가 '文正'으로 되어 있으나 잘못이다.

天性穎悟, 年纔三歲, 能知文字, 直長公指飛鴈曰："彼似何物?" 對曰："如十字." 人皆奇之。孝友純至, 人無間言[4]。

丙丁[5]以後, 退守幽貞[6], 杜門謝世。

3 璟(경) : 朴璟(1559~1633). 본관은 竹山, 자는 子溫, 호는 竹林處士. 朴應鉉의 맏아들이다. 박진빈은 박경의 맏아들로서 병자호란 때 셋째숙부 朴璟과 함께 의병을 일으켰다.

4 間言(간언) : 남을 이간하는 말.

5 丙丁(병정) : 병자호란을 가리킴. 병자호란이 병자년(1636) 12월부터 정축년(1637) 1월까지 일어났기 때문이다.

6 幽貞(유정) : 幽는 은자의 삶이고, 貞은 유학자의 삶을 상징함.

유학 기의헌
幼學奇義獻(1587~1653)

자는 사직(士直), 호는 기은(棄隱), 본관은 행주(幸州)이다. 청백리 (淸白吏) 정무공(貞武公) 기건(奇虔)의 6세손이요, 덕성군(德城君) 기진 (奇進)의 증손자이며, 증 공조참의(工曹參議) 기효분(奇孝芬)의 아들이 다.

자신의 재주와 덕을 감추고 어리석은 듯이 살려는 뜻을 품고는 경학 (經學)에 침잠하였다. 꿈에 시를 지은 적이 있는데 다음과 같다.

병자년 정축년에 걸쳐 큰 난리가 일어나니   子丑年間時大亂

거룩한 임금님의 수레가 어디로 향해 가랴.   聖君車駕向何之

오늘날 자신이 쓸모없다고 말일랑 마라   莫言今日身無用

백발백중 오호궁 손수 잡으면 되리로다.   百發烏號手自持

정묘호란 때에는 사계(沙溪) 선생 김장생이 호소사(號召使)가 되어 공을 거의 유사(擧義有司)로 삼아 의병을 모으고 군량을 거두도록 하였 다. 강화가 이루어졌다는 소식을 듣고는 동궁을 호종하다가 여산(礪山) 에서 공손히 전송하였다.

字士直, 號棄隱, 幸州人。淸白吏貞武公虔[1]六世孫, 德城君進[2]曾孫,

---

1 虔(건) : 奇虔(?~1460). 본관은 幸州, 자는 向遠, 호는 眩庵. 세종 때 효도와 청렴으로 司憲府 持平을 역임하고 執義 大司憲을 지내고 벼슬이 崇政大夫 判中樞府事에 이르렀다.

贈工曺參議孝芬[3]子。

志存韜晦[4], 沉潛經學。嘗夢有詩曰：“子丑[5]年間時大亂，聖君車駕
向何之. 莫言今日身無用，百發烏號[6]手自持。”[7]

丁卯亂, 沙溪金先生, 爲號召使, 公以擧義有司, 募聚兵粮。講和後,
扈鶴駕[8], 祗送于礪山。

세조 때 諡號가 貞武이고 淸白吏로 기록되었다.

2 進(진)：奇進(1487~1555). 본관은 幸州, 자는 子順, 호는 勿齊. 1522년에 진사가 되어
1527년에 慶基殿參奉을 제수하였으나 나아가지 않았다. 둘째아들 奇大升이 宗系辨誣 光
國勳으로 인하여 崇政大夫 議政府 左贊成 겸 判義禁府事를 추증하고 德城君을 봉해졌다.
동생 奇遵과 같이 성리학을 연구하다가 동생이 1519년 기묘사화를 당하여 1521년에 화
를 당하자 둘째 형 奇遠과 함께 호남의 광주에 세거하였다.

3 孝芬(효분)：奇孝芬(1553~1593). 본관은 幸州, 자는 伯馨. 승정원 좌승지 奇大臨의 아
들이다. 어모장군 용양위 부사과에 이르렀고, 原從勳으로 통정대부 공조참의에 추증되
었다.

4 韜晦(도회)：세상에 재주나 덕을 감추고 어리석은 듯이 처세하는 것.

5 子丑(자축)：병자년(1636)과 정축년(1637)을 가리킴.

6 烏號(오호)：烏號弓. 옛날의 名弓. 뽕나무로 만들었다는 질 좋은 활의 이름이다.

7 宋穉圭의 ≪剛齋先生集≫ 권12 〈棄隱奇公行狀〉에 나오는 구절.

8 鶴駕(학가)：왕세자가 타던 수레. 여기서는 동궁을 일컫는 말로 쓰였다.

좌랑 최신헌
佐郎崔身獻(1590~1665)

자는 사필(士泌), 호는 나재(懶齋), 본관은 강화(江華)이다. 평장(平章) 최근(崔瑾)의 후손이고, 감찰(監察) 최성망(崔星望)의 아들이다.

광해조(光海朝) 때 회시(會試)를 보러갔다가 세상일이 크게 잘못되어 가는 것을 보고는 시권(詩卷 : 시를 짓던 글장)을 안고 곧바로 돌아오는 길에 한 포의(布衣 : 벼슬이 없는 선비)를 만나서 대강 자기의 뜻을 말하였다. 인조(仁祖) 때 연평부원군(延平府院君) 이귀(李貴)가 공의 집을 찾아왔는데, 곧 지난날 만났던 포의였으니 서로 손을 잡고 탄식하기를, "세상이 혼탁하면 물러나고 시대가 맑으면 나아가는 것이 진정한 열사(烈士)이다." 하였다. 그해 과거에 급제하였고, 관직은 좌랑(佐郎)에 이르렀다.

임진왜란 때 숙부 최시망(崔時望)은 의병을 일으켜 녹훈(錄勳)되었고, 최시망의 사촌형 최희립(崔希立)도 왜적을 꾸짖다가 순절하였으니, 공이 국난에 달려간 것은 가정에서 배운 것이었다.

字士泌, 號懶齋, 江華人。平章瑾[1]後, 監察星望[2]子。

光海朝赴會圍[3], 見時事大非, 抱卷徑歸, 逢一布衣, 略述己意。仁廟

---

1 瑾(근) : 崔瑾(생몰년 미상). 1246년 상장군으로 李通의 난을 토평하고 수문각 대제학을 거쳐 문하시중평장사에 이르렀다.

2 星望(성망) : 崔星望(1555~?). 찰방을 지냈다. 아버지는 崔通命이고, 할아버지는 崔泓이다.

3 會圍(회위) : 會試의 별칭.

朝, 延平李相[4], 訪公邸舍, 乃前日布衣, 執手歎曰：“世昏則退, 時淸則
進, 眞烈士[5].” 其年登第, 官至佐郎。

壬辰乱, 叔父時望[6], 勤王錄勳, 從兄希立[7], 罵賊殉節, 公之赴難, 盖
得於家庭。

---

4 延平李相(연평이상)：延平府院君 李貴(1557~1633)을 가리킴. 본관은 延安, 자는 玉汝,
호는 黙齋. 李珥·成渾의 문인이다. 1582년 생원이 되고, 康陵參奉을 거쳐 1592년 임진왜
란 때에 三道召募官·三道宣諭官으로 牛馬·군졸 등을 징발하여 도체찰사 柳成龍에게
수송했다. 1603년 문과에 급제, 형조 좌랑·安山郡守·良才道察訪등을 역임했다. 1609년
咸興判官을 거쳐 1616년 무고를 입고 수감된 海州牧使 崔沂를 만나본 죄로 伊川에 유배
당했다. 그 후 平山府使가 되었으나 광해군의 난정을 개탄, 1623년 金瑬와 함께 광해군을
폐하고 선조의 손자 綾陽君(仁祖)을 추대, 扈衛大將·이조 참판 겸 同知義禁府事·右參
贊, 대사헌·左贊成이 되었으며, 정사공신 1등으로 延平府院君에 봉해졌다. 1626년 병조
판서·이조 판서를 지내고, 이해 金長生과 함께 仁獻王后의 喪을 만 2년으로 주장했다가
대간의 탄핵으로 사직했다. 이듬해 정묘호란에 왕을 강화도에 호종, 崔鳴吉과 함께 화의
를 주장하다가 대간의 탄핵을 받았다.

5 烈士(열사)：나라를 위하여 절의 굳게 지키며 충성을 다하여 싸운 사람.

6 時望(시망)：崔時望(1548~1607). 본관은 江華, 자는 子裕, 호는 槐亭. 아버지는 崔順命
이고, 할아버지는 崔泓이다. 고봉 기대승의 문하에서 수학하였다. 1582년 문과에 급제하
여 1587년 驪州監牧官, 1598년 사헌부 장령과 김제군수를 거쳐 춘추관 편수관, 홍문관
전한 등을 지냈고 임진왜란 때 의병을 일으켜 효충선무공신이 되었다.

7 希立(희립)：崔希立(?~1593). 본관은 江華, 자는 立之, 호는 孝菴. 아버지는 崔哲命이
고, 할아버지는 崔泓이다. 임진왜란 때 高敬命을 따라 앞장서서 많은 왜군을 죽였고, 고
경명이 전사한 후에 洪民聖과 함께 崔慶會에게 가서 別將이 되어 영남 우도에서 많은
전공을 세우고 訓練院主簿로 임명되었다. 이듬해 咸陽에 있던 중 晋州가 위급함을 듣고
바로 달려가 싸우다가 義士들과 함께 순절하였다.

참봉 서진명
參奉徐晉明(1591~1658)

자는 성구(聖求), 본관은 이천(利川)이다. 증 판서(判書) 서효당(徐孝堂)의 6세손이고, 처사(處士) 서윤(徐玧)의 아들이다. 만력 신묘년(1591)에 태어났다. 정사년(1617) 사마시에 합격하였다. 성품이 지극히 효성스러웠다. 노봉(老峯) 민공(閔公 : 민정중)이 암행어사로서 공의 지극하고도 훌륭한 행실을 추천하니, 예조(禮曹)에서 임금의 명령을 받들어 쌀과 고기를 하사하였다.

비분강개한 의기와 절조가 있어서 병자호란 이후에 시를 지었으니 다음과 같다.

동해에 빠져 죽지 못하는 것이 부끄러우니　　　東海愧無蹈死者
억지로 술잔 들고 쇠잔한 이의 목구멍 달래노라.　强携盃酒慰殘喉

비분강개한 마음은 시문을 읊조리는 데서도 이와 같았다.

아들 서봉령(徐鳳翎)이 있었으니 능히 그 아름다움 이어받아서 학문과 덕행으로 천거되어 참봉에 제수되었고, 고향사람들은 사당(祠堂)을 세웠다.

字聖求, 利川人。贈判書孝堂[1]六世孫, 處士玧[2]子。萬曆辛卯生。丁

---

1 孝堂(효당) : 徐孝堂(1419~1488). 본관은 利川, 호는 益聾. 典獄署丞을 지냈다.

巳中司馬。性至孝。老峯閔公³, 以御史, 薦公至行, 自禮曺奉教, 賜米肉。

慷慨有氣節, 丙子亂後, 有詩曰：“東海愧無蹈死者, 強携盃酒慰殘喉.” 其悲憤之發於吟咏類如是。

有子鳳翎⁴, 克趾厥美, 以學行薦, 除參奉, 鄉人立祠⁵。

2 玧(윤)：徐玧(1565~1645). 본관은 利川, 자는 汝粹, 호는 草堂.

3 老峯閔公(노봉민공)：閔鼎重(1628~1692)을 가리킴. 본관은 驪興, 자는 大受, 호는 老峯. 1649년에 정시문과에 장원해 성균관전적으로 벼슬에 나가, 예조좌랑 · 世子侍講院司書가 되었다. 직언으로 뛰어나 사간원정언 · 사간에 제수되고, 홍문관수찬 · 교리 · 응교, 사헌부집의 등을 지냈다. 외직으로는 동래부사를 지냈으며, 전라도 · 충청도 · 경상도에 암행어사로 나가기도 하였다.

4 鳳翎(봉령)：徐鳳翎(1622~1687). 본관은 利川, 자는 景翬, 호는 梅鶴 · 龍邱. 안방준의 문인이다. 魯西 尹宣擧의 제자이고, 明齋 尹拯와 종유하였다. 齋郎에 거듭 제수되었으나 나아가지 않았다.

5 1706년 전남 나주에 세워진 龍岡祠를 일컬음. 창건 당시에는 龍邱祠라 하였다.

참봉 서행
參奉徐荇(1593~1671)

자는 이택(而澤), 본관은 이천(利川)이다. 증 판서(判書) 서효당(徐孝堂)의 5세손이고, 현감(縣監) 서상(徐祥)의 현손이다. 만력(萬曆) 계사년(1593)에 태어났다. 문예와 행실로 칭찬받았다. 천거되어 후릉 참봉(厚陵參奉)에 제수되었다. 병자호란 이후에는 두문불출하고 과거공부를 파하였다. 산림에 은둔하며 한가롭게 살다가 죽었다.

字而澤[1], 利川人。贈判書孝堂五世孫, 縣監祥[2]玄孫。萬曆癸巳[3]生。以文藝行誼見稱。薦除厚陵[4]參奉。丙子以後, 杜門廢擧, 婆娑[5]林泉, 以終其身。

---

1 而澤(이택) : 원문에는 없는 글자이나 국립중앙도서관 소장본에 따른 것임.

2 祥(상) : 徐祥(생몰년 미상). 본관은 利川, 자는 和之, 호는 柳亭. 徐孝堂의 넷째아들이다. 1506년 布衣로써 중종반정에 참여하였고, 安義縣監을 지냈다.

3 萬曆癸巳(만력계사) : 宣祖 26년인 1593년. 이천서씨대동보에는 宣祖 신묘년(1591)으로 되어 있다.

4 厚陵(후릉) : 朝鮮朝 定宗과 定宗妃 定安王后의 능.

5 婆娑(파사) : 이리저리 거닐며 한가로운 모양.

충의 윤검
忠義[1]尹儉(1584~1651)

　자는 자욱(子郁), 호는 남천(藍川), 본관은 파평(坡平)이다. 좌명공신 (佐命功臣) 영의정 윤곤(尹坤)의 8세손이고, 우의정 윤은(尹垠)의 6세손이며, 직장(直長) 윤정훈(尹廷勳)의 아들이다. 만력(萬曆) 갑신년(1584)에 태어났다. 성품이 효성과 우애가 두터워 6년간 어버이 여묘살이를 하였고, 사촌들과도 같은 식구처럼 지냈다. 이로써 여러 차례 수천(繡薦 : 암행어사가 인재를 추천하는 것)되어 거듭 전조(銓曹)의 인사안(人事案)에 들어서 음보(蔭補)로 충의위(忠義衛)가 되었다.

　아버지가 임진왜란 때 어가(御駕)를 호종하여 선무공신(宣武功臣)으로 녹훈되자, 공은 늘 말하기를, "충성과 절의는 우리 집안 대대로 전해오는 전통이다." 하였다. 병자호란을 당하자, 격문에 호응하여 몸을 떨치고 일어났다. 효종(孝宗) 신묘년(1651)에 죽었다.

　字子郁, 號藍川, 坡平人。佐命功臣[2]領議政坤[3]八世孫, 右議政垠[4]六

---

　1 忠義(충의) : 功臣의 자손으로서 충의위에 소속된 사람.

　2 佐命功臣(좌명공신) : 정종 2년(1400) 제2차 왕자의 난을 평정하는 데 공을 세운 사람에게 내린 칭호 또는 그 칭호를 받은 사람.

　3 坤(곤) : 尹坤(?~1422). 본관은 坡平, 시호는 昭靖. 젊어서 문과에 급제하였으며, 아우 尹珣과 함께 문학으로 이름이 높았다. 1400년 李芳遠(뒤의 태종)이 그의 동복형인 李芳幹이 일으킨 난을 평정하고 왕위에 오르는 데 협력한 공으로, 1401년 翊戴佐命功臣 3등에 책록되고, 右軍同知摠制로 坡平君에 봉작되었다. 1406년 左軍都摠制로 있을 때 다른 사건에 연루, 파직되어 파평현에 유배되었다가, 1418년 세종이 즉위하자 평안도관찰사로 기용되었다. 그가 학덕이 높은 것을 알고 있는 세종은 침전에서 환송연을 베풀어주는 등 크게 총애하였다. 이듬해 9월에 이조판서로 승진되었다. 그 뒤 우참찬까지 지냈다.

世孫, 直長廷勳⁵子。萬曆甲申生。性孝友, 六年廬墓, 群從⁶同室⁷。累被繡薦⁸, 再入銓剡⁹, 蔭補¹⁰忠義衛。

父壬辰亂, 扈駕錄宣武功¹¹, 公常曰 : "忠烈吾家青氈¹²." 至丙子, 應檄而起。孝廟辛卯¹³終。

---

4 垠(은) : 尹垠(?~1460). 본관은 坡平. 공조참의, 廣州牧使를 지냈다. 그 후 純忠積德秉義補祚功臣 右議政 鈐川府院君에 贈資되었다.

5 廷勳(정훈) : 尹廷勳(1564~1644). 본관은 坡平, 자는 伯述. 司饗院直長을 지냈다. 임진왜란이 일어나자 李恒福·李德馨과 함께 왜적을 토벌할 전략을 의논하고 義州까지 宣祖를 호위하여 宣武原從功臣으로 錄勳되었다. 병자호란 때는 맏아들 尹儉으로 하여금 왕을 호종하게 하였다.

6 群從(군종) : 群從兄弟. 곧 사촌형제들.

7 同室(동실) : 同室同居. 같은 집에 같이 산다는 뜻으로, 같은 식구로 지냈다는 의미.

8 繡薦(수천) : 암행어사가 인재를 추천하는 것.

9 剡(섬) : 剡陳. 옛날의 공문서는 흔히 剡溪紙를 사용하였으므로 섬진이라 칭한다.

10 蔭補(음보) : 조상의 덕으로 벼슬을 얻음.

11 宣武功(선무공) : 宣武功臣. 임진왜란 때 세운 공신.

12 靑氈(청전) : 대대로 내려오는 푸른 담요. 즉 여러 대로 내려오는 전통을 일컫는다.

13 孝廟辛卯(효묘신묘) : 孝宗 2년인 1651년.

진사 홍남갑
進士洪南甲(1581~1638)

자는 두원(斗元), 본관은 풍산(豊山)이다. 12살 때 임진왜란을 당하
여 어버이를 받들고 피난하여 숨으려 했는데, 왜적이 쳐들어와서 칼을
내리치려할 때 자신의 몸으로 앞을 가리며 어버이의 목숨을 살려줄 것
을 애걸하자 왜적이 기특하게 여겨 죄다 놓아주었다.

광해군 임자년(1612) 사마시에 합격하여 성균관에서 유학(遊學)하
였다. 무오년(1618) 이후에 윤리와 기강이 날로 어그러짐을 보고는 직
언의 상소를 올렸으나 임금에게 전달되지 못하자, 마침내 고향으로 돌
아와 마음을 다하여 강구하였다. 인조반정 이후 천거되어 재랑(齋郎)에
제수되었으나 나아가지 않았다.

병자호란 때에는 청주(淸州)에 이르렀지만, 강화가 이루어졌다는 소
식을 듣고는 통곡하다가 귀향하였다. 경적(經籍) 읽는 것을 낙으로 삼
았는데, 숭정(崇禎)이란 두 글자를 자리 오른쪽에 써 붙이고 때때로 울
면서 절하였다. 세상 사람들은 벽정둔인(碧亭遯人)이라 일컬었다.

字斗元, 豊山[1]人。十二歲, 遭壬辰亂, 奉親避匿, 賊至, 將加刃, 輒以

---

[1] 豊山(풍산) : 경상북도 안동시 풍산읍 일대의 옛 지명. 풍산홍씨 홍남갑은 參議 洪澄
의 손자이고 洪民聖의 아들이다. 한편, 홍민성(1556~?)의 자는 汝中, 호는 石溪이다. 重峯
趙憲의 문인이다. 학행으로 추천되어 寢郎 僉正에 임명되었으나 나아가지 않았다. 임진
왜란 때 從兄 洪民彦, 掌令 崔時望과 함께 雲峰에서 싸웠는데, 홍민언은 부모님의 병 때
문에 귀향하고 최시망은 탄환을 맞고 죽었다. 그러나 홍민성은 崔希立과 함께 倡義使 金
千鎰을 따라 전공을 세웠으나 晉州에서 갑자기 風病에 걸려서 兵事를 최희립에게 위촉
하고 귀향하였다.

身蔽, 乞親命, 賊奇而盡釋。

光海壬子[2]司馬, 遊國庠[3]。戊午[4]後, 見倫紀日乖, 抗章未徹, 遂還, 專心講究。癸亥改玉[5], 薦援齋郎[6], 不就。

丙子亂, 到淸州, 聞和成, 慟哭而歸。經籍自娛, 書崇禎二字於座右, 時時涕泣以拜。世稱碧亭遯人。

---

2 光海壬子(광해임자) : 光海君 4년인 1612년.

3 國庠(국상) : 조선시대 최고 교육기관인 성균관을 달리 이르는 말.

4 戊午(무오) : 光海君 10년인 1618년. 여기서는 '仁穆大妃 폐모사건'을 일컫는다. 1618년 1월, 조정의 신료들은 창덕궁 뜰에 모여 인목대비의 폐모를 공식 요청한 사건이다. 5년 전 계축옥사 때 광해군을 폐위하려는 역모에 가담했던 인목대비가 더 이상 국모의 자리에 있어서는 안 된다는 이유에서였다. 그 결과 인목대비는 국모로서의 지위를 박탈당하고, 西宮으로 유폐된다.

5 癸亥改玉(계해개옥) : 1623년 인조반정을 일컬음. 개옥은 패옥을 바꾼다는 뜻으로, 예를 고친다는 의미로 '反正'의 비유이다.

6 齋郞(재랑) : 廟·社·殿·宮·陵의 참봉을 두루 이르는 말. 1624년에 光陵參奉에 제수되었던 것을 일컫는다.

유학 양제용
幼學梁悌容(1589~1637)

  자는 여공(汝恭), 호는 칠송(七松), 세계(世系)는 탐라(耽羅 : 제주)
출신이다. 학포(學圃) 양팽손(梁彭孫)의 증손이다. 만력 기축년(1589)
에 태어났다. 어릴 때부터 지조를 지녔고, 학문을 강구하였다. 행실이
독실하여 여러 차례 고을수령의 천거를 받았다. 문예(文藝)와 필법도
또한 세상에 이름났다. 정축년(1637)에 집에서 죽었다.

  字汝恭, 號七松, 系出耽羅。學圃彭孫[1]曾孫。萬曆己丑[2]生。少有志
節, 講究學問。行誼篤實, 累被鄕薦[3]。文藝筆法, 亦鳴于世。丁丑[4]卒
·于家。

---

  1 彭孫(팽손) : 梁彭孫(1480~1545). 본관은 濟州, 자는 大春, 호는 學圃. 문장에 능하여
13세 때 宋欽의 문하에 들어갔고 趙光祖와 함께 생원시에 합격, 1516년 문과에 급제, 正
言을 거쳐 1519년 校理로 재직 중 기묘사화로 삭직당했다. 1537년 金安老가 賜死된 후
復官되어 1544년 龍潭顯令을 지내다 사직했다.
  2 萬曆己丑(만력기축) : 宣祖 22년인 1589년.
  3 鄕薦(향천) : 지방 수령 등이 그 고을의 유능하고 평판 좋은 유생 등을 중앙에 천거
하는 일.
  4 丁丑(정축) : 仁祖 15년인 1637년.

생원 주엽
生員朱曄(1596~1638)

자는 회지(晦之), 본관은 능주(綾州)이다. 만력 병신년(1596)에 태어났다. 숭정 계유년(1633) 생원시에 합격하였고, 우암(尤庵 : 송시열)선생도 같이 합격하였다. 우산(牛山) 안방준(安邦俊) 선생으로부터 가르침을 받았는데, 선생은 늘 고족제자(高足弟子 : 학식과 품행이 뛰어난 제자)로 대우하였다. 확고한 지조가 있었다.

병자년(1636)에 성균관에서 유학(遊學)하였는데, 그해 겨울에 청나라 오랑캐의 난이 일어나서 문묘(文廟)의 위패(位牌)를 받들고 강화도로 들어가려 했으나 장무관(掌務官) 이로(李櫓)에 의해 저지되었다. 그래서 남쪽으로 고향에 돌아와 안방준 선생에게 아뢰고 의병을 일으키는 여러 절차를 주선하였다. 호는 고송(孤松)이다. 무인년(1638)에 죽었다.

字晦之, 綾州人[1]。萬曆丙申[2]生。崇禎癸酉[3]中生員, 尤庵[4]先生榜下[5]。受業于牛山[6]安先生, 先生常以高弟[7]待之。慷慨有志節。

---

1 綾州人(능주인) : 원문에는 없는 글자이나, 국립중앙도서관 소장본에 따른 글자임.

2 萬曆丙申(만력병신) : 宣祖 29년인 1596년.

3 崇禎癸酉(숭정계유) : 仁祖 11년인 1633년.

4 尤庵(우암) : 宋時烈(1607~1689)의 호.

5 榜下(방하) : 榜中. 과거시험에 같이 합격된 사람.

6 牛山(우산) : 安邦俊(1573~1654)의 호. 본관은 竹山, 자는 士彦, 호는 隱峰 · 氷壺. 아버지는 安重寬이다. 安重敦에게 양자로 갔다. 朴光前 · 朴宗挺에게서 수학하고, 1591년 坡山에 가서 成渾의 문인이 되었다. 1592년 임진왜란이 일어나자 박광전과 함께 의병을 일

丙子遊太學[8], 其冬, 奴酋之亂, 欲陪聖廟[9]位版, 入江華, 爲掌務官[10]
李櫓[11]所沮。仍南歸, 稟安先生, 周旋擧義諸節。號孤松。戊寅[12]卒。

으켰고, 광해군 때 李爾瞻이 그 명성을 듣고 기용하려 하였으나 거절, 1614년 보성의 북
쪽 牛山에 들어가 후진을 교육하였다. 1623년 인조반정 뒤에 교유가 깊던 공신 金瑬에게
글을 보내 당쟁을 버리고 인재를 등용하여 공사의 구별을 분명히 할 것을 건의하였다.
志氣가 강확하고 절의를 숭상하여 圃隱 鄭夢周·重峯 趙憲을 가장 숭배, 이들의 호를 한
자씩 빌어 자기의 호를 隱峰이라 하였다. 학문에 전념하면서 정묘·병자호란 등 국난을
당할 때마다 의병을 일으켰다.

　7 高弟(고제) : 高足弟子. 학식과 품행이 뛰어난 제자.

　8 太學(태학) : 조선시대 때 成均館의 별칭.

　9 聖廟(성묘) : 文廟. 성균관과 각 지방 향교에 있는 孔子를 모신 사당을 가리킴.

　10 掌務官(장무관) : 각 관아의 장관 밑에서 실제적으로 사무를 관장하는 관리.

　11 李櫓(이로) : 미상.

　12 戊寅(무인) : 仁祖 16년인 1638년.

유학 문인극

幼學文仁克(1588~1645)

자는 영숙(榮叔)이다. 시조(始祖) 문다성(文多省)이 남평(南平)의 장
자못[長者池] 가에 내려왔기 때문에 남평을 관향으로 삼았다. 타고난
성품이 영리하고 비범하였다. 연달아 3대가 효행으로 음직에 제수된
고조부 문윤(文潤)·증조부 문사원(文士元)·조부 문창후(文昌後)의 손
자이다.

평소 굽힐 줄 모르는 기개와 절조가 상대방을 압도하는 면이 많이
있어서, 의관을 갖추고 똑바르게 앉으면 자제들은 감히 쳐다보지도 못
했고, 계집종과 사내종들 역시 감히 바로 들어오지도 못했다. 더러 고
을에 나갔다가 저녁에 돌아올 때면 야차(夜叉 : 두억시니) 수십 명의 무
리들이 중도에서 횃불을 사르며 호송하였는데, 이와 같은 것이 한두 번
이 아니었다. 병자호란 이후에는 나라의 치욕을 설치하지 못한 것을 천
고의 한으로 품었다.

字榮叔。始祖多省[1], 降于南平長者池上, 因以南平爲貫。公稟性英

---

1 多省(다성) : 文多省. 남평문씨의 시조. 자는 明遠, 호는 三光. 신라 때 三重大匡三韓
壁上功臣 南平伯 武成公이다. 본문의 내용은 문다성의 출생에 대한 전설을 말한 것이다.
전남 나주군 남평면에 장자못이라는 연못가에 큰 바위가 있다. 472년(신라 자비왕 15) 2월
에 군주가 바위 아래에서 놀고 있는데, 그 바위 위에서 오색기운이 감돌면서 갓난아이의
울음소리가 들려 왔다. 이상하게 여긴 군주가 사다리를 가져오게 하여 올라가 보니 돌로
된 함안에 피부가 백설같이 맑고 용모가 아름다운 갓난아이가 있었다. 그래서 군주가
데려다 키웠는데 5살 때 글을 저절로 깨우치고 무략이 뛰어나며 사물의 이치를 스스로
깨닫는 등 총기가 있어 성을 文이라 하고 이름을 多省이라고 했다는 전설이다.

邁, 連三代孝行, 除授高曾祖²之孫也。

平生氣節, 多有壓勝之道, 具衣冠正坐, 則子弟不敢仰視, 婢僕亦不敢直步。或作邑行, 乘暮歸時, 則夜叉³數十輩, 自中路爇炬護送, 如是者數矣。丙丁⁴後, 以國恥未雪, 千古齋恨⁵。

2 효행으로 말미암아 고조부 文潤은 修義衛副尉를 제수되었고, 증조부 文士元은 자가 彦之로 靖陵參奉에 제수되었으며, 조부 文昌俊은 자가 大術로 社稷參奉과 宗簿寺直長에 제수된 것을 일컬음. 문윤은 勉修齋 文自修의 아들이다. 문인극의 아버지는 樂正 文弘系 인데, 문창준의 아들이다.

3 夜叉(야차) : 불교의 범어 'yaksa'를 음역한 것으로, 모양이 괴상하고 위력이 센 귀신 의 명칭을 일컬음. 여기서는 민간 전설에서 쓰이는 '흉악한 신이나 악당'을 의미한다.

4 丙丁(병정) : 병자호란을 가리킴. 병자호란이 병자년(1636) 12월부터 정축년(1637) 1 월까지 일어났기 때문이다.

5 齋恨(재한) : 한을 품음.

유학 위홍원
幼學魏弘源(1616~1675)

자는 자윤(子潤), 본관은 회주(懷州 : 장흥)이다. 현감(縣監) 위천우 (魏天佑)의 아들이다. 만력(萬曆) 병진년(1616)에 태어났다. 성품이 지극히 효성스러워서 아버지와 어머니의 상을 당하여 6년간 여묘살이를 하며 예법에 지나치도록 슬퍼했다. 또한 문예(文藝)로써 이름을 세상에 떨쳤지만 여러 차례 과거에는 급제하지 못했다. 병자호란 이후에는 과거 보려는 뜻을 끊었다. 호는 청계(聽溪)이다. 을묘년(1675)에 집에서 죽었다.

字子潤, 懷州[1]人。縣監天佑[2]之子。萬曆丙辰[3]生。性至孝, 內外艱, 六年廬墓, 哀毀踰禮。亦以文藝鳴世, 累擧不中。丙丁以後, 絕意赴擧。號聽溪。乙卯[4]卒于家。

---

1 懷州(회주) : 전남 장흥지역의 옛 지명.

2 天佑(천우) : 魏天佑(1556~?). 본관은 長興, 자는 吉甫, 호는 靜齋. 1573년 진사시에, 1582년 문과에 급제한 후 著作 · 博士 · 監察 · 持平 · 掌令 등을 거쳐 靑陽縣監 · 潭陽府使 및 경상도 · 전라도 都事를 역임하였다. 1592년 임진왜란이 일어나자 金千鎰과 咸陽 · 開寧 등지에서 왜적을 무찌르는데 공이 컸다.

3 萬曆丙辰(만력병진) : 光海君 8년인 1616년. 『장흥위씨대동보』에는 1598년을 생년으로 몰년을 미상으로 기록하고 있다

4 乙卯(을묘) : 肅宗 1년인 1675년.

참봉 조수성
參奉曹守誠(1570~1644)

자는 효백(孝伯), 호는 청강(淸江), 본관은 창녕(昌寧)이다. 옥천군
(玉川君) 조흡(曹恰)의 후손으로, 현감(縣監) 조굉중(曹閎中)의 아들이
다. 병오년(1606)에 생원시에 합격하였다. 배우기를 좋아하고 힘써 실
천하니, 우산(牛山) 안방준(安邦俊)은 세속의 스승이 될 만한 본보기라
고 추어올렸다.

정유재란(1597) 때 어머니를 모시고 섬으로 들어가는데 큰 바람을
만나 배가 거의 뒤집힐 뻔하자 의기가 북받쳐 말하기를, "비록 늙으신
어머니 때문에 나라를 위해 죽지 못했는데, 바람 때문에 죽는 것은 한
스럽다." 하였다. 양지용(梁智容)이 배를 같이 탔다가 나중에 말하였다.
병자년에 의병을 일으킨 정신은 먼저 여기에서 징험된 것이다. 의병을
일으키면서 밤낮을 잊은 채 점검하고 침식까지 폐하자, 지주(地主 : 고
을의 수령) 류훤(柳萱)이 탄복하기를, "궁벽한 시골에 있는 이가 이와
같으니, 국록을 받는 자들은 부끄러워 죽을 지경이리라." 하였다. 정축
년(1637)에 김반(金槃)이 천거하여 헌릉참봉(獻陵參奉)에 제수되었으
나 나아가지 않았다.

字孝伯, 昌寧人, 號淸江。玉川君恰[1]後, 父縣監閎中[2]。丙午生員。

---

1 恰(흡) : 曹恰(?~1444). 초명은 冾, 호는 退思軒. 1400년 방간의 난에서 공로를 세워
1401년에 공전을 사급받는 한편 무관의 요직에 발탁되어 그 벼슬이 재상의 반열에 올랐
으니 병조판서가 되었다. 定策佐命功臣으로서 玉川君에 봉해졌다.

好學力行, 安牛山³推以師世。

丁酉亂, 陪母入島, 遇颶幾覆舟, 慷慨曰："雖以老母不死國, 死於颶恨." 梁智容⁴同舟後稱. 丙子倡義, 先驗於是. 倡義, 日夜點閱, 廢寢食, 地主⁵柳萱⁶歎："草野如是, 食祿愧死." 丁丑, 金槃⁷薦, 除獻陵參奉, 不就.

2 閔中(굉중)：曺閔中(1529~1584). 본관은 昌寧, 자는 惕輝, 호는 樂乎堂. 아버지는 참봉 曺世明이다. 1567년 진사시에 합격하여 1568년 監役을 거치고, 徵士로서 鴻山縣監을 지냈다.

3 牛山(우산)：安邦俊(1573~1654)의 호.

4 梁智容(양지용)：미상. 다만, 鄭琢의 ≪壬辰記錄 上≫〈司評金彦勛所送陣奇〉에 梁山 (경남 양산시) 출신으로 언급되어 있으나, 동일인물인지 확인할 필요가 있다.

5 地主(지주)：고을의 수령.

6 柳萱(류훤, 1586~1661)：≪승정원일기≫ 1635년 6월 18일조에 의하면, 通訓大夫 和順縣監으로 제수하는 기사가 나옴. 본관은 文化, 자는 汝實, 호는 節初堂. 1604년 성균시와 1610년 사마시에 합격하였다. 戶曹佐郎을 거쳐 永同縣監・和順縣監・昌平縣令・宗簿寺主簿・儀賓府都正 등을 지냈다. 그의 아버지 柳公亮은 1624년 李适의 난에 가담하여 화를 당하였다.

7 金槃(김반, 1580~1640)：본관은 光山, 자는 士逸, 호는 虛州. 아버지는 金長生이고, 金集의 아우이다. 1605년 사마시에 합격하였다. 1613년에 계축옥사가 일어나자 낙향하여 10여 년 동안 초야에 은거하며 학문을 탐구하였다. 1624년 李适의 난 때 인조를 공주로 호종하였다가 공주의 행재소에서 실시한 정시문과에 급제, 호종의 공으로 성균관전적이 되었다. 그 뒤 형조좌랑・예조좌랑・사간원정언・홍문관수찬・부교리를 거쳐, 1625년 侍講院文學・사간원헌납・홍문관교리 등을 역임하였다. 1626년 인헌왕후가 죽자 李貴의 편견을 배척하였다. 곧 이조좌랑에 임명되고, 이어 정랑에 올랐다. 1627년 정묘호란 때 인조를 강화로 호종하고 돌아와 舍人・兼輔德・應敎・典翰을 역임하였다. 1635년 兵曹參知・대사간・우부승지・형조참의・대사성・부제학 등을 두루 역임하였다. 이듬해 병자호란으로 남한산성에 호종하여 왕에게 장병을 독려하도록 건의하였다. 화의가 이루어지자 호종한 공으로 嘉善大夫에 올랐다. 그 뒤 대사성・예조참판・병조참판・대사헌・한성부우윤・대사간・이조참판 등 요직을 역임하였으며, 사후에 영의정에 추증되었다.

감역 조황
監役曹熀(1600~1665)

　자는 회이(晦而), 호는 구봉(九峯), 본관은 창녕(昌寧)이다. 군수(郡
守) 조경중(曺景中)의 손자이다. 천계(天啓) 갑자년(1624) 진사시에 합
격하였다. 병자호란 이후에는 과거공부를 폐하고 은거하였다. 성품이
지극히 효성스러웠는데, 아버지와 어머니의 상을 당하자 모두 여묘살
이를 하여 6년 했다. 우산(牛山) 안방준(安邦俊)과 도의지교(道義之交)
를 맺었다.

　일찍이 연경(燕京)에서 흰 국화를 보고 읊조렸으니 다음과 같다.

온 세상의 화려한 봄꽃은 고국이 아니어든	海內烟花非故國
가련하구나 겉으론 옛 연경을 그대로 품었네.	爲憐名帶舊燕京

　손수 강목(綱目 : 주희가 지은 중국의 역사책)을 베끼고, 책 끝에다 고
시(古詩)인 "취하고서는 은나라 갑자만을 알았고(醉後獨知殷甲子), 병들
고서도 진나라 춘추만을 썼었네(病中猶作晉春秋)."를 써놓고는 뜻을 붙
였다. 뒷날에 노봉(老峯) 민정중(閔鼎重)의 천거에 의해 선공감역(繕工
監役)에 제수되었으나 나아가지 않았다.

　字晦而, 號九峯, 昌寧人。郡守景中[1]孫。天啓甲子[2]中進士。丙子[3]

---

　1 景中(경중) : 曺景中(1533~1584). 본관은 昌寧, 자는 信民, 호는 碧松齋. 1561년 式年試
에 합격하고, 1567년 式年試에 급제하여 兵曹正郞, 吏曹正郞에 이르렀고, 익산군수를 지

152　호남병자창의록

後, 廢擧隱居。性至孝, 兩親喪, 皆廬墓六年。與安牛山⁴, 爲道義交⁵。
嘗咏燕京白菊詩⁶曰：“海內烟花⁷非故國, 爲憐名帶舊燕京.” 手抄綱目⁸,
卷末書古詩曰：“醉後獨知殷甲子, 病中猶作晉春秋.”⁹ 以寄意。後, 以
閔老峯¹⁰薦, 除繕工¹¹監役, 不就。

냈다. 아들은 曺守訓(1561~1633)인데, 자는 述之, 호는 南江으로 첨지를 지냈다.

2 天啓甲子(천계갑자)：仁祖 2년인 1624년.

3 丙子(병자)：仁祖 14년인 1636년. 여기서는 병자호란을 가리킨다.

4 牛山(우산)：安邦俊(1573~1654)의 호.

5 道義交(도의교)：이해를 따지지 않고 도의로써 사귐을 일컫는 말.

6 국립중앙도서관본에는 “화분에 뿌리를 박고도 늦봄의 영화 꿈꾸는가, 이 처지를 벗
어나야 초목의 정을 보리라.(托根盆斛殿春榮, 避地宜看草木情.)”이 원문 앞에 더 있음.

7 烟花(연화)：아름다운 봄꽃.

8 綱目(강목)：송나라 주희가 편찬한 ≪資治通鑑綱目≫의 별칭.

9 薛逢의 〈韋壽博書齋〉 시에 나오는 구절. 溫庭筠이 지은 詩이라고도 한다.

10 老峯(노봉)：閔鼎重(1628~1692)의 호.

11 繕工(선공)：繕工監. 土木과 營繕을 맡아보던 관아. 監役은 종9품 벼슬이다.

유학 임시태
幼學林時泰(1590~1672)

자는 자형(子亨), 호는 옥림(玉林), 본관은 순창(淳昌)이다. 진사(進士) 임회(林檜)의 5대손이다. 겨우 8살 때 아버지가 아프시자 자신의 손가락을 깨물어 피를 마시게 하고, 어머니가 아프시자 또 자신의 손가락을 깨물었다. 학교에 들어가서 책을 읽다가 '충신은 효자의 가문에서 구하는 것이다.'는 대목에 이르러 부채를 들고 서안(書案)을 두드렸으니, 부채 자루가 죄다 부서졌다. 일찍이 충효(忠孝) 두 글자를 써서 네 벽에다 붙여 놓은 적이 있었는데, 어떤 사람이 소상팔경(瀟湘八景)이라고 쓴 것을 주자, 웃으면서 빈 벽이 없다며 사양했다. 단지 충신(忠臣)과 의사(義士)의 문집만을 볼 뿐이었다.

병자호란 때는 종일토록 단검을 갈며 말하기를, "내가 스스로 죽을 곳이 있노라." 하였다. 유생들이 의병을 일으켰을 때, 날마다 정성껏 불러 모아 거의 힘을 발휘하게 되었으나 중도에 해산하고 돌아와서는 두문불출하고 세상일과 끊었다. 인의충신(仁義忠信)을 즐기다가 죽었다.

字子亨, 號玉林, 淳昌人[1]。進士檜[2]五代孫。八歲, 當父[3]病, 齧指飲

---

1 子亨, 號玉林, 淳昌人(자후, 호옥당, 순창인) : 원문에는 없는 글자이나 국립중앙도서관 소장본에 따른 글자임.

2 檜(회) : 林檜(생몰년 미상). 본관은 淳昌, 자는 永喬, 호는 杏窩. 1486년 사마생원시에 합격하였다.

3 父(부) : 임시태의 부친은 通德郎 林塾임.

血, 當母⁴病, 又齧指。入學, 讀到求忠臣於孝子之門⁵, 舉扇擊案, 扇柄破盡。嘗書忠孝字, 附四壁, 人贈瀟湘八景, 笑以無空壁辭。只觀忠臣義士文集。

丙子亂, 終日磨短劍曰 : "吾有死處." 章甫⁶擧義, 日召募以誠, 庶幾效力, 中道罷歸, 杜門謝世。天爵⁷以終。

---

4 母(모) : 完山李氏.

5 求忠臣於孝子之門(구충신어효자지문) : 孔子가 "어버이를 효도로 섬기기 때문에 충성을 임금에게 옮길 수 있나니, 그러므로 충신은 반드시 효자의 가문에서 구하는 것이다. (事親孝故忠可移於君, 是以求忠臣必於孝子之門.)"고 한 데서 나온 말.

6 章甫(장보) : 儒生을 달리 이르는 말.

7 天爵(천작) : 仁義忠信을 즐기며 지치지 않은 것을 일컬음. ≪맹자≫〈告子章句 上〉의 "인의충신과 선을 좋아하여 게을리 하지 않는 이것이 바로 천작이요, 공경대부 같은 종류는 인작일 뿐이다.(仁義忠信樂善不倦, 此天爵也, 公卿大夫, 此人爵也.)"에서 나온 말이다.

통덕랑 최명해
通德郎崔鳴海(1607~1650)

자는 거원(巨源), 본관은 해주(海州)이다. 문헌공(文憲公) 최충(崔冲)
의 후예이고, 임진왜란 때 창의한 초토사(招討使)였던 지평(持平) 죽은
(竹隱) 최홍재(崔弘載)의 손자이다. 만력(萬曆) 정미년(1607)에 태어났
다. 기개와 도량은 영웅 준걸이고 정신과 풍채마저 맑고 시원스런데다
효성과 우애도 타고났고 절개와 의리까지 남보다 뛰어나니, 기천(沂川)
홍명하(洪命夏)가 매우 존경하면서 일찍이 말하기를, "남방에서 모범이
될 만한 인물은 최공일 뿐이다." 하였다.

병자호란 이후에는 세상일의 뜻은 끊고 두문불출하며 마음을 다하여
독서하였다. 숭정(崇禎) 경인년(1650)에 집에서 죽었다.

字巨源, 海州人。文憲公冲[1]後, 壬辰亂倡義招討使行持平號竹隱弘
載[2]孫。萬曆丁未[3]生。氣宇英俊, 神采灑落, 孝友出天, 節義卓異, 沂川

---

1 冲(충) : 崔冲(984~1068). 본관은 海州, 자는 浩然・惺齋・月圃・放晦齋. 1005년에 문
과에 장원으로 급제하여 右拾遺에 올랐고, 1013년에는 《七代實錄》을 편찬하는데 참여
하였다. 1025년에는 禮部侍郎諫議大夫에 올랐고, 1037년 參知政事修國史로 《玄宗實錄》
의 편찬에 참여하였으며, 또 尙書左僕射參知政事判西北路兵馬使로 변경에 나가 진을 설
하는 등 국방에도 힘썼다. 돌아와 門下侍朗平章事에 올랐다. 1053년 나이가 많음을 들어
사직을 청하자 만류하는 조서가 내려졌으며, 1055년 물러나려 할 때 왕으로부터 文章華
國했다는 칭찬을 받았다. 문하에서 배출된 많은 인물들은 文憲公徒라 불리어졌고, 그의
뛰어난 학풍을 추앙하여 海東孔子로 칭송하게 되었다.
2 弘載(홍재) : 崔弘載(1560~1614). 본관은 海州, 자는 德興, 호는 竹隱. 1591년 문과에
급제하여 사간원 정언, 사헌부 지평을 지냈다.
3 萬曆丁未(만력정미) : 宣祖 40년인 1607년.

洪相公命夏[4], 甚敬重之, 嘗曰："南中師表, 崔公是耳."

丙子以後, 絶意世事, 杜門不出, 專心讀書。崇禎庚寅[5]卒于家。

　4　洪相公命夏(홍상공명하)：洪命夏(1608~1668). 본관은 南陽, 자는 大而, 호는 沂川.
1630년 생원이 되고, 1644년 별시문과에 급제하여, 검열을 거쳐 1646년 문과중시에 급제
한 뒤 규장각대교, 정언·교리·부수찬·헌납 등을 지냈다. 그 뒤 1649년 이조좌랑으로
암행어사가 되어 부정한 관리를 적발함에 있어 당대에 이름을 떨쳤다. 1650년 이조정랑
을 거쳐 1652년 동부승지에 승진하였고, 이듬해 한성부우윤이 되었다. 이어 대사간으로
謝恩副使가 되어 청나라에 다녀오고, 뒤에 이조와 예조의 참판, 부제학·대사헌·형조판
서를 지냈으며 藥房提調가 되었다. 1659년 효종이 죽자 삭직되었으나 다시 등용되어, 예
조와 병조의 판서를 거쳐 1663년 우의정이 되고, 이듬해 謝恩兼陳奏使로 다시 청나라에
다녀와서 1665년 좌의정을 거쳐 영의정이 되었다.
　5　崇禎庚寅(숭정경인)：孝宗 1년인 1650년.

유학 김종지
幼學金宗智(1583~1648)

자는 국보(國寶), 본관은 광산(光山)이다. 문숙공(文肅公) 김주정(金
周鼎)의 12세손이고 공조판서 김신좌(金信佐)의 8세손이며, 생원(生員)
김정언(金廷彦)의 증손이고 처사(處士) 김경성(金慶成)의 아들이다. 공
은 만력(萬曆) 계미년(1583)에 태어났다. 천성이 강직하고 일찌감치 가
정에서 가르침을 받아 효성과 우애, 학문과 덕행은 당대에 소문이 났다.

병자호란 때 운암(雲巖) 이흥발(李興浡)의 격문을 보고 이웃 고을의
동지들과 의기를 떨쳐 국난에 달려갔으나 청주(淸州)에 이르러 화친이
이루어졌다는 소식을 듣고 통곡하다가 고향으로 돌아왔다. 이윽고 과
거공부를 폐하고 자연에 유유자적하였다. 무자년(1648)에 죽었다.

字國寶, 光山人。文肅公周鼎[1]十二世孫, 工曹判書信佐[2]八世孫, 生
員廷彦[3]曾孫, 處士慶成[4]子。公生萬曆癸未[5]。禀性强毅, 早承庭訓, 孝

---

1 周鼎(주정) : 金周鼎(1228~1290). 고려 후기의 문신. 본관은 光山, 자는 之叔. 아버지
는 贈門下平章事 金鏡亮이다. 1264년 문과에 급제하였고 海陽府錄事를 거쳐 吏部侍郎을
지내고 1274년 大府卿 左司議大夫로 승진되었으며 1278년 行從都監使가 되어 왕을 호종
하여 원나라에 들어가서 各軍의 供物을 받는 일을 없애고 金方慶이 큰 공이 있음에도
억울하게 유배된 것을 상소하여 석방케 하는 등 많은 공을 세웠다. 그 후 左副承旨에
오르고 1281년 원나라 世祖가 제2차 일본정벌을 계획하자 昭勇大將軍右副都統에 특진되
었으며 이어 同知密直司事가 되었다. 그 후 匡靖大夫都僉議使司寶文閣太學士同修國史判
三司使에 이르렀고 시호는 文肅公이다.

2 信佐(신좌) : 金信佐.(생몰년 미상). 아버지는 金德龍이고, 아들은 金孝忠이다. 공조판
서 겸 지경연춘추관, 의금부사, 동지선균관사를 지냈다.

3 廷彦(정언) : 金廷彦(1493~1555). 본관은 光山, 자는 公美, 호는 小岩. 아버지는 金軾이
고, 아들은 金深과 金洪이 있다. 1516년 생원시에 합격하였다.

友文行, 著稱當世。

是乱, 見李雲巖[6]檄, 與鄉隣同志, 奮義赴難, 至淸州, 聞媾成痛哭而歸。仍廢擧業, 逍遙林泉。卒于戊子[7]。

4 慶成(경성)：金慶成(1548~?). 본관은 光山, 자는 善應, 호는 錦西遁. 高揚郡守를 지냈다.
5 萬曆癸未(만력계미)：宣祖 16년인 1583년.
6 李雲巖(이운암)：운암 李興淬을 가리킴.
7 戊子(무자)：仁祖 26년인 1648년.

유학 정지준
幼學丁之雋(1592~1663)

자는 자웅(子雄), 호는 적송(赤松), 본관은 창원(昌原)이다. 할아버지 진사(進士) 정암수(丁巖壽)는 호가 창랑(滄浪)으로 효행이 알려져 마을에 정문(旌門)이 세워졌다. 정여립(鄭汝立)의 역변(逆變)이 일어나자 직언의 상소로 그 일당을 다스리도록 하였다. 임진왜란 때는 제봉(霽峯) 고경명(高敬命)이 의병을 일으키는데 따랐다. 아버지 주부(主簿) 정유성(丁有成)도 또한 임진왜란 때 군량을 공급한 공으로 공조참의(工曹參議)에 증직되었다.

공은 임진년(1592)에 태어났다. 부모에게 효도하고 형제간에 우애하며 나라에 충성하고 친구 사이에 신의를 지키는 것이 두드러지게 너그러웠고 의연하였다. 병자호란 때에 이르러 의병을 불러 모았는데, 사람들이 불안해하며 두려워하자, 공이 말하기를, "임금님께서 위급하시면 신하는 마땅히 목숨을 바쳐야 한다." 하였다. 의병을 모으고 군량을 마련하는데 계책하는 바가 많았지만 강화가 이루어졌다는 소식을 듣고는 의병을 파하고 고향으로 돌아왔다. 이윽고 과거공부를 폐하고 적벽(赤壁)에 정자를 지어서 은거하였다. 계묘년(1663)에 죽었다.

字子雄, 號赤松, 昌原人。祖進士巖壽[1]號滄浪, 以孝旌閭。汝立逆

---

1 巖壽(암수) : 丁巖壽(1534~1594). 본관은 昌原, 자는 應龍, 호는 滄浪. 전남 화순군 同福에서 출생하였다. 부친은 丁璡이다. 1561년 식년시 진사에 합격하였다. 효성이 지극하여 중풍에 걸린 어머니를 잘 봉양하고 돌아가신 뒤에 3년간 시묘살이를 하였다. 이러한

變[2], 抗疏治其黨。壬辰倭亂, 從高霽峯[3]擧義。考主簿有成[4], 亦以倭亂時給餉功, 贈工議。

　公生於壬辰[5]。孝友忠信, 卓犖寬毅。至是募義, 衆危懼, 公曰："君父危急, 臣當效死." 選兵治資, 多所規畫, 媾成[6]罷歸。仍廢科, 築于赤壁[7]。癸卯[8]卒。

효행이 알려져 1655년에 旌閭가 내려졌다.

2 汝立逆變(여립역변) : 1589년 일어난 정여립의 사건을 일컬음. 흔히 기축옥사라 한다.

3 霽峯(제봉) : 高敬命(1533~1592)의 호.

4 有成(유성) : 丁有成(1565~1605). 본관은 昌原, 자는 敬伯, 호는 嘉淵. 進士 丁巖壽의 아들이다. 임진왜란 때 아버지의 명으로 격문을 돌리고 道內에 군량미를 걷는데 공이 있자, 調度使 楊士衡이 그를 軍資奉事 兼 治粟都尉를 삼았다 정유재란 때 또 군량을 많이 공급한 공으로 主簿가 되었다.

5 壬辰(임진) : 宣祖 25년인 1592년.

6 媾成(구성) : 和議가 이루어짐.

7 赤壁(적벽) : 전남 화순군의 동북쪽 이서면 장학리 동복천 동안에 위치한 절벽.

8 癸卯(계묘) : 顯宗 4년인 1663년.

전적 하윤구
典籍河潤九(1570~1646)

자는 여옥(汝沃), 호는 금사(錦沙), 본관은 진양(晉陽)이다. 원정공
(元正公) 하집(河楫)의 후손이고, 대사간(大司諫) 하결(河潔)의 8세손이
다. 아버지 참군(參軍) 하대표(河大豹)는 임진왜란 때 용만(龍灣)까지
달려가서 중흥책(中興策)을 올렸고, 군량 운반을 감독하여 승전하니 중
국 장수가 공문을 보내어 선조(宣祖)가 크게 칭찬하였다.

공은 융경(隆慶) 경오년(1570)에 태어났다. 한강(寒岡) 정구(鄭逑)와
월사(月沙) 이정구(李廷龜)의 문하에서 배웠다. 경술년(1610) 진사가
되었다. 을묘년(1615) 성균관에서 모여 인목대비(仁穆大妃)의 폐모론
을 주장하는 흉악한 상소를 배척하며 〈대륜(大倫)〉 시를 지었다. 계유
년(1633) 과거에 급제하였다. 을해년(1635) 율봉찰방(粟峯察訪)에 제
수되었고, 병자년(1636)에 전적(典籍)으로 옮겼다. 이때 국난이 일어
나 의병을 일으켰지만 강화가 이루어졌다는 소식을 듣고 다시는 벼슬
을 하지 않았다. 〈거빈탄(去邠歎)〉과 〈억청위(憶靑幃)〉 시를 지었다.

字汝沃, 號錦沙, 晉陽人。元正公楫[1]後, 大司諫潔[2]八世孫。父參軍

---

1 楫(집) : 河楫(1303~1380). 자는 得濟, 호는 松軒. 고려 후기의 문신. 충숙왕 때 문과에
급제하였다. 1347년 2월에 田民의 兼倂 사태를 바로잡기 위하여 설치된 整治都監의 整治
官이었다. 奇皇后의 친족인 奇三萬의 불법적인 토지겸병을 다스리는 과정에서 그가 獄死
하게 되자, 그 해 10월 원나라로부터 온 사신에 의하여 白文寶·申君平 등의 정치관들과
함께 국문 당하였다. 뒤에 찬성사로 치사하고 晉州君으로 책봉되었다. 시호는 元正이다.
2 潔(결) : 河潔(1380~1449). 본관은 晉州, 자는 深亮. 일찍 벼슬길에 올라 직장이 되었
고 1411년 治道封策廣延殿登文科에서 급제하였다. 정언, 호조좌랑을 지냈다. 인천군수를

大豹[3], 壬辰勤龍灣[4]獻策, 督運粻勝捷, 天將[5]移咨, 宣廟嘉奬。

公生隆慶庚午[6]。從鄭寒岡[7]·李月沙[8]學。庚戌[9]進士。乙卯[10]斥館凶疏, 作大倫詩[11]。癸酉[12]登第。乙亥[13]拜栗峯察訪, 丙子[14]遞典籍。是難赴義, 媾成[15]不復仕。作〈去邠歎[16]〉·〈憶靑幃[17]〉詩。

제수 받았고 1441년 사헌부장령, 성균관사예를 거쳐 인천군수가 되었다. 1444년 통정대부에 올랐고 사간원 대사간이 되었으며 1451년에는 첨지중추원사에 임명되었다. 1453년 관직에서 물러나 정읍으로 낙향하였다.

3 大豹(대표) : 河大豹(1550~1622). 본관은 晉州, 자는 一變. 4살 때 어머니를 잃고, 7살 때 아버지를 잃었으니 9살에 상복을 벗었다. 그러나 나이 어려 모친의 상복을 입지 못한 일을 한스럽게 여겨 상복을 3년 더 입었다. 고을 원이 이를 듣고 기특하다 여겨 몸소 가서 보고 동네 사람들로 하여금 땔나무를 해다 주게 한 뒤, 감사에게 알렸다. 이 일은 동국여지승람에 실려 있다. 寒岡 鄭逑가 이 훌륭함을 예로써 대접하였다. 임진왜란 때 용만에 달려가 中興疏를 올렸고, 군량 운반을 책임지고 수송하였다. 이에 漢城府 參軍이 되었다. 선조가 환도 뒤에 여러 번 벼슬을 높여 불렀으나 나아가지 않았다.

4 龍灣(용만) : 의주의 별칭.

5 天將(천장) : 명나라 장수를 가리킴.

6 隆慶庚午(융경경오) : 宣祖 3년인 1570년.

7 寒岡(한강) : 鄭逑(1543~1620)의 호. 본관은 淸州, 자는 道可, 호는 寒岡, 시호는 文穆. 吳健에게 수학하고 曺植·李滉에게 性理學을 배웠다. 白梅園을 세워 제자를 가르치는 데 힘썼고, 壬辰亂 때에는 義兵을 일으켜 싸우기도 했다. 문신 겸 학자로서, 경학을 비롯하여 산수부터 풍수에 이르기까지 정통하였고 특히 예학에 밝았으며 당대의 명문장가로서 글씨도 뛰어났다. ≪寒岡集≫이 있다.

8 月沙(월사) : 李廷龜(1564~1635)의 호. 본관은 延安, 자는 聖徵, 호는 保晩堂·癡菴·秋崖·習靜. 그의 문장은 張維·李植·申欽과 더불어 이른바 한문사대가로 일컬어지게 되었다. 그의 문장에 대해서 명나라의 梁之垣은 호탕, 표일하면서도 지나치게 화려하지 않아 미적인 효과를 잘 보여주고 있다고 평하였으며, 장유도 그의 才氣를 격찬함과 아울러 高文大冊의 신속한 창작 능력을 높이 평가하였다. 또한 정조도 그의 문장을 높게 평가한 바가 있다.

9 庚戌(경술) : 光海君 2년인 1610년.

10 乙卯(을묘) : 光海君 7년인 1615년.

11 국립중앙도서관 소장본에 따르면, 이 시는 "모자는 큰 인륜이라, 하늘에 해와 달이 있음과 같네. 일월은 때로 바뀜이 있지만, 인륜은 끝내 이지러짐 없나니라.(母子大人倫, 猶天有日月. 日月有時更, 人倫終不缺.)"임.

12 癸酉(계유) : 仁祖 11년인 1633년.

13 乙亥(을해) : 仁祖 13년인 1635년.

14 丙子(병자) : 仁祖 14년인 1636년.

15 媾成(구성) : 和議가 이루어짐.

16 국립중앙도서관 소장본에 따르면, 이 시는 남한산성의 항복 소식을 듣고 귀향하여 지은 것으로 "杜陵謾倚崆峒岫, 諸葛空揮羽扇風. 北望秦天消息絶, 暮年勳業淚靑幢."임.

생원 정호민
生員丁好敏(1598~1656)[1]

자는 사명(士明), 본관은 창원(昌原)이다. 창원군 정관(丁寬)의 10세
손이고, 창릉군(昌陵君) 정원경(丁元景)의 9세손이며, 판결사(判決事)
정인례(丁仁禮)의 8세손이다. 만력(萬曆) 무술년(1598)에 태어났다. 타
고난 성품이 순수하고, 박학다식하였다. 어버이를 효성스럽게 섬겼으
며, 어버이가 돌아가시자 여묘살이를 하였다. 제사는 예절을 갖추어 받
들었는데 매달 초하룻날과 보름날에는 반드시 술과 과일을 올렸다. 을
유년(1645) 생원시에 합격하였다.

병자호란 때 운암(雲巖) 이흥발(李興浡)의 의병 격문을 보고 족형(族
兄) 정지준(丁之雋)과 한 목소리로 의병을 일으켜서 청주(淸州)에 이르
러 강화가 이루어졌다는 소식을 듣고는 의병을 해산하고 고향에 돌아
왔다. 세상일과 일체 끊고 백아산(白鵝山) 아래서 살며 노년을 보냈다.
병신년(1656)에 죽었다.

字士明, 昌原人。昌原君寬[2]十世孫, 昌陵君元景[3]九世孫, 判決事仁
禮[4]八世孫。萬曆戊戌[5]生。姿稟純粹, 博學多識。事親以孝, 親[6]殁廬

---

1 족보에는 肅宗 무오년(1678)에 졸한 것으로 되어 있음.
2 寬(관) : 丁寬(1320~?). 고려 공민왕 때 靖難一等功臣에 책록되고 昌原君에 봉해져 후
손들이 본관을 창원으로 하였다.
3 元景(원경) : 丁元景(생몰년 미상). 1389년 문과에 급제하였다. 병부상서를 지내고 昌
陵君에 봉해졌다.
4 仁禮(인례) : 丁仁禮(생몰년 미상). 태종 때 과거에 급제하여 掌隷院判決事를 지냈다.

墓。祭祀以禮, 朔望必薦酒果。乙酉[7]中生員。

丙子乱, 見李雲巖[8]義橄, 與族兄之寯[9], 同聲倡起, 至淸州, 聞講和, 罷歸。謝絶世事, 逍遙白鵝山[10]下, 以終老。丙申[11]卒。

태종 때 上疏로 인한 화에 연루되어 벼슬을 버리고 전남 靈光에서 和順으로 옮겼다.

  5 萬曆戊戌(만력무술) : 宣祖 31년인 1598년.

  6 親(친) : 아버지는 丁仁南이고, 어머니는 星州邢氏임.

  7 乙酉(을유) : 仁祖 23년인 1645년.

  8 李雲巖(이운암) : 운암 李興浡을 가리킴.

  9 丁之寯(정지준) : 丁之雋(1592~1663)의 오기. 아버지는 丁有成이고, 어머니는 全州李氏 李孝誠의 딸이다. 송시열과 종유하였다. 병자호란 이후 赤壁에다 望美亭을 지어서 '崇禎日月大明江山' 8자를 새겨 걸어놓고 은거하였다. 族弟 정호민과 의병을 일으켰다.

  10 白鵝山(백아산) : 전남 화순군 북면에 있는 산.

  11 丙申(병신) : 孝宗 7년인 1656년.

이순
李淳

역주자 주 : 원문에는 "후손이 없다.(無後)"는 기록만 있음.

류악
柳渥

역주자 주 : 원문에는 "후손이 없다.(無後)"는 기록만 있음.

유학 이순일
幼學 李純一(1586~?)

자는 성지(誠之), 본관은 광산(光山)이다. 영묘조(英廟朝 : 세종조) 제학(提學) 경창군(慶昌君) 이선제(李先齊)의 5세손이다. 아버지 이관(李灌)은 기축옥사(己丑獄事)에 연루되어 북관(北關)에 귀양 갔다가 사면되어 돌아오는 도중에 왜적에게 죽음을 당하였다. 공은 겨우 7살이었지만 슬퍼하는 것이 성인보다도 더하였다. 아버지가 북관에서 죽은 것을 생각하여 평소에 밤이라도 북창(北窓)을 닫지 아니하니, 사람들이 북창선생(北窓先生)이라 불렀다. 어머니의 병이 극심하였는데 선령(先靈 : 선조의 혼령)께 기도해서 깨어나게 하자, 사람들은 효성에 감응한 것이라도 하였다.

이괄(李适)의 난 때 의병을 일으켰고 난이 평정되었는데도 공(功)을 사양하고 자처하지 않았다. 병자호란 때는 눈물을 뿌리고 한데서 자며 말하기를, "주상께서 먼지를 뒤집어쓰시고 계시는데, 어찌 감히 집에 거처할 수 있단 말인가?" 하였다. 의병을 모집하여 서쪽으로 달려갔으나 강화가 이루어졌다는 소식을 듣고는 눈물을 흘리고 돌아왔다.

字誠之, 光山人. 英廟[1]朝提學封慶昌君先齊[2]五世孫. 考灌[3], 逮己丑, 謫北關[4]赦還, 遇害倭賊. 公甫七齡, 柴毁[5]過成人. 爲父死北, 平生夜不閉北窓, 人稱北窓先生. 母病劇, 禱先靈得甦, 人謂孝感.

适變, 倡義難平, 辭功不居. 丙亂, 雪涕露寢曰："主上蒙塵, 遑敢室處?" 召募西赴, 聞講和, 灑泣而還.

---

1 英廟(영묘)：世宗의 묘호.

2 先齊(선제)：李先齊(1389~1454). 본관은 光山, 자는 家父, 호는 畢門. 1419년 진사로 식년문과에 급제하고, 예문관제학에 이르렀다. 1423년에 《고려사》를 개수할 때 史官으로서, 鄭道傳 등이 편찬한 《고려사》가 당시 李穡 · 李仁復이 지은 《金鏡錄》에 의거함으로써 史實과 다른 점이 많다고 지적, 그 실상을 直敍하도록 하였다. 1431년에 집현전부교리로 춘추관기사관이 되어 《태종실록》 편찬에 참여하였으며, 그 뒤 형조참의 · 첨지중추원사 · 병조참의를 거쳐 1444년에 강원도관찰사로 나갔다. 1446년 예조참의를 거쳐 한때 三醫司提調를 지냈다. 이듬해 호조참판에 오르고, 1448년 賀正使가 되어 명나라에 다녀왔으며, 이듬해 《고려사》 개찬을 監掌하고, 문종이 즉위하자 예문관제학이 되었다. 단종이 즉위한 뒤 慶昌府尹이 되어서는 전염병 방제에 노력하였다.

3 灌(관)：李灌(1570~1592). 본관은 光山, 자는 漑源. 東巖 李潑의 문하에서 己丑獄事에 연루되어 穩城에 유배 중 임진왜란을 당하여 謫所에서 풀려나자, 족숙 李彦饗, 족형 李奇胤 · 李奇俊 · 李奇賢, 족질 李廷翼과 함께 起義할 것을 발의하다 賊鋒에 죽음을 당하였다.

4 北關(북관)：함경북도 지방을 이르는 말.

5 柴毁(시훼)：상을 당하여 너무 슬퍼하여 몸이 몹시 여윔.

판관 정운륭
判官丁運隆(1575~1648)

　자는 이회(而會), 세계(世系)는 영광(靈光) 출신이다. 영성군(靈城君)
정찬(丁贊)의 후손이고, 불우헌(不憂軒) 정극인(丁克仁)의 7세손이며,
감찰(監察) 정호(丁浩)의 아들이다. 만력(萬曆) 을해년(1575)에 태어났
다. 행실이 고결하였고 문장이 능하였다.

　정유재란 때 형 고주(孤舟) 정운희(丁運熙)와 함께 의병을 일으켜 왜
적을 토벌하기로 했는데, 왜적이 그 격문을 얻기 위하여 천금(千金)으
로 구입하였기 때문에, 거사가 끝내 이루어지지 못하자 항상 분하게 여
겼다. 병자호란 때는 의병을 일으킨 제공(諸公)과 함께 충성을 다하기
로 뜻을 모아서 청주(淸州)에 이르러 강화가 이루어졌다는 소식을 듣고
는 의병을 해산하였다. 숭정(崇禎) 후 무자년(1648)에 죽으니 향년 74
세였다.

　字而會, 系出靈光。靈城君贊[1]之後, 不憂軒克仁[2]之七世孫, 監察浩[3]

---

　1 贊(찬) : 丁贊(?~1364). 1354년 兵馬判官으로 李芳實과 함께 麟州(평안북도 의주 지역)
에 침입한 홍건적을 물리쳤다. 1362년 밀직부사가 되었다가 이듬해 李仁復과 함께 공민
왕의 행궁에 침입하였던 金鏞의 잔당들을 巡軍에서 국문하였다. 崔濡를 앞세운 원나라
군대를 물리친 뒤 휘하의 병마사 睦忠이 재상 睦仁吉의 세력을 믿고 그를 시기한 나머지
德興君과 밀통한다고 무고하여 투옥되었다. 조정에서 그를 순군에 가두고 목충과 대질
하였으나 누명을 벗지 못하자 울분으로 옥중에서 병사하였다.
　2 克仁(극인) : 丁克仁(1401~1481). 본관은 靈城, 자는 可宅, 호는 不憂軒 · 茶軒 · 茶角.
1429년 생원이 된 후 여러 번 과시에 응시했으나 번번이 떨어졌다. 1437년 세종이 興天
寺를 중건하기 위하여 토목공사를 일으키자 太學生을 이끌고 부당함을 항소하다가 왕의
진노를 사 北道로 귀양을 갔다. 그 뒤 풀려나 泰仁으로 돌아가 집을 짓고 거처하며 집의

之子。萬曆乙亥⁴生。高行誼, 能文章。

丁酉倭亂, 與兄孤舟運熙⁵, 將舉義討賊, 賊得其檄文, 以千金購之, 事遂未集, 常以憤惋。及是亂, 與倡義諸公, 同謀勤王, 至淸州, 聞講和, 罷兵。崇禎後戊子⁶終, 壽七十四。

이름을 불우헌이라고 지었다. 비록 환로의 영달은 없었으나 선비로서의 청렴한 삶을 고수했고, 검소하며 소박한 삶을 살았다. 문학에 특출한 재능을 보여 최초의 가사 작품으로 알려진 〈상춘곡〉과 短歌 〈불우헌가〉, 한림별곡체의 〈불우헌곡〉 등을 지어 한국시가사에 공헌했다.

3 浩(호) : 丁浩(1531~1597). 본관은 靈光, 자는 浩然. 아버지는 丁龜壽이다. 1576년 重試에 급제하여, 漢城府參軍과 司憲府監察을 지냈다.

4 萬曆乙亥(만력을해) : 宣祖 8년인 1575년.

5 運熙(운희) : 丁運熙(1566~1635). 본관은 靈光, 자는 之會, 호는 孤舟. 아버지는 丁浩이다. 1589년 사마시에 합격하였다. 1597년 정유재란 당시 李舜臣이 鳴梁에서 싸울 때 白振南과 함께 군량미 지원에 힘쓰는 한편 의병을 모집, 이순신과 협력하여 많은 전공을 세웠다. 1612년 명나라 浙江總兵이라는 자가 조선이 일본과 내통, 명나라를 치려는 음모가 있다고 神宗에게 무고하여 이를 조사하기 위하여 온 黃應暘에게 서찰을 보내어 해명하였다. 그 뒤 洪瑞鳳의 천거로 1626년 康陵參奉에 제수되었다가 만기가 되어 귀향, 학문연구와 후진양성에 심혈을 기울였다.

6 崇禎後戊子(숭정후무자) : 仁祖 26년인 1648년.

유학 송유문
幼學 宋裕問(생몰년 미상)

자는 문보(問甫), 호는 어은(漁隱), 세계(世系)는 남양(南陽) 출신이다. 충순위(忠順衛) 송기(宋琦)의 아들이고, 진사(進士) 송유길(宋裕吉)의 동생이다. 도량이 크고도 넓었고, 행실이 돈독하고도 중후하였다. 문장이 능하여 여러 차례 향시(鄕試)에 합격하였다.

만력 정유재란 때 우리 고을의 수성장(守城將)으로 군사를 통솔하고 엄히 방비하여 왜적으로 하여금 노략질을 하지 못하게 하였으며, 우리 고을의 세미(稅米)를 거두어 용만(龍灣)의 행재소로 운반해 바쳐서 특별히 임금의 칭찬을 들었다. 병자호란 때는 의병을 일으킨 제공(諸公)과 함께 힘을 다해 군사를 일으켜 왕에게 충성하려 하였으나, 청주(淸州)에 이르러 강화가 이루어졌다는 소식을 듣고는 북쪽을 향해 4번 절하고 통곡하며 의병을 해산한 뒤 고향으로 돌아왔다.

字問甫, 號漁隱, 系出南陽。忠順衛琦[1]子, 進士裕吉[2]弟也。器宇宏豁, 行誼敦重。能文章, 累中鄕解。

萬曆丁酉亂, 爲本邑守城將, 勒軍嚴防, 使倭賊不得鈔掠, 收捧邑中稅米, 運納于龍灣行所, 特蒙嘉奬。及是亂, 與倡義諸公, 戮力勤王, 行到淸州, 聞講和, 北向四拜, 慟哭罷歸。

---

1 琦(기) : 宋琦(생몰년 미상). 본관은 南陽, 자는 伯珍, 호는 石亭. 龍驤衛副司果, 校書館校理를 지냈다.

2 裕吉(유길) : 宋裕吉(1567~?). 본관은 南陽, 자는 吉甫. 宋琦의 맏아들이다. 1589년 增廣試에 합격하였다. 참봉을 지냈다.

유학 정환

幼學丁煥(생몰년 미상)

자는 자장(子章), 세계(世系)는 영광(靈光) 출신이다. 영성군(靈城君)의 후손이고 불우헌(不憂軒) 정극인(丁克仁)의 8세손이며, 군수(郡守) 정홍록(丁弘祿)의 아들이다.

증조부 병사(兵使) 정걸(丁傑)은 임진왜란을 당하여 행주(幸州) 전투에서 충청수사(忠淸水使)로 큰 공을 세웠고, 전선(戰船) 판옥선(板屋船) 및 철익화전(鐵翼火箭) 등 무기를 모두 만들었으며, 가는 곳마다 승전하니 왜인들이 겁내고 떨어 이름을 부르는 소리에도 서로 놀라는 지경에 이르렀다.

공은 태어나면서 특별하게 뛰어나니, 사람들은 조상의 기풍을 타고 났다고들 하였다. 병자호란 때는 의병을 일으킨 제공(諸公)과 함께 충성을 다하기로 뜻을 모아서 청주(淸州)에 이르렀다가 강화가 이루어졌다는 소식을 듣고는 의병을 해산하였다.

字子章, 系出靈光。靈城君贊之後, 不憂軒克仁之八世孫, 郡守弘祿¹之子也。

曾祖兵使傑², 當壬辰, 幸州之戰, 以忠淸水使, 立大功, 戰船板屋³,

---

1 弘祿(홍록) : 丁弘祿(?~1597). 본관은 靈光, 자는 子綏. 정유재란 때 낙안군수로 있었는데, 興德에서 전사한 아버지의 시신을 거두어 장사하고 이튿날 전쟁에 참가하여 순절하였다.
2 傑(걸) : 丁傑(1516~1597). 본관은 靈光, 자는 英中, 호는 松亭. 1544년 무과에 급제한 뒤, 훈련원 奉事를 거쳐 宣傳官을 지냈다. 1553년 서북면 兵馬萬戶를 지낸 뒤, 을묘왜변

及鐵翼火箭等，軍器皆其所創，所向克捷，倭人震怖，至呼名以相驚。

公生而卓犖，人有祖風稱。及是亂，與倡義諸公，同謀勤王，到淸州，聞講和，罷兵。

때 達梁城에서 왜군을 무찌른 공으로 南桃浦 만호가 되었다. 이듬해 부안현감을 거쳐,
1561년 온성도호부사, 1568년 종성부사로 있으면서 여진 정벌과 국경 수비에 공을 세웠
다. 그 뒤 경상우도 수군절도사, 전라좌도 수군절도사, 경상우도 수군절도사, 절충장군,
전라도 병마절도사, 창원부사, 전라우도 수군절도사 등 수군의 요직을 두루 역임하였다.
1591년에는 전라좌수영 경장(조방장)으로 임명받았으며 조선 수군의 주력 전선인 판옥선
을 만들었고 화전, 철령전 등 여러 가지 무기를 만들었다. 이듬해 4월 임진왜란이 일어
나자 李舜臣과 함께 각종 해전에 참가해 많은 공을 세웠다. 특히 1592년 5월 7일, 이순신
함대의 첫 해전인 옥포해전에서 전공을 세운 후, 7월의 한산도대첩에 이어, 9월 1일의
부산포해전에서도 큰 공을 세웠다. 1593년 2월에는 충청도 수군절도사로 있으면서 행주
대첩에 참가해, 화살이 거의 떨어져 가는 아군에게 화살을 조달해 승리로 이끄는 데 이
바지한 뒤, 다시 서울 탈환작전에 참가하였다. 같은 해 6월, 이순신의 요청으로 한산도에
서 왜적을 방어하고, 12월에는 전라도방어사로 부임해 남서 해안에서 왜적 토벌에 전념
하였다. 1595년 관직에서 물러났다.

3 板屋(판옥) : 板屋船. 조선시대 명종 때 개발한 전투함. 임진왜란 중 크게 활약하였다.

직장 박춘수
直長 朴春秀(1590~1641)

자는 언실(彦實), 자호는 아수(我誰), 본관은 진원(珍原)이다. 직제학 (直提學) 박희중(朴熙中)의 후손이다. 할아버지 죽천(竹川) 박광전(朴光 前)은 임진왜란 때 의병장이었고, 아버지 만포(晚圃) 박근효(朴根孝)는 정유재란 때 의병을 일으켰다. 공은 집안의 가르침을 배우고 이어받아 서 뜻은 오로지 충성과 효도를 하는 데에만 있었다. 천계(天啓) 임술년 (1622)에 추천하여 직장에 제수되었고, 정묘년(1627) 진사시에 합격 하였다.

병자호란 때에는 한결같이 선조들의 뜻을 따라서 의병을 모으고 군 량을 거두는 계획을 온당하게 수행하였는데, 갑자기 강화가 이루어졌 다는 소식을 듣고는 청나라를 황제로 섬기기보다는 바다에 빠져죽으리 라 결심한 뜻을 품은 채 죽었다. 현종(顯宗) 기해년(1659) 참의(參議) 에 추증되니, 세상 사람들은 3대가 의병을 일으킨 집안이라고 칭찬하 였다.

字彦實, 自號我誰, 珍原人。直提學熙中[1]之後也。祖竹川光前[2], 壬

---

1 熙中(희중) : 朴熙中(1364~1446). 본관은 珍原, 초명은 熙宗, 자는 子仁, 호는 葦南. 생 원으로 1401년 증광문과에 급제, 1406년 軍資監丞으로 全羅道敬差官을 수임, 이어 世子傅 ·左正字, 이듬해 이조정랑이 되고 왕으로부터 賜名(이름을 받음)의 은전을 입었다. 1410 년 點馬別監에 차정되어 獻馬 업무를 관장하였으며, 1414년 河崙이 발의한 通津高楊浦 제방수축에 直藝文館으로서 참여하였으나 폐단이 일어 일시 파직되었다가 곧 복관되었 다. 1415년 전라도경차관으로 관찰사 朴習 등과 김제 碧骨堤를 수축하였다. 1416년 東宮 書筵官·藝文館知製教·兼春秋館記注官의 華要職을 역임하였으며 1421년 靈巖郡守를 지

辰倭亂, 爲義將, 父晚圃根孝[3], 丁酉倡義。公學承家庭, 志專忠孝。天啓壬戌[4], 薦除直長, 丁卯[5]中進士。

及當是亂, 一遵前烈, 糾合兵粮, 謀畫得宜, 忽聞和成, 便決蹈海[6], 齎志而終。顯廟己亥[7], 褒贈參議, 世稱三代倡義家。

냈다. 1422년 回禮使로 禁寇・포로쇄환의 실효를 거두었으며 이 공으로 藝文館直提學에 올랐다.

2 光前(광전) : 朴光前(1526~1597). 본관은 珍原, 자는 顯哉, 호는 竹川. 李滉의 문하에서 수업하였고, 1568년 진사시에 합격하였다. 柳希春이 監司였을 때 천거되어 慶基殿參奉이 되었고, 다시 獻陵參奉으로 옮겼으나 곧 그만두었다. 1581년 왕자의 師傅가 되었고, 咸悅・懷德 현감을 역임하였으나 상관의 뜻을 거슬러 파직되었다. 1592년 임진왜란이 일어나자 任啓英・金益福・文緯世 등과 寶城에서 의병을 일으켰다. 정병 700여명을 모집하고, 문인 安邦俊을 從事로 삼고 장자인 朴根孝를 참모로 삼았으나, 병으로 의병을 통솔할 수 없자 임계영을 의병장으로 추대하였다. 1597년 다시 정유재란이 일어나 적이 호남을 침범하자, 전 判官 宋弘烈, 생원 朴士吉 등에게 격문을 보내어 의병을 일으키고 의병장이 되었다. 同福에서 적을 크게 무찔렀으나 병이 악화되어 죽었다.

3 根孝(근효) : 朴根孝(1550~1607). 본관은 珍原, 자는 立之, 호는 晚圃. 成渾과 李珥의 문인이다. 1591년 진사시에 합격하고 학문에 힘쓰던 중, 이듬해 임진왜란이 일어나자 아우 朴根悌와 함께 의병을 일으켜 대왜 항전에 앞장섰다. 전라우도 의병장 崔慶會 등과 함께 금산・무주 등지에서 적을 격파하여 軍勢를 크게 떨쳤다. 이러한 사실이 보고되어 軍資監正・長水縣監 등에 제수되었으나 부임하지 않았다. 전란이 끝난 뒤 문헌이 불타고 흩어져 없어졌음을 개탄하며 동지들과 힘을 모아 서적을 발간하는 등 문교 진흥에 힘썼다.

4 天啓壬戌(천계임술) : 光海君 14년인 1622년.

5 丁卯(정묘) : 仁祖 5년인 1627년.

6 蹈海(도해) : 전국시대 齊나라의 높은 節義를 가진 隱士 魯仲連은 당시 제후들이 포악한 秦나라 황제국으로 떠받들려 하자, 新垣衍에게 "秦나라가 천하의 제왕으로 군림하게 되면 나는 동해에 빠져 죽을지언정 그 백성이 되지 않겠다.(秦即爲帝, 則魯連有蹈東海而死耳.)"고 한 고사를 일컬음

7 顯廟己亥(현묘기해) : 顯宗 1년인 1659년.

박현인
朴顯仁

역주자 주 : 원문에는 "현(顯)을 어떤 이는 홍(弘)이라고도 하고, 어떤 이는 성(成)이라고도 하니, 누가 옳은지는 자세히 알 수 없다.(顯, 或云弘, 或云成, 未詳孰是)"는 협주가 있음.

임황
任況

역주자 주 : 원문에는 "후손이 없다.(無後)"는 기록만 있음.[1]

진사 김선
進士金銑[2](1593~1658)

자는 여윤(汝潤), 호는 남추(南湫), 세계(世系)는 김해(金海) 출신이다. 현감(縣監) 김희열(金希說)의 아들이다. 타고난 성품은 침착하고 중후했으며, 몸가짐은 신중하고 면밀했다. 효성과 우애는 두텁고 화목

---

1 국립중앙도서관 소장본에는 사적이 기록되어 있음.
2 원문에는 협주 "구본에 철(鉄)로 잘못되어 있다.(舊本誤作鉄)"가 있음.

했으며, 사람을 대할 때는 온화하고 순했다. 비록 자신의 재주를 감추고 세상 사람들과 더불어 어우러져 있을지라도 마음속의 분별력은 늠름하여 좋은 말과 훌륭한 행실 등은 ≪산양오현록(山陽五賢錄)≫에 실려 있다.

병자호란 때에는 먼저 우산(牛山) 안방준(安邦俊)을 의병장으로 추대하고 의거하여 의병을 모았는데, 공은 군중도임(軍中都任)을 맡아 제공(諸公)의 격문을 보고는 더욱 비분강개를 느껴서 몸을 돌보지 않고 함께 국난에 나아갔다. 숭정(崇禎) 계사년(1593)에 태어나 무술년(1658)에 죽었다.

字汝潤, 號南湫, 系出金海。縣監希說³子。氣稟沈重, 飭躬愼密。孝友信睦, 接物和順。雖與衆同塵⁴, 皮裏春秋⁵凜然, 若嘉言善行, 具載山陽⁶五賢錄。

當丙子亂, 先推安牛山邦俊爲帥, 倡義募兵, 而公主軍中都任, 及見諸公檄文, 愈增慷慨, 忘身同赴。崇禎癸巳⁷生, 戊戌⁸卒。

---

3 希說(희열) : 金希說. 靈山縣監.

4 同塵(동진) : 和光同塵. ≪老子 4章≫의 "그 빛이 어우러져서 티끌과 함께 한다.(和其光, 同其塵.)"에서 나온 말로, 자기의 재주와 현명함을 감추고 세속에 따른다는 뜻이다.

5 皮裏春秋(피리춘추) : 사람마다 마음속에 각각 셈속과 분별력이 있음을 이르는 말. 晉나라 桓彝가 褚季野를 칭찬하여, "계야는 가죽 속에 春秋가 있어서, 비록 말하지 않아도 四時의 기운이 감추어져 있다." 하였던 데서 나온다.

6 山陽(산양) : 전남 寶城을 달리 이르는 말.

7 崇禎癸巳(숭정계사) : 宣祖 26년인 1593년.

8 戊戌(무술) : 孝宗 9년인 1658년.

안후지
安厚之

역주자 주 : 원문에는 아무런 기록 없이 빈 여백 상태임.

이종신
李宗臣

역주자 주 : 원문에는 아무런 기록 없이 빈 여백 상태임.

이민신
李敏臣

역주자 주 : 원문에는 아무런 기록 없이 빈 여백 상태임.[1]

염성립
廉成立

역주자 주 : 원문에는 협주 "성(成)을 구본에 래(來)로 잘못되어 있다.(成舊本誤作來)"가 있음.

---

1 국립중앙도서관 소장본에는 사적이 기록되어 있음.

생원 정남일
生員丁南一(1588~1640)

　자는 도겸(道謙), 호는 송은(松隱), 본관은 영광(靈光)이다. 고려조 사절신(死節臣 : 절개를 지켜 죽은 신하) 영성군(靈城君) 정찬(丁贊)의 9 대손이고, 영남 의병장 광국선무공신(光國宣武功臣) 반곡(盤谷) 정경달 (丁景達)의 손자이며, 혼조(昏朝 : 광해군) 탁맹절사(托盲節士 : 맹인으로 자처하여 절의를 지킨 선비) 경상도사(慶尙都事) 제암(霽巖) 정명열(丁鳴 說)의 아들이다. 타고난 성품이 순수했고, 효성과 우애는 돈독했다.

　갑자년(1624) 이괄(李适)의 난 때 부친 제암공(霽巖公)을 받들어 의 병을 일으켰다. 병자년(1636)에 대가(大駕)가 파천한 소식을 듣고는 죽기를 맹서하여 옷소매를 떨치고 나서서 말하기를, "정성을 다하여 나 라에 보답하는 것은 우리 집안의 전해오는 일이다." 하였다. 운암(雲巖) 이흥발(李興浡)의 격문에 응하여 청주(淸州)에 이르렀으나 강화가 이루 어졌다는 소식을 듣고는 통곡하고 고향으로 돌아왔다.

　字道謙, 號松隱, 靈光人。麗朝死節臣靈城君贊[1]九代孫, 嶺南義兵 將光國宣武功臣[2]號盤谷景達[3]孫, 昏朝托盲節士慶尙都事號霽巖鳴說[4]

---

1 贊(찬) : 丁贊(?~1364). 1354년 兵馬判官으로 李芳實과 함께 麟州(평안북도 의주 지역) 에 침입한 홍건적을 물리쳤다. 1362년 밀직부사가 되었다가 이듬해 李仁復과 함께 공민 왕의 행궁에 침입하였던 金鏞의 잔당들을 巡軍에서 국문하였다. 崔濡를 앞세운 원나라 군대를 물리친 뒤 휘하의 병마사 睦忠이 재상 睦仁吉의 세력을 믿고 그를 시기한 나머지 德興君과 밀통한다고 무고하여 투옥되었다. 조정에서 그를 순군에 가두고 목충과 대질 하였으나 누명을 벗지 못하자 울분으로 옥중에서 병사하였다.
2 光國宣武功臣(광국선무공신) : 光國原從功臣. 1590년 宗家辨誣에 공을 세운 사람에게

子。天性純粹, 孝友隆篤。

甲子變[5], 奉霽巖公, 倡義。丙子, 聞大駕播越, 誓死奮袂而起曰:"竭誠報國, 吾家世業." 應李雲巖檄, 到淸州, 聞講和, 痛哭而歸。

내린 공신 칭호.

3 景達(경달) : 丁景達(1542~1602). 본관은 靈光, 자는 而晦, 호는 盤谷. 1570년 식년문과에 급제하였다. 여러 벼슬을 거쳐 1592년 善山府使로 재임하였다. 그해 임진왜란이 일어나자 흩어진 군사를 모아 塹壕를 파고 복병을 매복시켜 많은 왜군을 포로로 잡았다. 또한 관찰사 金誠一, 병마절도사 曺大坤과 함께 경상도 金烏山에서 적을 크게 물리쳤다. 1594년에는 삼도수군통제사 李舜臣의 종사관이 되어 공을 세움으로써 通政大夫로 승진하였다.

4 鳴說(명열) : 丁鳴說(1566~1627). 본관은 靈光, 자는 帝卿, 호는 霽巖. 일찍이 학문에 뜻을 두어 견식이 넓었으며 문장이 뛰어나 尹善道·安邦俊 등과 교유하였다. 1606년 增廣文科에 급제했으나, 광해군 즉위 후 大北派의 행패로 정치가 어지러워지자 失明했다 하고 두문불출, 李爾瞻 등이 그의 명성을 듣고 여러 번 자기 일파에 가담하기를 청했으나 거절했다. 1624년 李适의 난 때 靈光에서 의병과 군량을 모아 왕이 피난해 있는 公州로 가려 했으나 이미 난이 평정되었기에, 양곡을 관찰사에게 보내 군량으로 쓰게 하고 고향에 돌아왔다. 그 공으로 慶尙道都事에 임명되었다가 곧 사직, 후배 양성에 전력하였다.

5 甲子變(갑자변) : 1624년 李适의 난을 가리킴.

유학 김확
幼學金確(1579~1650)

자는 확연(確然), 본관은 청풍(淸風 : 충북 제천의 옛 지명)이다. 월천군(月川君) 문평(文平) 김길통(金吉通)의 6대손이다. 타고난 바탕은 충성스럽고 효성스러웠으며, 성품이 우아하면서도 강개하였다. 일찌감치 과거공부를 폐하고 절조를 가다듬고 행실을 닦았다.

병자호란 때 대가(大駕)가 도성을 떠나 피난 갔다는 소식을 듣고 동향(同鄕)의 정남일(丁南一)과 위정명(魏廷鳴) 두 사람과 함께 각자 군량을 마련하여 죽음을 무릅쓰고 국난에 달려갔는데, 청주(淸州)에 이르러 강화가 이루어졌다는 소식을 듣고는 눈물을 뿌리며 의병을 해산하고 고향으로 돌아왔다. 안곡(安谷)에 은거하여 조정이 희릉참봉(禧陵參奉)으로서 불러도 끝내 나아가지 않았다. 애석하게도 후사(後嗣)가 없고 다만 사위가 한 명 있었으니 진흥군(晉興君) 류식(柳寔)이고, 판서 류엄(柳儼)과 승지 류건(柳健)은 외증손들이다.

字確然，　淸風[1]人。月川君謚文平吉通[2]六大孫。天姿忠孝，　雅性忼

---

1 淸風(청풍) : 충북 제천의 옛 지명.

2 吉通(길통) : 金吉通(1408~1473). 본관은 淸風, 자는 叔經, 호는 月川. 1429년 생원이 되고, 1432년 식년문과에 급제하여 의영고부사가 되었으며, 이어 감찰과 병조좌랑을 지내고, 1436년 鎭岑縣監이 되었다. 1440년 우헌납이 되고 그 뒤 이조정랑・장령・사예를 거쳐, 1451년 지승문원사가 되고 이듬해 판종부시사에 올랐다. 우사간대부를 거쳐 1454년에 황주목사로 나갔으며, 첨지중추원사를 지내고 1458년 전주부윤이 되었다. 1460년 대사헌을 지내고 황해도와 전라도의 관찰사로 나갔으며 예조와 형조의 참판, 한성부좌윤을 거쳐 1469년 동지중추부사가 되었다. 성종 즉위 후 지중추부사가 되고 한성부판윤 등 여러 내외직을 두루 지내고 호조판서에 올라, 1471년 佐理功臣 月川君에 봉해졌다.

慨。早廢擧業, 砥礪節行。

丙子亂, 聞大駕去邠[3], 與同鄕丁魏[4]兩益, 各自擔糧, 冒死赴難, 至淸州, 聞講和, 揮涕罷歸。隱居安谷[5], 朝家徵以禧陵[6]參奉, 竟不就。惜乎無嗣, 只有一壻, 晉興君柳寔[7], 而判書柳儼[8], 承旨柳健[9], 其外曾孫[10]。

시호는 文平이다.

3 去邠(거빈) : 周나라 太王이 적을 피하여 도읍인 빈을 버리고 옮겨갔던 것을 이르는 말로, 播遷을 의미.

4 丁魏(정위) : 丁南一과 魏廷鳴을 가리킴.

5 安谷(안곡) : 전남 장흥군 부산면 내안리를 일컬음.

6 禧陵(희릉) : 조선 中宗의 계비 章敬王后의 능. 경기도 고양시 덕양구 원당동에 있다.

7 柳寔(류식, 1610~1639) : 본관은 晉州, 자는 子眞. 동몽교관을 지냈고, 晉興君에 봉해졌다.

8 柳儼(류엄, 1692~?) : 본관은 晉州, 자는 叔瞻, 호는 省庵·花岳. 柳挺晉의 아들이다. 1721년에 光陵 참봉이 되었고, 1723년 증광문과에 급제, 이듬해에 정언이 되었다. 영조가 즉위하자 지평으로 등용되어 정언과 지평을 번갈아 하였다. 그 뒤 부교리·부응교·승지 등을 역임하였고, 1731년에 廣州府尹에 임명되고, 이듬해에 대사간에 발탁되었다. 1735년에 충청도관찰사, 1739년에 황해도관찰사, 1743년에 경기도관찰사 등을 역임하였다. 예조판서를 지낸 뒤 1745년에 형조판서가 되고, 그해 한성부판윤에 임명되어 晉陽君에 봉해졌다.

9 柳健(류건, 1708~1767) : 본관은 晉州, 자는 子以, 호는 晩葆, 할아버지는 柳統이고, 아버지는 柳昌晉이다. 1743년 殿試에 급제, 翰苑春坊을 거쳐 우승지에 이르렀다.

10 外曾孫(외증손) : 柳寔(1610~1639)→柳長運(1627~1672)→柳綰(1647~1676)·柳統 → 柳挺晉(1673~1710)·柳昌晉 → 柳儼·柳健으로 이어지기 때문에 먼 외손이라 해야 할 것임.

유학 위정명
幼學魏廷鳴(1589~1640)

자는 숙겸(叔謙), 호는 반계(磻溪), 본관은 회주(懷州 : 장흥)이다. 충
렬공(忠烈公) 위계정(魏繼廷)의 후손이다. 13살 때 향시(鄕試)의 대소과
(大小科)를 합격했으나, 혼조(昏朝 : 광해군)를 만나자 과거공부를 폐하
였다.

갑자년(1624) 이괄(李适)의 난 때에는 형제가 의병을 모집하고 군량
을 거두었다. 정묘년(1627) 호란 때에는 백형(伯兄) 위정훈(魏廷勳),
중형(仲兄) 위정렬(魏廷烈)과 함께 호소사(號召使) 사계(沙溪) 선생 김
장생(金長生)의 격문에 응하였다가 전주(全州)에 이르러 고향으로 돌아
왔다. 병자년(1636) 호란 때 대가(大駕)가 도성을 떠나 피난 갔다는 소
식을 듣고는 형제가 거적을 깔고 한데서 지내며 밤낮으로 눈물을 뿌리
다가 의병의 격문을 보고서 떨쳐 일어났다.

字叔謙, 號[1]磻溪, 懷州人。忠烈公繼廷[2]後。發大小十三鮮, 丁昏朝,

---

1 위정명의 또 다른 호로 醒愚堂이 있음.

2 繼廷(계정) : 魏繼廷(?~1107). 고려 중기의 문신. 문종 때 문과에 급제하여 문장으로
이름이 났다. 左補闕知制誥를 거쳐 선종 때 御史中丞이 되었다. 1085년 왕의 동생인 煦
(大覺國師)가 송나라 상선을 타고 몰래 출국한 것을 왕명으로 추적하였으나 실패하였고,
또 왕의 총희 萬春이 집을 화려하고 크게 짓는 것을 규탄하였다. 1091년 예부시랑으로서
부사가 되어 謝恩兼進奉使 李資義와 함께 송나라에 다녀왔다. 숙종 초에 예부와 이부의
상서가 되어서도 결백하고 지조 있는 관료생활을 계속하여 칭송을 받았다. 이어 判翰林
院事를 거쳐 1101년 中書侍郎同中書門下平章事를 지냈으며, 1104년 門下侍郎平章事兼太
子少師, 이듬해 太子太傅가 되었다. 그 해 예종이 즉위하자 守太尉門下侍中上柱國에 올
라 여러 차례 퇴관할 것을 청하였으나 허락되지 않고 오히려 守太保가 더하여졌다.

廢擧業。

甲子³适亂, 兄弟倡募義穀, 丁卯⁴虜變, 與伯仲兄⁵, 應號召使沙溪⁶金先生檄, 至全州而還。 及是難, 聞大駕播越⁷, 兄弟席藁露處, 日夜揮泣, 見義檄而起。

---

3 甲子(갑자) : 仁祖 2년인 1624년.

4 丁卯(정묘) : 仁祖 5년인 1627년.

5 伯仲兄(백중형) : 백형 魏廷勳(1578~1652)과 중형 魏廷烈(1580~1656)을 가리킴. 위정훈의 자는 可謙, 호는 聽禽 · 幾齋. 1612년 진사가 되었고, 의금부도사를 지냈다. 위정렬의 자는 子謙, 1603년 무과에 급제하였고, 掌樂院正에 증직되었다. 이 3형제의 아버지는 魏德厚(1556~1615)이다. 자는 厚之, 호는 顔巷. 濟用監判官에 제수되었으나 나아가지 않았다.

6 沙溪(사계) : 金長生(1548~1631)의 호.

7 播越(파월) : 播遷. 임금이 도성을 떠나 다른 곳으로 피란하던 일.

생원 백상빈
生員白尙賓(1592~1645)

자는 경양(景揚), 호는 옥천(玉川), 본관은 수원(水原)이다. 옥봉(玉峯) 백광훈(白光勳)의 손자이고, 송호(松湖) 백진남(白振南)의 아들이다. 만력(萬曆) 임진년(1592)에 태어났다. 병진년(1616) 생원시에 합격하였다. 시와 글씨는 집안의 명성을 잘 이어받았다. 동악(東岳) 이안눌(李安訥)이 시에서 다음과 같이 일렀다.

3대에 이어진 것이 아비와 아들 사이로고,   三世流傳仍父子
백년에야 마멸되는 공경은 몇이나 되랴.   百年磨滅幾公卿

정축년(1637)에 강화가 이루어졌다는 소식을 듣고는 과거를 폐하고 두문불출하였다. 막내동생 백상현(白尙賢)과 서로 창화(唱和)하며 시주(詩酒)를 즐기다가 죽었다. 자손들은 영암(靈巖)에 살고 있다.

字景揚, 號玉川, 水原人。玉峯光勳[1]孫, 松湖振南[2]子。生于萬曆壬

---

1 光勳(광훈) : 白光勳(1537~1582). 본관은 水原, 자는 彰卿, 호는 玉峯. 朴淳의 문인으로 1549년에 상경하여 梁應鼎·盧守愼 등에게서 수학하였다. 1564년 진사가 되었으나 현실에 나설 뜻을 버리고 강호에서 시와 書道로 自娛하였다. 1572년 명나라 사신이 오자 노수신을 따라 白衣로 製述官이 되어 詩才와 書筆로써 사신을 감탄하게 하여 白光先生의 칭호를 얻었다. 1577년에 처음으로 宣陵參奉으로 관직에 나서고, 이어 靖陵·禮賓寺·昭格署의 참봉을 지냈다. 그는 崔慶昌·李達과 함께 三唐詩人이라고 불리었다. 宋詩의 풍조를 버리고 唐詩를 따르며 시풍을 혁신하였다고 해서 그렇게 일컬었다.

2 振南(진남) : 白振南(1564~1618). 본관은 水原, 자는 善鳴, 호는 松湖. 玉峯 白光勳의 아들이다. 1590년 진사시에 합격하였다. 15세에 四學의 課試에서 詩賦로 뛰어나 李珥의

辰³。中萬曆丙辰⁴生員。詩筆克紹家聲。東岳李安訥⁵詩曰："三世流傳仍父子, 百年磨滅幾公卿."⁶

丁丑講和後, 廢科杜門。與季氏塤箎⁷送唱, 詩酒自娛而終。子孫居靈巖。

사랑을 받았고, 정유재란 때에는 통제사 李舜臣의 진중에 피란하였는데, 그 당시 명나라 장수 季金皮‧承德 등은 그의 詩草를 보고 크게 칭찬하였다. 1606년 명나라 사신 朱之蕃이 왔을 때 館伴(서울에 묵고 있는 외국사신을 접대하기 위하여, 일시로 임명한 정삼품벼슬) 柳根의 천거로 白衣從事하였다. 평소에 金尙憲‧趙希逸과 서로 좋아하여, 서울 집을 그 이웃인 白嶽 아래에 두었다.

  3 萬曆壬辰(만력임진) : 宣祖 25년인 1592년.

  4 萬曆丙辰(만력병진) : 光海君 8년인 1616년.

  5 李安訥(이안눌, 1571~1637) : 본관은 德水, 자는 子敏, 호는 東岳‧東匚. 李荇의 증손으로 아버지 진사 李泂과 어머니 경주이씨 사이에서 태어났다. 澤堂 李植이 그의 조카이다. 아내는 장령 宋承禧의 딸 礪山宋氏이다. 鄭碏‧權韠‧尹根壽‧李好閔 등과 교유하였다. 1601년 서장관이 되어 조천하였고, 같은 해 겨울 중국 사신을 맞이하는 원접사의 종사관이 되어 중국 사신의 찬탄을 받았다. 이후 20여 년간 함경도 단천군수를 비롯하여 충청도 홍주, 경상도 동래, 전라도 담양, 금산, 경주, 경기도 강화 등의 지방관을 역임하였다. 1632년 명나라에 주청부사로 가서 오랜 숙원이던 元宗의 추존을 받아왔다. 병자호란이 일어나자 병중에 남한산성에 호종하였고, 환도한 뒤 병이 악화되어 세상을 떴다.

  6 李安訥의 ≪東岳先生集≫ 권17 〈故參奉白玉峯遷葬挽詞〉에 나오는 구절임.

  7 塤箎(훈지) : 서로 가락이 잘 맞는 두 개의 관악기인 피리와 나팔. 보통 형제를 가리킬 때 쓰는 표현이다. ≪詩經≫〈小雅‧何人斯〉의 "伯氏吹塤 仲氏吹箎"라 한 데서 나온 말이다.

진사 백상현
進士白尙賢(1595~1647)

자는 경휘(景輝), 호는 월주(月洲), 옥천(玉川) 백상빈(白尙賓)의 동생이다. 만력(萬曆) 을미년(1595)에 태어났다. 천계(天啓) 정묘년(1627)에 진사시에 합격하였다. 시와 글씨는 집안의 명성을 잘 이어받았다.

병자호란 때에는 형제가 의병을 일으켰고, 강화가 이루어진 뒤에는 과거를 폐하고 두문불출하였다. 백씨(伯氏)와 서로 창화(唱和)하며 시주(詩酒)를 즐기다가 죽었다. 고을 사람 양도남(梁圖南)의 만사(輓詞)에 이르기를, "정축년(1637) 이후로 은거하니, 성스러움 중의 맑음인 백이(伯夷)만을 아름답게 여기지는 않았다.(丁丑年來隱, 不專美聖淸.)" 하였다. 자손들은 영암(靈巖)에 살고 있다.

字景輝, 號月洲, 玉川¹之弟。生于萬曆乙未²。中天啓丁卯³進士。詩筆克紹家聲。

至是乱, 兄弟赴義, 講和後, 廢科杜門。與伯氏塡箎迭唱, 詩酒自娛而終。鄕人梁圖南輓之曰："丁丑⁴年來隱, 不專美聖淸⁵." 子孫居靈巖。

---

1 玉川(옥천) : 白尙賓의 호.
2 萬曆乙未(만력을미) : 宣祖 28년인 1595년.
3 天啓丁卯(천계정묘) : 仁祖 5년인 1627년.
4 丁丑(정축) : 仁祖 15년인 1637년.
5 聖淸(성청) : 伯夷를 가리킴. 聖和는 柳下惠를 가리킨다.

윤유익
尹唯翼

역주자 주 : 원문에는 아무런 기록 없이 빈 여백 상태임.

유학 윤선계
幼學尹善繼(1597~1657)

자는 효백(孝伯), 호는 쌍정(雙亭), 본관은 해남(海南)이다. 어초은선생(漁樵隱先生) 윤효정(尹孝貞)의 현손이고, 행당(杏堂) 윤복(尹復)의 증손이며, 정유재란 때 의병장 종사관 윤단중(尹端中)의 손자이다.

어려서부터 옛날의 훌륭한 인물이 되겠다고 스스로 기약하여 일찌감치 과거공부를 폐하고 몸을 닦은 데다 행실은 세상 사람들이 추앙하였으니, 여러 차례 향천(鄕薦 : 고을 안의 인재를 천거함)을 받았다. 병자호란 이후에는 세상일의 뜻은 끊었다. 호주(湖洲) 채유후(蔡裕後)가 산림처사(山林處士)라고 칭찬하였다. 정유년(1597)에 태어나서 정유년(1657)에 죽었다.

字孝伯, 號雙亭, 海南人。漁樵隱先生孝貞[1]玄孫, 杏堂復[2]之[3]曾孫,

---

1 孝貞(효정) : 尹孝貞(1476~1543). 본관은 海南, 자는 希參, 호는 漁樵隱. 錦南 崔溥와 幽齊 林遇利, 城隱 柳桂隣의 가르침을 받았다.

2 復(복) : 尹復(1512~1577). 본관은 海南, 자는 元禮, 호는 石門·杏堂. 생원 尹孝貞의

丁酉義兵從事官端中[4]孫。

自小以古人自期, 早廢擧業, 修身行誼, 爲世所推, 累入鄕薦。丙丁
以後, 絶意世事。蔡湖洲[5], 以逸士稱之。生於丁酉[6], 卒於丁酉[7]。

아들이다. 1534년 생원이 되고, 1538년 별시문과에 급제, 1547년 부안현감으로 부임하였
다. 그 뒤 전라도사를 거쳐 1552년 낙안군수가 되었다. 한산군수 · 光州牧使 · 繕工監副正
등을 역임하고, 1565년 안동대도호부사로 부임하였는데, 예안에 거주하던 李滉과 교유하
였다. 1573년 승정원 좌우부승지를 거쳐 충청도관찰사를 지냈다.

　3 之(지) : 불필요한 글자.

　4 端中(단중) : 尹端中(1550~1608). 본관은 海南, 자는 季正. 參判 尹孝貞의 손자요, 監司
尹復의 아들이다. 李滉의 문인이다. 임진왜란 때 명나라 장군 成千祉가 남원과 순천 등
지에 주둔하고 있었는데, 윤단중은 종질 尹光沃, 白振南등과 함께 擧義하여 성천지를 따
랐다. 또 晉州에 가서 復讐將 高從厚를 도우려다가 병으로 인하여 군대와 군량은 고종후
에게 보내고 귀향하여 죽었다.

　5 湖洲(호주) : 蔡裕後(1599~1660)의 호. 본관은 平康, 자는 伯昌. 1623년 改試文科에 장
원으로 급제하여 홍문관에 보임되었다. 敎理 · 持平 · 이조좌랑 · 應敎를 역임하고 사간
을 지냈다. 1636년 병자호란 때 執義로서 인조를 호종하였다. 金藎 등의 강화천도 주장
을 반대하고 주화론에 동조했다가 구금되었고, 1638년 석방되었다. 1641년 광해군이 제
주도에서 사망하자 예조참의로서 護喪을 맡아보았다. 1646년 이조참의로서 知製敎가 되
어 누구도 싫어하는 姜嬪廢黜賜死敎文을 지어 다시 顯用되었다. 이어 대사간을 거쳐 병
조참의로 별시문과 초시의 시관이 되었으나, 부정이 있다고 하여 한때 파직되었다. 1647
년 동부승지를 거쳐 부제학 · 대사성 · 대사간을 역임하고, 다시 이조참의가 되었다. 효
종이 즉위한 뒤에도 대사간으로 있었으며, 1652년 이조참판에 오르고, 이듬해에는 대제
학으로서 ≪인조실록≫ 편찬에 참여하여 加資되었다. 이후 이조참판 겸 同知經筵事를
역임하고, 여러 차례 대사헌을 거친 뒤 1657년 대제학으로서 ≪선조수정실록≫ 편찬의
책임을 졌으며, 곧이어 예조판서 · 우참찬에 승서되었다. 이듬해 이조판서에 오르고, 대
제학을 8년 동안 겸하고 있었으나, 여러 차례 사직상소를 올렸다. 형조판서로 옮겼다가
다시 예조판서가 되었다. 현종이 즉위하자 撰集廳堂上으로 ≪효종실록≫ 편찬에 참여하
고, 1659년 聖節使로 청나라에 다녀왔다. 이듬해 9월 다시 대사헌에 올랐으나 兪棨의 탄
핵으로 사임하고, 공조참판 · 內局提調를 거쳐 다시 대사헌이 되었으나 나가지 않고 병
으로 죽었다.

　6 丁酉(정유) : 宣祖 30년인 1597년.

　7 丁酉(정유) : 孝宗 8년인 1657년.

윤인미
尹仁美

역주자 주 : 원문에는 아무런 기록 없이 빈 여백 상태임.[1]

진사 윤적
進士尹績(1578~1660)

자는 희백(熙伯), 호는 산산(蒜山), 본관은 해남(海南)이다. 어초은선생(漁樵隱先生) 윤효정(尹孝貞)의 증손이고, 졸재(拙齋) 윤행(尹行)의 손자이다. 만력(萬曆) 기유년(1609) 진사시에 합격하였다. 충성스러웠고 효성스러웠으며 화락하고 단아하였다.

정묘호란 때에는 마음을 다하여 충성과 의기를 떨쳐서 의병을 규합하고, 병자호란 때에는 의병을 모으고 군량을 거두어서 충성을 다하였다. 여러 차례 향천(鄕薦 : 고을 안의 인재를 천거함)을 받았다. 무인년(1578)에 태어나서 경자년(1660)에 죽었다.

字熙伯, 號蒜山, 海南人。漁樵隱先生孝貞[2]之曾孫, 拙齋行[3]之孫

---

1 국립중앙도서관 소장본에는 사적이 기록되어 있음.

2 孝貞(효정) : 尹孝貞(1476~1543). 본관은 海南, 자는 希參, 호는 漁樵隱. 錦南 崔溥와 幽齊 林遇利, 城隱 柳桂隣의 가르침을 받았다.

3 行(행) : 尹行(1508~1592). 본관은 海南, 자는 大用. 1531년 식년시 문과에 급제하였다. 海州牧使 · 羅州牧使 · 東萊府使 · 光州牧使 등을 역임하였다.

也。　萬曆己酉[4]中進士。忠孝愷悌[5]。

丁卯亂, 伏忠奮義, 糾合義旅, 丙子亂, 募兵聚粮, 以盡忠義。累入鄕薦[6]。生於戊寅[7], 卒於庚子[8]。

---

4 己酉(기유) : 원문과 국립중앙도서관 소장본에는 없는 글자이나 사마방목에 따른 글자임. 光海君 1년인 1609년이다.

5 愷悌(개제) : 용모와 기상이 화평하고 단아함.

6 鄕薦(향천) : 지방 수령 등이 그 고을의 유능하고 평판 좋은 儒生 등을 중앙에 천거하는 일.

7 戊寅(무인) : 宣祖 11년인 1578년.

8 庚子(경자) : 顯宗 1년인 1660년.

진사 김연지
進士金鍊之(1577~1641)

자는 정숙(精叔), 본관은 김해(金海)이다. 부제학(副提學) 자암(自庵) 김수(金繡)의 7대손이고, 참봉(參奉) 김연수(金延壽)의 손자이며, 생원(生員) 김안방(金安邦)의 아들이다. 만력(萬曆) 정축년(1577)에 태어났다. 을묘년(1615)에는 진사시에 경오년(1630)에는 정시(庭試)에 합격하여 임금께서 ≪소학≫을 하사하였다. 문학에 종사하며 효성과 우애를 독실히 행하였다. 선비를 대접하는 풍조를 진작하기 위하여 고향 마을에서 그를 선발하여 추천하였다.

병자호란 때 변란을 듣고는 곧장 의청(義廳)을 설치하기로 약속하고, 격서를 받기 전에 의병을 모우고 군량을 거두었으나, 도중에 강화가 이루어졌다는 소식을 듣고는 통곡하고 고향으로 돌아왔다. 서호(西湖)에 거처를 정하고 자호(自號)를 내파(耐嶓)로 하면서 지내다가 세상을 마쳤다. 향년 65세였다.

字精叔, 金海人。副提學自庵繡[1]之七代孫, 參奉延壽[2]孫, 生員安邦[3]

---

1 繡(수) : 金繡(생몰년 미상). 본관은 金海, 호는 自庵.

2 延壽(연수) : 金延壽(1532~1588). 본관은 金海, 자는 福麗. 1550년 蔭補로 朝奉大夫 行厚陵參奉에, 1554년 예조정랑에 제수되었다.

3 安邦(안방) : 金安邦(1553~1638). 본관은 金海, 자는 應時, 호는 岡西. 아버지는 金延壽이다. 조헌의 문인이다. 1605년 사마시에 합격하고, 안방준과 백진남을 道義로 사귀었다. 정유재란 때에는 고을수령 변응정, 사촌 동생 김안우, 백진남, 김성원, 문영개, 변홍원, 김택남, 임영개 등과 합심하여 명량싸움에서 피란선 수십 척을 이끌고 강을 가로막아 결전하였으며, 군량과 군기를 조달하였다. 병자호란 때에는 사촌 동생 김안우, 둘째

子。萬曆丁丑[4]生。乙卯[5]進士, 庚午[6]庭試入格, 有宣賜[7]小學。從事文
學, 篤行孝悌。士風有以振, 鄕黨甄[8]以薦之。

丙子亂, 聞變, 約卽設義廳, 於檄書前, 召募兵粮, 中道聞和成, 痛哭
而歸。卜居西湖, 自號耐嶓, 以終世。享年六十五。

아들 김연지와 모의청을 설치하여 의병을 이끌고 청주로 진격하던 중 礪山에서 이미 화
의가 이루어졌다는 소식을 듣고 돌아왔다.

4 萬曆丁丑(만력정축) : 宣祖 10년인 1577년.

5 乙卯(을묘) : 光海君 7년인 1615년.

6 庚午(경오) : 仁祖 8년인 1630년.

7 宣賜(선사) : 임금이 하사함.

8 甄(견) : 甄拔. 재능이 있고 없고를 잘 밝혀 등용함.

생원 조극눌
生員趙克訥(1571~?)

자는 민지(敏之), 본관은 김제(金堤)이다. 10대조는 문하시중(門下侍中) 우의정 문량공(文良公) 조간(趙簡)이고 8대조는 판서 조통원(趙通元)이며, 7대조는 판서 조희보(趙希甫)이다. 할아버지는 판결사(判決事) 조몽득(趙夢得)이고 아버지는 진사 조중립(趙中立)이다.

공은 타고난 성품이 지극히 효성스러워 어버이를 섬기는데 있는 힘을 다하였다. 예의로써 자신을 단속하여 더욱 부지런히 학업에 힘써서 연구하고 연마하여 원근의 사람들로부터 신망을 받았다. 갑자년(1624) 이괄(李适)의 난 때 의곡(義穀)을 수합하여 군량으로 조달케 하였다. 난이 평정된 뒤에는 의창(義倉)이라 이름하고 모의록(募義錄)을 출간하여 세상에 유포되었다.

字敏之, 金堤人。十代祖門下侍中右議政諡文良公簡[1], 八代祖判書通元[2], 七代祖判書希甫[3]。祖判決事夢得[4], 父進士中立[5]。

---

1 簡(간) : 趙簡(1264~1325). 본관은 金堤, 자는 子三, 호는 悅軒. 고려 후기의 문신. 上將軍 趙連璧의 셋째 아들이다. 1279년 문과에 급제하여 書籍店錄事를 거쳐 慶尙按廉使에 보임되었다. 1298년에는 左司議로 과거를 주관한 바 있고, 1300년 좌부승지로서 同知貢擧(부고시관)가 되어 진사를 뽑았다. 그 뒤 左諫議·좌승지를 거쳐 右常侍權授密直副使에 올랐다. 충선왕 때 刑曹侍郎右諫議大夫를 거쳐 밀직부사가 되었으며, 충숙왕 때 檢校僉議評理를 역임한 뒤 찬성사에 올라 별세하였다.

2 通元(통원) : 趙通元(생몰년 미상). 고려 후기의 문신. 본관은 金堤, 자는 할아버지는 趙岐이고, 아버지는 趙令誨이다. 공조전서를 지냈다.

3 希甫(희보) : 趙希甫(생몰년 미상). 호조판서를 지냈다.

4 夢得(몽득) : 趙夢得(생몰년 미상). 泰仁訓導와 掌隷院判決事를 지냈다.

公天性純孝, 事親竭力。禮以律己, 尤勤於學業, 研究講磨, 負望遠近。甲子适亂, 倡集義穀, 以助軍粮。亂平後, 名曰義倉, 刊出募義錄, 行于世。

5 中立(중립) : 趙中立(1543~1614). 본관은 金堤, 자는 士强, 호는 斗麓. 1564년 식년시에 급제하였다.

최경행
崔敬行

역주자 주 : 원문에는 "후손이 없다.(無後)"는 기록만 있음.[1]

통덕랑 김지문
通德郞金地文(1583~1644)

자는 휘원(輝遠), 호는 이암(怡菴), 본관은 의성(義城)이다. 8대조 김거익(金居翼)은 조선조 우의정이었다. 할아버지 김제민(金齊閔)은 오봉선생(鰲峯先生)으로 순창군수(淳昌郡守)를 지냈고, 임진왜란 때 의병장이 되어 하늘에 제사지내고 전공을 세워 이등공신(二等功臣)에 책록되었으며, 정유재란 때 또 의병을 일으켰다. 문장과 도덕으로 인하여 도계(道溪)에 사우(祠宇)가 세워졌다. 아버지 김서(金曙)는 병조판서에 증직되었는데 학문과 덕행이 있었다.

공은 성품이 어질고 후덕하였으며, 효성과 우애는 타고났다. 이기학(理氣學)을 연구하였으며, 뜻은 절의를 숭상하였다. 초하루와 보름에 지내는 제사는 집이 가난해도 정성껏 받들었다. 사람들은 대대로 충효의 가풍을 전승하였다고들 하였다. 향년 62세였다.

---

1 국립중앙도서관 소장본에는 사적이 기록되어 있음.

字輝遠, 號怡菴, 義城人。八代祖居翼[2], 本朝右相。祖齊閔[3], 鼇峯先生, 以淳昌宰, 壬辰爲義兵將, 祭天樹勳, 錄二等功臣[4], 丁酉又倡義。以文章道德, 立祠道溪[5]。考曙[6]贈兵曹判書, 有學行。

公性仁厚, 孝友出天。學究理氣, 志尙節義。朔望茶禮, 家貧克誠。人謂世傳忠孝。享年六十二。

---

2 居翼(거익) : 金居翼(생몰년 미상). 본관은 義城, 호는 退庵. 아버지는 좌사윤 金台權으로 고려 때 출사하여 광정대부 政堂文學 겸 성균악정을 지냈다. 어려서부터 효성이 지극하였으며 강직함이 남달라 주위의 칭송을 받았다. 조선 건국 후 太祖가 우의정으로 불렀으나 끝내 거절하고 부여 반월성에 은거하여 절의를 지켰다.

3 齊閔(제민) : 金齊閔(1527~1599). 본관은 義城, 자는 士孝, 호는 鼇峰. 아버지는 증 형조판서 金灝이다. 李恒의 문인이다. 1573년 식년문과에 급제, 형조의 郞官을 거쳐 화순현감·순창군수, 1586년 전라도사를 지낸 뒤 병으로 사퇴하였다. 1592년 임진왜란이 일어나자 향리에서 의병을 모집하여 대둔산 아래 주둔, 왜군을 맞아 싸웠다. 李擎柱를 부장으로 삼고 아들 金嶸을 總軍 직책을 맡기고, 두 아들 金曄과 金昕을 軍需運輸를 삼아 부대를 편성하였으니, 4부자가 의병 대열에 앞장섰다. 난이 끝난 뒤 학문연구에 전심하였다. 김제민은 金晛, 金曙, 金曄, 金昕, 金暹, 金嶸 등 여섯 아들을 두었다.

4 金齊閔이 錄勳된 사실은 국립중앙도서관 소장본에도, ≪鼇峯集≫에서 宋煥箕가 지은 〈行狀〉에도 언급되어 있지만 구체적인 사실을 알 수 없음.

5 道溪(도계) : 전북 정읍시 이평면에 있는 지명.

6 曙(서) : 金曙(생몰년 미상). 본관은 義城, 자는 仲昇. 金齊閔의 둘째아들이다. 학문을 좋아하였지만 일찍 죽었다.

선무랑 김지영
宣務郎金地英(1592~1644)

자는 자화(子華), 호는 반학당(伴鶴堂), 본관은 의성(義城)이다. 임진 년(1592)에 태어났다. 8대조 김거익(金居翼)은 조선조 우의정이었다. 할아버지 오봉선생(鰲峯先生) 김제민(金齊閔)은 순창(淳昌) 군수를 지 냈고, 임진왜란 때 의병장이 되어 하늘에 제사지내고 전공을 세워 이등 공신(二等功臣)에 책록되었으며, 정유재란 때 또 의병을 일으켰다. 문 장과 도덕이 출중하여 도계(道溪)에 사우(祠宇)가 세워졌다. 아버지 김 흔(金昕)은 언양 현감(彦陽縣監)으로서 의병을 일으켰다. 정유년(1597) 에 어머니는 순절하여 마을에 정문이 세워졌다. 공은 성품이 자애롭고 인자하였으며, 힘을 다하여 부모를 섬겼다. 기개는 격려할 만했다. 이 괄의 난 때 의병을 일으키고 의곡(義穀)을 거두었으니, 모의록(募義錄) 에 보인다.

字子華, 號伴鶴堂, 義城人。生壬辰[1]。八代祖居翼[2]本朝右相。祖鰲 峯先生齊閔[3], 以淳昌宰, 壬辰爲義兵將, 祭天樹勳, 錄二等功臣, 丁酉

---

1 壬辰(임진) : 宣祖 25년인 1592년. 의성김씨 족보에는 선조 임오년(1582)으로 되어 있다.

2 居翼(거익) : 金居翼(생몰년 미상). 본관은 義城, 호는 退庵. 아버지는 좌사윤 金台權 으로 고려 때 출사하여 광정대부 政堂文學 겸 성균악정을 지냈다. 어려서부터 효성이 지극하였으며 강직함이 남달라 주위의 칭송을 받았다. 조선 건국 후 太祖가 우의정으로 불렀으나 끝내 거절하고 부여 반월성에 은거하여 절의를 지켰다.

3 齊閔(제민) : 金齊閔(1527~1599). 본관은 義城, 자는 士孝, 호는 鰲峰. 아버지는 증 형 조판서 金灝이다. 李恒의 문인이다. 1573년 식년문과에 급제, 형조의 郎官을 거쳐 화순현

又倡義。以文章道德, 立祠道溪。考昕[4], 以彦陽宰, 倡義。丁酉, 先妣
金氏, 殉節旌閭。公性慈仁, 竭力孝親。志氣激勵。适亂, 擧義聚穀,
見募義錄。

감·순창군수, 1586년 전라도사를 지낸 뒤 병으로 사퇴하였다. 1592년 임진왜란이 일어
나자 향리에서 의병을 모집하여 대둔산 아래 주둔, 왜군을 맞아 싸웠다. 李擎柱를 부장
으로 삼고 아들 金曅을 總軍 직책을 맡기고, 두 아들 金曄과 金昕을 軍需運輸를 삼아 부
대를 편성하였으니, 4부자가 의병 대열에 앞장섰다. 난이 끝난 뒤 학문연구에 전심하였
다. 김제민은 金晛, 金曙, 金曄, 金昕, 金暹, 金曅 등 여섯 아들을 두었다.

　4 昕(흔) : 金昕(1558~1629). 본관은 義城, 자는 叔昇, 호는 鶴山. 金齊閔의 넷째 아들이
다. 임진왜란이 일어나자 아버지를 따라 倡義勤王하여 많은 공을 세우고 熊峙싸움에도
나아갔다. 또 長城에서 창의하여 權慄의 막하에 들어가 선봉장이 되어 彦陽을 지켰다.
이 공으로 左承旨의 벼슬이 내려지고 宣武原從功臣이 되었다. 仁祖反正에도 참여하여 靖
社勤에 들었다.

박광형
朴光亨

역주자 주 : 원문에는 "후손이 없다.(無後)"는 기록만 있음.[1]

통덕랑 김지서
通德郎金地西(1602~1642)

　　자는 대헌(大獻), 본관은 의성(義城)이다. 우의정(右議政) 김거익(金居翼)의 8대손이고, 죽헌선생(竹軒先生) 김제안(金齊顔)의 손자이다. 갑자년(1624) 이괄(李适)의 난 때 의곡 도유사(義穀都有司) 생원(生員) 김성(金晟)의 아들이다. 당숙(堂叔) 안식선생(安息先生) 김습(金習)의 문하에서 가르침을 받았다. 문장의 명성이 자자했고, 기개는 격려할 만했다. 일찌감치 과거공부를 폐하고 학문에 전념하였다. 병자호란 이후에는 두문불출하고 자취를 감추었다. 읍지(邑誌)에서 '자신의 뜻을 고상히 하고 명예와 영달을 구하지 않았다.'고 칭찬하였다. 만력(萬曆) 임인년(1602)에 태어나 숭정(崇禎) 임오년(1642)에 죽었다.

　　字大獻, 義城人。右議政巨翼之八代孫, 竹軒先生齊顔[2]之孫。甲子

---

1 국립중앙도서관 소장본에는 사적이 기록되어 있음.
2 齊顔(제안) : 金齊顔(1530~1594). 본관은 義城, 자는 士愚, 호는 竹軒. 護軍 金灝의 둘째아들이고, 金齊閔의 아우이다. 金麟厚의 문인으로 독실한 학자였으며, 벼슬에 나가지

适亂, 義穀都有司, 生員晟[3]之子。受業於從叔安息先生金礏[4]之門。文
譽誼籍, 志氣激勵。早廢擧業, 專心學問。丙丁以後, 杜門屛迹。邑誌,
以'高尙其志, 不求聞達.' 稱之。生于萬曆壬寅[5], 卒于崇禎壬午[6]。

않았다. 四端七情과 理氣說등에 통하였으며, 奇大升 등과 道義로 사귀며 담론하였다. 형
金齊閔과 같이 부모의 喪을 전후하여 6년간 廬幕에 살았다. 古阜의 道溪書院에 祭享되어
있다.

3 晟(성) : 金晟(1567~1629). 본관은 義城, 자는 明淑, 호는 思軒.

4 金礏(김습, 1574~1638) : 본관은 義城, 자는 季鷹, 호는 安息窩. 金齊閔의 조카로 金長
生의 문인이다. 문장과 학업이 크게 나아가니, 사림이 推重하였다. 곤궁하게 살면서도
효성을 다 하여 侍墓를 하였고, 말과 행동이 정대하니, 김장생이 천거하여 慶基殿과 泰陵
參奉에 제수되었다. 1636년 병자호란 때 의병을 일으키다가 도중에 병으로 집에 돌아왔
고, 1638년에 죽었다.

5 萬曆壬寅(만력임인) : 宣祖 35년인 1602년.

6 崇禎壬午(숭정임오) : 仁祖 20년인 1642년.

도사 류동휘
都事柳東輝(1575~1644)

자는 사명(士明), 본관은 고흥(高興)이다. 성재(誠齋) 류탁(柳濯)의
후손이다. 성품은 충성스럽고 효성스러워 세상 사람들이 우러렀다. 불
행히도 후사(後嗣)가 없다. 관직은 도사(都事)에 이르렀다. 인조반정
(仁祖反正) 원종일등공신(原從一等功臣)이다. 좌승지(左承旨)에 증직되
었다.

字士明[1], 高興人。誠齋濯[2]後。性忠孝, 爲世所推。不幸無後。官至
都事。反正原從一等功。贈左承旨。

---

1 士明(사명) : 원문에는 없는 글자이나 국립중앙도서관 소장본에 따른 글자임. 그의
아버지는 柳春蕃이다.
2 濯(탁) : 柳濯(1311~1371). 본관은 高興, 자는 春卿, 시호는 忠靖. 일찍이 음보로 조정
에 나가, 원나라에 가서 宿衛하고 돌아왔다. 監門衛大護軍이 된 뒤, 여러 관직을 거쳐 高
興君에 봉해졌다. 원나라로부터 合浦萬戶로 임명되었고, 충정왕 때 찬성사를 지냈다. 공
민왕 초에는 전라도만호가 되었으며, 이어서 찬성사를 거쳐 좌정승이 되고 1354년 고흥
부원군에 봉해졌다. 원나라가 紅巾賊을 정벌할 때 공을 세우고 돌아와 門下侍郞同中書門
下平章事를 거쳐 경상도도순문사 겸 병마사, 좌정승이 되었다. 1369년 魯國公主의 影殿
신축을 반대하다가 투옥되어, 李穡의 도움으로 석방되었으나, 1371년 辛旽이 주살되자
그와 관련되었다는 무고를 받아 교수형을 당하였다.

찰방 류철견

察訪柳鐵堅(1583~1655)

자는 여수(汝壽), 본관은 고흥(高興)이다. 성재(誠齋) 류탁(柳濯)의 후손이다. 을묘년(1615)에 사마시에 합격하였다. 임진왜란 때 영광(靈光)의 많은 선비들이 의병을 일으켜 성을 지켰는데, 공(公)도 장정에 뽑혀 의곡(義穀)을 거두고 함께 지켰다. 갑자년(1624) 이괄(李适)의 난 때도 곡식을 거두었다. 정묘호란 때에는 사계(沙溪) 선생 김장생(金長生)이 호소사(號召使)가 되어 공을 소모장(召募將)으로 삼아서 의곡을 강도(江都 : 강화도)로 보냈다. 성재(省齋) 신응순(辛應純)이 말하기를, "고창(高敞)의 진사 류철견은 타고난 자질이 남달리 뛰어나고 성질이 충직하며 온후하여 의병을 모우고 군량을 거두는 데에 전후가 한결같았으니, 나라를 위하는 정성이 가상하다." 하였다. 병자호란 때에는 의병을 모으고 군량을 거두어 의청(義廳)에 보냈다. 관직은 찰방(察訪)에 이르렀다.

字汝壽, 高興人。 誠齋濯後。 乙卯[1]司馬。 壬辰乱, 靈光多士, 倡義守城, 公亦選丁, 聚穀共守。 甲子變[2], 又募粟。 丁卯亂[3], 沙溪金先生, 爲號召使, 公爲召募將, 輸穀江都。 辛省齋應純[4]普册[5]曰 : "高敞進士

---

1 乙卯(을묘) : 光海君 7년인 1615년.

2 甲子變(갑자변) : 1624년 李适의 난을 가리킴.

3 丁卯亂(정묘란) : 1627년 정묘호란을 가리킴.

4 應純(응순) : 辛應純(1572~1636). 본관은 靈山, 자는 希淳, 호는 省齋. 정유재란 때 일본군이 靈光으로 침입하자, 향교의 위패·祭器를 비롯하여 많은 서적을 배에 싣고 鞍馬

鐵堅, 天姿魁偉, 性質忠厚, 召募兵粮, 前後如一, 爲國之誠, 可尙." 至
丙子[6], 募軍募粟, 送義廳。 官至察訪。

島로 피하여 귀중한 자료들을 보존하였다. 1603년 식년시에 합격하였으나, 이후 광해군
조에 인목대비의 폐모론이 불거지자 科場에 나가지 않았다. 1624년 李适의 난이 일어나
자 곡식 수백 석을 모아 찬조하였고, 1627년 정묘호란 때는 沙溪 金長生의 召募有司로
곡식 3천 석을 모집하여 난을 평정하는 데 도움을 주었다. 1634년에 郡守 元斗杓의 천거
로 禧陵參奉에 제수되었다.

  5 普册(보책) : 미상. 중간본에는 '盛稱'으로 되어 있지만, 여기서는 번역하지 않았다.
  6 丙子(병자) : 仁祖 14년인 1636년. 여기서는 병자호란을 가리킨다.

｜재유사(齋有司)

유학 박기호
幼學朴奇琥(1598~1678)

　자는 화숙(和叔), 본관은 밀성(密城 : 밀양)이다. 이조참의(吏曹參議) 박현손(朴賢孫)의 5세손이다. 타고난 품성이 온아하고 또 강하며 굳세었다. 어버이를 섬김에 있어서 효성을 다하였고, 형제 및 누이들과 우애함에 있어서 화목함을 다하였다. 나이가 겨우 20살인데도 몸가짐이 간결하고 엄중하였으며 신중하고 과묵하였는데 예의로써 자신을 단속하였다. 고향에 있으며 오직 삼가서 잠시라도 충효의 행실을 대충 넘어간 적이 없었다. 심오한 이치를 깊이 연구하고 후진들을 가르친 것이 가훈(家訓)을 이루자, 지금까지도 고을에서 칭송되어 전해온다. 무술년(1598)에 태어나서 무오년(1678)에 죽었다. 덕행으로 부호군(副護軍)에 이르렀다.

　字和叔, 密城人。吏曹參議賢孫[1]之五世孫。禀性溫雅且强毅。事親盡其誠孝, 友愛兄妹極其敦睦。年纔弱冠, 簡重愼黙, 以禮律己。居鄕惟謹, 未嘗須臾放過於忠孝之行也。深究奧義, 敎誨後進, 克成家訓, 至今爲鄕隣傳稱。生于戊戌[2], 卒于戊午[3]。天爵[4]副護軍。

---

1 賢孫(현손) : 朴賢孫(생몰년 미상). 宣略將軍이었고, 손자 朴守良의 관직이 고귀하여 이조참판에 증직되었다. 조부가 遯齋 朴衍生인데, 태인박씨의 중시조라고도 한다. 증손 자는 朴漑이다.

2 戊戌(무술) : 宣祖 31년인 1598년.

3 戊午(무오) : 肅宗 4년인 1678년.

4 天爵(천작) : 仁義忠信을 일컫는 말로, 덕행을 의미.

유학 조첨

幼學曺添(1600~1666)

자는 은원(恩源), 본관은 창녕(昌寧)이다. 직제학(直提學) 조서(曺庶)의 5세손이다. 성품이 강하고 굳세며 지조가 있었다. 참으로 독실하게 어버이를 섬겼는데, 6,7세였을망정 그때 부모가 병환이 있어 음식을 드시지 못하자 공은 울며 곁에서 시중을 들었고 차마 마음 편히 먹지 못했으니, 그 효성은 천성에서 나온 것이었다. 평소에 충효지신(忠孝持身 : 나라에는 충성하고 부모에게 효도하는 것으로 처신하라.)을 가훈(家訓)으로 삼기 위하여 책을 만들었다. 지금까지도 후손들이 보고 있으며 고을에서도 목청껏 외우는 자들이 또한 많았다. 옛 서적을 읽을 때마다 의기가 장렬한 곳에 이르면 주먹을 불끈 쥐며 동조하는 감정이 있지 않은 적이 없었다. 매번 국가의 제삿날이면 의관을 단정하게 하고 소사(疏食 : 거친 밥)를 3일 동안 먹었다. 30살에 비로소 책을 읽고 문장을 이루었다.

字恩源, 昌寧人。直提學庶[1]之五世孫。性剛毅, 有志節。誠篤事親, 雖六七歲, 時父母有疾, 廢食飮, 則涕泣侍側, 不忍退食[2], 盖出於天。

---

1 庶(서) : 曺庶(생몰년 미상). 본관은 昌寧, 자는 汝衆, 호는 淸簡. 1371년 同進士 문과급제한 후, 府尹 등을 지냈다. 1394년 때 태조의 명으로 韓理·鄭矩 등과 함께 法華經을 金泥로 베껴 올렸다. 1398년 명나라에 사신을 가서 명나라 황제를 만나서 供物을 줄여줄 것을 요청하였다가 참소를 당해 수년 간 유배되었다. 귀국 후 寶文閣直提學 등을 역임하였다.
2 退食(퇴식) : 밥을 다 먹은 다음에 상을 치움. 마음 편히 먹는다는 뜻이다.

平生, 以忠孝持身, 作家訓戒峽。至今後孫觀, 則鄕隣莊誦者亦多。每讀古書, 至義烈處, 未嘗不扼腕, 有同調之感。每國忌, 整衣冠, 蔬食三日。三十, 始讀書, 成文章。

류여해
柳汝楷

역주자 주 : 원문에는 "후손이 없다.(無後)"는 기록만 있음.[1]

유학 류지태
幼學柳之泰(생몰미상)[2]

자는 내보(來甫), 본관은 고흥(高興)이다. 성재(誠齋) 류탁(柳濯)의
후손이다. 효성과 우애가 일찍부터 드러났고, 담력과 지략이 남달리 뛰
어났다. 병자호란 때에는 의곡(義穀)을 거두고 의병을 모아서 국난을
구하려고 했는데, 그 의기가 장렬했던 일은 고을사람들이 지금까지도
칭송하며 전해온다. 인의충신(仁義忠信)의 덕행을 닦다가 죽었다.

字來甫, 高興人。誠齋濯後。孝友夙著, 膽略過人。至此丙子, 募穀
聚軍, 圖濟國難, 其義烈之事, 鄕人之今傳稱。天爵[3]以卒。

---

1 국립중앙도서관 소장본에는 사적이 기록되어 있음. 국립중앙도서관 소장본에는 '柳
汝楷'가 '柳汝譜'로 되어 있으면서 역시 사적이 기록되어 있지 않다.
2 고흥류씨족보에는 생몰년이 기록되지 않은 채 81세 산 것으로 기록됨.
3 天爵(천작) : 맹자가 "公卿大夫는 인간의 벼슬이요, 仁義忠信은 하늘의 벼슬이다." 한
데서 나온 말.

전 경력 안용
前經歷安瑢

역주자 주 : 원문에는 아무런 기록 없이 빈 여백 상태임.[1]

진사 조시일
進士趙時一(1606~1690)

자는 자건(子健), 본관은 순창(淳昌)이다. 건곡선생(虔谷先生) 조유(趙瑜)의 8세손이다. 지극한 행실이 있으니, 9세 때 ≪상서(尙書)≫를 배우고 살펴 지켜야 할 뜻을 깊이 터득한 것이었다. 계유년(1633) 사마시에 합격하였다. 정축년(1637) 강화가 이루어졌다는 소식을 듣고 말하기를, "임금께서 치욕을 당하시는데도 신하가 죽지 않았으니, 이는 우리들의 수치이다." 하였다. 무인년(1638) 정월 보름날 밤에 시를 지었으니, 다음과 같다.

애석해라 새해는 이르렀거늘	可惜新年至
언제나 왕손은 돌아올런고.	王孫幾日廻
하늘 끝엔 풀이 또다시 푸르니	天涯草又綠
술동이 열고픈 마음 견딜 수 없네.	尊酒不堪開

---

1 국립중앙도서관 소장본에는 사적이 기록되어 있음.

그때는 두 대군이 아직도 오랑캐의 수중에 있었다. 마침내 과거공부를 폐하였다. 자호(自號)를 야유(野遺)라 하였다. 우암(尤庵: 송시열) 선생은 준회(遵晦) 두 글자를 써 증정하고서 깊이 사귀었다.

字子健, 淳昌人。虔谷先生瑜[2]八世孫。有至行, 九歲受尙書, 深得察守之旨。癸酉[3]司馬。丁丑[4], 聞講和曰: "主辱臣不死, 此吾輩所羞." 戊寅[5]元夕[6], 有詩曰: "可惜新年至, 王孫幾日廻。天涯草又綠, 尊酒不堪開." 時則兩大君, 尙在虜中也。遂廢擧業。自號野遺。尤庵[7]先生, 書贈遵晦[8]二字, 以深與之。

<hr>

2 瑜(유): 趙瑜(1346~1428). 본관은 淳昌. 호는 玉川·虔谷. 진사로 문과에 급제, 中顯大夫 典農寺 副正의 관직에 올랐으며 고려가 망하고 조선 건국 후 고려왕조에 절의를 지킨 두문동 72현의 한 사람이다. 태종이 여러 차례 벼슬을 권유하였으나 모두 사의하였다. 어버이상을 당하여 여묘살이를 하여 효자로 칭송되었다.

3 癸酉(계유): 仁祖 11년인 1633년.

4 丁丑(정축): 仁祖 15년인 1637년.

5 戊寅(무인): 仁祖 16년인 1638년.

6 元夕(원석): 음력 정월 보름날 밤.

7 尤庵(우암): 宋時烈(1607~1689)의 호.

8 遵晦(준회): 遵養時晦. 道를 좇아 덕을 기르고, 때가 아닌 경우에는 재주를 숨김.

진사 조시술
進士趙時述(1608~1642)

　자는 학이(學而), 본관은 순창(淳昌)이다. 고려조 부정(副正) 건곡선
생(虔谷先生) 조유(趙瑜)의 8세손이다. 생원(生員) 조경(趙暻)의 아들이
다. 만력(萬曆) 무신년(1608)에 태어났다. 기옹(畸翁) 선생 정홍명(鄭
弘溟)의 문하에서 가르침을 받았다. 계유년(1633) 사마시에 합격하였
다. 임오년(1642)에 죽었다. 젊어서부터 문장과 학업으로 한 시대를
떨쳐서 친구들에게 존경을 받았다. 행적은 읍지에 수록되어 있다.

　字學而, 淳昌人。前朝副正虔谷先生瑜[1]之八世孫, 生員暻[2]之子。生
萬曆戊申[3]。受業於畸翁[4]鄭先生門。癸酉[5]中司馬。卒于壬午[6]。自早
歲, 文章學業, 鳴于一世, 爲儕類所推重。行蹟載邑誌。

---

　1 瑜(유) : 趙瑜(1346~1428). 본관은 淳昌, 자는 兪玉. 진사와 문과에 급제하였다. 典農
寺副正을 지냈다. 조선 건국 후 태조가 靈光郡守와 漢城判尹으로 여러 차례 불렀으나 나
아가지 않았다.
　2 暻(경) : 趙暻(1572~1644). 본관은 淳昌, 초명은 㬏, 자는 明遠. 1601년 생원시에 합격
하였다.
　3 萬曆戊申(만력무신) : 宣祖 41년인 1608년.
　4 畸翁(기옹) : 鄭弘溟(1592~1650)의 호.
　5 癸酉(계유) : 仁祖 11년인 1633년.
　6 壬午(임오) : 仁祖 20년인 1642년.

유학 김정두
幼學金挺斗(1590~1643)

자는 응추(應樞), 본관은 경주(慶州)이다. 고려조 예의판서(禮儀判書) 김충한(金冲漢)의 8세손이다. 만력(萬曆) 경인년(1590)에 태어났다. 타고난 바탕은 호탕하고 기개가 있었다. 집에 들어와서는 그 효를 다하였고, 벼슬에 나아가서는 그 공손함을 극진하였다. 벗과 손님들이 집에 가득하였고 응대하기를 게을리 하지 않았으니, 당대의 사우(士友)들이 '화락하고 너그러운 군자[樂易君子]'로 칭찬하였다. 숭정(崇禎) 계미년(1643)에 죽었다.

字應樞, 慶州人。高麗禮儀判書冲漢[1]八世孫。生萬曆庚寅[2]。天禀豪俊慷慨。入則盡其孝, 出則極其悌。賓朋滿堂, 應接不倦, 當世士友, 以樂易君子, 稱之。崇禎癸未[3]卒。

---

1 冲漢(충한) : 金冲漢(생몰년 미상). 두문동 72현의 한 사람. 전북 남원 杜谷에 은거하여 망국의 신하로서 지조를 지키면서 자제 교육에 전심하였다고 한다. 禮儀判書를 지냈고, 시호는 文敏이다.
2 萬曆庚寅(만력경인) : 宣祖 23년인 1590년.
3 崇禎癸未(숭정계미) : 仁祖 21년인 1643년.

유학 조원겸

幼學趙元謙(1611~?)[1]

자는 자익(子益), 본관은 순창(淳昌)이다. 건곡선생(虔谷先生) 조유
(趙瑜)의 8세손이다. 7대조 조숭문(趙崇文)과 6대조 조철산(趙哲山)은
육신(六臣)과 함께 죽었다. 공은 천성이 효성스럽고 우애로웠으며, 기
개와 절조는 뛰어나게 남달라 강개지사(慷慨之士)로서 대절(大節)이 있
었다. 병자호란 때 우리고을의 유사들이 의병들을 불러 모았으나 영솔
하여 갈 사람을 구하기가 어렵게 되자, 공이 맨 먼저 나아가 자기를 추
천하였으니, 그때 나이가 26세였다. 모여 있던 사람들이 나이가 어리다
고 난색을 표하자, 공은 분연히 말하기를, "들건대 임금이 치욕을 당하
면 신하는 죽어야 한다고 했는데, 나이가 많은 사람은 능히 죽을 수가
있고 나이가 적은 사람은 능히 죽을 수가 없는 것입니까?" 하고는 마침
내 영솔하여 국난에 나아가니, 좌우의 사람들이 감탄하였다.

字子益, 淳昌人。虔谷先生瑜八世孫。七代祖崇文[2]·六代祖哲山[3],
與六臣同死。公天性孝友, 氣節秀異, 慷慨有大節。丙子亂, 本邑有司,
收聚義旅, 難其領去人, 公出班自薦, 時年二十六。會中, 以年少難之,

---

1 아버지는 趙侃(1567~1631)이고, 동생은 趙克謙(1614~1685)임.
2 崇文(숭문)：趙崇文(?~1456). 본관은 淳昌, 자는 道尙, 호는 竹村. 세종 대에 무과에
급제하고, 1456년 병마절도사 재직 중에 成三問 등의 단종복위 사건에 연루되어 아들 趙
哲山과 함께 죽임을 당하였다.
3 哲山(철산)：趙哲山(?~1456). 본관은 淳昌, 자는 鎭卿, 호는 龜川. 1456년 단종복위 운
동을 하다가 告身을 환수당하고 원지에 유배되어 아버지와 함께 처형되었다. 정조 때에
童蒙敎官에 추증되고, 단종의 묘정에 배향되었으며, 昇州 謙川祠에 제향되었다.

公奮然曰：“聞主辱臣死，年多則能死，而年少則不能死耶?” 遂領赴，
左右感歎。

통정대부 첨지중추부사 행 결성현감 이희태
通政大夫僉知中樞府事行結城[1]縣監李喜態(1562~1648)

　자는 정상(廷尙), 호는 기천(杞泉), 본관은 전의(全義)이다. 문의공 (文義公) 이언충(李彦沖)의 11세손이다. 상중(喪中)에 있는 3년 동안 한 결같이 주자가례(朱子家禮)를 따라서 죽을 마시며 여묘살이를 했다. 여 막(廬幕)의 곁에 있던 암컷 고양이가 죽어가자 개가 그 고양이에게 젖 을 물리니, 사람들은 어진 효성에 감응한 것이라고들 하였다.

　만력(萬曆) 임자년(1612) 사마시에 합격하였고, 인조반정 다음해 (1624)에 문과에 급제하였다. 관직은 예조좌랑(禮曹佐郞)에 이르렀다. 신사년(1641) 임금의 명령에 응하여 치도십육책(治道十六策)을 올리니, 인조(仁祖)께서 매우 칭찬하여 해조(該曹：禮曹)로 하여금 특별히 품계 를 당상관으로 올리도록 하였다.

　字廷尙, 號杞泉, 全義人。文義公彦沖[2]十一世孫。居喪三年, 一遵 朱子家禮, 歠粥廬墓。廬之傍, 有字猫死, 而狗爲之乳, 人謂仁孝所 感。

　萬曆壬子[3]中司馬, 仁廟改玉[4]明年登第。官至禮佐。辛巳[5]應旨[6], 上

1　結城(결성)：충남 홍성 지역의 옛 지명.

2　彦沖(언충)：李彦沖(?~1338). 본관은 全義, 자는 立之, 호는 芸齋, 시호는 文義. 충렬왕 때 문과에 급제, 內侍에 속했다가 軍簿佐郞에 승진했다. 뒤에 大司成進賢館提學知制誥選 部典書典儀令을 지내고 1321년 正朝使로 원나라에 갔으며, 政堂文學僉議評理藝文館大提 學知春秋館事에 이르렀다. 충렬 · 충선 · 충숙 · 충혜 4왕을 섬겨 언제나 총애를 받았다.

3　萬曆壬子(만력임자)：光海君 4년인 1612년.

治道十六策, 仁廟嘉歎, 命該曹, 特陞堂上。

---

4 仁廟改玉(인묘개옥) : 1623년 인조반정을 일컬음. 개옥은 패옥을 바꾼다는 뜻으로, 예를 고친다는 의미로 '反正'의 비유이다.

5 辛巳(신사) : 仁祖 19년인 1641년.

6 應旨(응지) : 임금의 명령에 응함.

유학 이민겸
幼學李敏謙[1] (생몰년 미상)

　자는 자익(子益), 세계(世系)는 함풍(咸豊) 출신이다. 타고난 자질은 강직하고 방정하였으며, 충의는 스스로 힘썼다. 갑자년(1624) 이괄(李适)의 난 때 뜻을 같이하는 선비들과 의거하여 의병을 모우고 군량을 거두었다.

　字子益, 系出咸豊。天姿剛方, 忠義自勵。甲子适變, 與同志之士倡義, 募兵募粮。

---

　1 李敏謙(이민겸, 생몰년 미상) : 본관은 咸豊, 자는 子益, 호는 竹峯. 할아버지는 李卜龜(생몰년 미상)로 자는 應瑞이고 참봉을 지냈다. 아버지는 李夔(생몰년 미상)로 자는 敬叔이고 이복구의 아들이다. 어머니는 商山金氏 奉事 金續宗의 딸이다. 이민겸은 이기의 셋째아들인데, 자신의 아들로 양자를 들이고, 그 양자도 또 양자를 들여서 후손이 귀했다.

유학 이구
幼學李坵(1583~?)

자는 차산(次山), 본관은 완산(完山 : 전주)이다. 완산군(完山君) 양도
공(襄度公) 이천우(李天佑)의 후손이고, 임진왜란 때 영광군 수성도별
장(守城都別將) 생원 이응종(李應鍾)의 손자이며, 임진왜란 수성 폐막관
(守城弊瘼官) 겸 장문서(掌文書) 찰방(察訪) 이극부(李克扶)의 아들이다.
계미년(1583)에 태어났다. 뒤에 통훈대부(通訓大夫) 사복시 정(司僕寺
正)에 증직되었다.

字次山, 完山人。完山君襄悼公天佑[1]後孫, 壬辰亂本郡守城都別將
生員應鍾[2]孫, 壬辰守城弊瘼官兼掌文書察訪克扶[3]子。癸未生。後贈
通訓大夫司僕寺正。

---

1 天佑(천우) : 李天佑(1354~1417). 완풍대군 李元桂의 차남이다. 어려서부터 활쏘기와
말타기를 잘하였다. 1369년 東寧府의 수령으로 잇다가 숙부 李成桂의 휘하에 들어가 많
은 공을 세워 開國原從功臣이 되었으며, 1409년 병조판서, 1413년 이조판서를 지냈다.
1414년 完山府院君에 봉해졌다.
2 應鍾(응종) : 李應鍾(1522~1605). 본관은 全州, 자는 和叔, 호는 四梅堂. 雙梅軒 李鶴의
장남이다. 尹衢의 문하에서 수학하였고, 1558년 생원으로서 성균관에서 공부하다가 붕
당의 조짐을 보고 귀향하였다. 임진왜란 때 71세의 고령으로 동생 李洪鍾과 아들 李克扶
· 李克揚을 데리고 장성과 영광을 지키는 守城將이었다.
3 克扶(극부) : 李克扶(1555~1623). 본관은 全州, 자는 子正, 호는 愚軒. 임진왜란 때 아
버지 李應鍾, 숙부 李洪鍾, 동생 李克揚 등과 의병활동을 하였다. 세상이 어지러운 광해
군 시절에 벼슬을 버리고 향촌에 매화를 심어놓고 은거한 선비였다.

통덕랑 송식
通德郎宋軾(1598~1646)

자는 여첨(汝瞻), 호는 발산(鉢山), 세계(世系)는 신평(新平) 출신이다. 효헌공(孝憲公) 지지당(知止堂) 송흠(宋欽)의 5대손이다. 아버지 송인선(宋仁先)은 혼조(昏朝 : 광해군) 때에 두문불출하고 자취를 감추었으며, 어머니 주씨(周氏)는 왜적을 만나자 팔을 자르고 자결하였다.

공(公)의 충의(忠義)는 가풍을 이었고, 지조와 절개가 뛰어났다. 갑자년(1624) 이괄(李适)의 난 때 의병을 모으고 군량을 거두었으며, 병자호란 때도 또 의병을 일으키려다가 강화가 이루어졌다는 소식을 듣고는 끓어오르는 충분(忠憤)을 시로 나타내었으니 다음과 같다.

| 나는 바다에 빠지려 했던 노중련의 뜻을 지니고 | 吾將蹈海仲連志 |
| 강을 건너며 돛대 쳤지만 슬피 통곡하였어라. | 擊楫中流痛哭哀 |

마침내 자취를 감추고 지내다가 여생을 마쳤다. 지평(持平) 이세덕(李世德)이 공의 묘갈명을 지었으니 다음과 같다.

| 추워진 다음에야 소나무는 뒤늦게 시들거늘 | 寒松後凋 |
| 옥으로 된 산은 이미 무너졌도다. | 玉山其頹 |

字汝瞻, 號鉢山, 系出新平[1]。孝憲公知止堂欽[2]五代孫也。考仁先[3],
際昏朝, 杜門屏跡, 妣周氏[4], 遇倭賊, 斷臂自靖。

公忠義承家, 志節倜儻。甲子之變, 募聚兵粮, 丙子之亂, 又將擧義, 及聞講和, 詩瀉忠憤曰："吾將蹈海仲連志[5], 擊楫中流[6]痛哭哀." 遂隱以終。李持平世德[7], 銘公墓曰："寒松後凋[8], 玉山其頹."

1 新平(신평) : 충남 홍성군에 속해 있던 옛 지명.

2 欽(흠) : 宋欽(1459~1547). 본관은 新平, 자는 欽之, 호는 知止堂 · 觀水亭, 諡號는 孝憲. 1480년 사마시를 거쳐 1492년 식년문과에 급제하였고, 외교 문서를 담당하는 承文院에서 관직 생활을 시작하였다. 하지만 燕山君의 폭정을 비판하여 관직에서 물러났으며 후진 교육에 전념했다. 中宗이 즉위한 뒤인 1516년 弘文館 正字로 다시 관직에 올랐으며, 弘文館 博士, 司憲府 持平 등을 역임하였다. 특히 그는 나이든 어머니를 모시기 위해 오랜 기간 고향과 가까운 전라도의 外職을 두루 역임하였는데, 1528년 潭陽府使가 된 뒤, 1531년 長興府使를 거쳐 全州府尹이 되었다. 그리고 광주와 나주의 牧使 등을 거쳐 1534년에는 전라도 관찰사가 되었다. 하지만 98세가 된 老母를 모시기 위해 왕의 허락을 얻어 관직에서 물러났다. 그는 101세까지 산 어머니를 지극히 섬겨 7차례나 孝廉으로 상을 받기도 하였다. 1538년에는 淸白吏로 뽑혔으며, 漢城府 右尹 · 兵曹判書 · 右參贊 등을 거쳐 1543년에는 判中樞府事 겸 經筵知事가 되었다. 말년에 관직에서 물러난 뒤 고향으로 돌아와 觀水亭을 짓고, 후진 양성에 힘썼다. 宋純과 梁彭遜 등이 그의 문하이다.

3 仁先(인선) : 宋仁先(1571~1631). 본관은 新平, 자는 布聖.

4 妣周氏(비주씨) : 鐵原周氏 主簿 周封의 딸.

5 蹈海仲連志(도해중련지) : 전국시대 齊나라의 높은 節義를 가진 隱士 魯仲連이 新垣衍에게 "秦나라가 천하의 제왕으로 군림하게 되면 나는 동해에 빠져 죽을지언정 그 백성이 되지 않겠다.(秦即爲帝, 則魯連有蹈東海而死耳.)"고 말한 것을 염두에 둔 표현.

6 擊楫中流(격즙중류) : 晉나라 祖逖이 元帝에게 청하여 군사를 통합해서 흉노족에게 함락된 곳을 수복하기 위해 北伐할 때 양자강을 건너며 돛대를 치면서 맹세하기를, "중원을 평정하지 못하고는 다시 이 강을 건너오지 않을 것이다.(不能淸中原而復濟者)"고 한 고사를 가리킴.

7 世德(세덕) : 李世德(1662~1724). 본관은 龍仁, 자는 伯邵. 1712년에는 지평으로서 같은 소론인 李墩이 趙泰采의 일로 억울함을 당했다고 논하다가 도리어 노론의 미움을 사 먼 곳으로 유배되었다. 1717년 그의 스승인 尹拯 부자의 伸寃을 상소했다가, 금령을 어겼다 하여 康津縣 古今島에 다시 유배되었다. 관직에 나간 뒤에 문학 · 정언 · 지평 · 직장 · 수찬 · 검상 · 사간 · 집의 · 교리 · 보덕 등의 淸職을 역임하였다.

8 寒松後凋(한송후조) : ≪논어≫〈子罕篇〉의 "날씨가 추워진 다음에야 송백이 끝까지 시들지 않음을 알 수가 있다.(歲寒然後知松柏之後彫也.)"에서 나온 말.

유학 이장

幼學李垚(1594~1673)

　자는 화백(華伯), 본관은 전주(全州)이다. 완산부원군(完山府院君) 양도공(襄悼公) 이천우(李天佑)의 7세손이고, 임진왜란 때 영광군 수성도별장(守城都別將) 성균관 생원 이응종(李應鍾)의 손자이다. 갑오년(1594)에 태어났다. 천성이 진실하고 온순했으며, 기개가 크고 절개가 높았다. 집에 들어와서는 부모님께 효도하고 나아가서는 공손하여 명망이 선비들 속에서 드높았다. 살림에는 힘쓰지 않고 죽을 때까지 문학을 일삼았다. 여러 번 과거에 급제하지 못하자 일찌감치 과거공부를 폐하였다. 가난한 가운데서도 즐겁게 은거하면서 세상을 잊고 여생을 마쳤다.

　字華伯, 全州人。完山府院君襄悼公天佑[1]七世孫, 壬辰亂爲本郡守城都別將成均生員應鍾[2]之孫。甲午[3]生。天性忠厚，　志節宏闊。入孝出悌, 名重士流。不營産業, 終事文學。累擧不中, 早年廢科。樂貧林泉, 忘世終老。

---

　1 天佑(천우) : 李天佑(1354~1417). 완풍대군 李元桂의 차남이다. 어려서부터 활쏘기와 말타기를 잘하였다. 1369년 東寧府의 수령으로 잇다가 숙부 李成桂의 휘하에 들어가 많은 공을 세워 開國原從功臣이 되었으며, 1409년 병조판서, 1413년 이조판서를 지냈다. 1414년 完山府院君에 봉해졌다.

　2 應鍾(응종) : 李應鍾(1522~1605). 본관은 全州, 자는 和叔, 호는 四梅堂. 雙梅軒 李鶴의 장남이다. 尹衢의 문하에서 수학하였다. 임진왜란 때 71세의 고령으로 동생 李洪鍾과 아들 李克扶 · 李克揚을 데리고 장성과 영광을 지키는 守城將이었다.

　3 甲午(갑오) : 宣祖 27년인 1594년.

유학 김담
幼學金磹[1](1599~1677)

자는 백석(伯石), 본관은 영광(靈光)이다. 고려조 평장사(平章事) 문안공(文安公) 김심언(金審言)의 후손이고, 세종조 때 왜적을 토벌하는 전투에서 죽은 장군 김해(金該)의 7세손이며, 공조참의(工曹參議) 김형(金衡)의 손자이다. 천부적인 자질이 순수하고 아름다웠고, 집에 있을 때는 효도하고 우애하였으며, 일처리는 충실하고 곧았다. 수은(睡隱) 강항(姜沆)에게 가르침을 받았으며, 고을사람들이 그의 인정 많고 성실함을 신임하여 따랐다. 갑자년(1624) 이괄(李适)의 난 때는 영광군(靈光郡)의 성재(省齋) 신응순(辛應純)과 함께 도내에 격문을 띄워 의병을 모우고 군량을 거두었으며, 병자호란 때는 창의격문(倡義檄文)에 응하여 몸을 떨치며 국난에 달려갔으니, 충효의 큰 절개는 천성이 그러한 것이었다. 3대의 아름다운 행실은 읍지(邑誌)에 수록되어 있다.

字伯石, 靈光人。麗朝平章事文安公審言[2]後孫, 世宗朝討倭戰亡將

---

1 金磹(김담) : 본관은 靈光, 자는 伯石, 호는 佳山處士. 조정에서 참봉으로 제수하였으나 나아가지 않았다. 아버지는 金應深이고, 아들은 金時瑗이다.

2 審言(심언) : 金審言(?~1018). 고려 成宗 때 과거에 급제하여 여러 벼슬을 거친 후 右補闕兼起居注가 되었다. 990년에 封事(임금에게 보내는 상소문)를 올려 성종의 특별한 주목을 받았다. 그의 봉사는 성종 때 본격화되는 유교적 정치이념의 구현에 큰 공헌을 하였으며, 당시의 정치 상황을 이해하는 데 귀중한 자료이다. 그의 봉사는 크게 두 가지로 구분되는데, 첫째는 六正六邪와 刺史六條에 관한 것으로 중국 漢나라 때 劉向이 찬한 ≪說苑≫의 글을 참조하고 있다. 대체로 人臣의 행실에 대해 다루었는데 육정을 행하면 번영하고 육사를 범하면 욕이 된다는 내용이다. 둘째는 西京에 司憲 1명을 분견하자는 것이었다. 이는 서경의 중요성을 강조한 것으로, 과거 唐나라가 東都(낙양)에 知臺御史를

軍該[3]七世孫, 工曹參議衡[4]孫。 天姿粹美, 居家孝友, 處事忠直。 受學姜睡隱[5], 鄕黨信服其敦實。 甲子适變, 與本郡辛省齋[6], 發文道內, 收募兵粮, 及丙子乱, 應倡義檄文, 奮身奔問[7], 忠孝大節, 天性然也。 三世懿行, 著邑誌。

두었던 예에 의거하고 있다. 穆宗 때에 지방관으로 나가 치적을 올렸으며, 顯宗 초에 右散騎常侍・禮部尙書가 되었다. 1014년에는 內史侍郎平章事에 승진, 西京留守가 되었다.

3 該(해) : 金該(?~1419). 1419년 6월 李從茂의 대마도 정벌 때 죽었다. 이순몽이 이끄는 군사들은 열심히 싸웠지만, 박실은 이종무가 독려하자 마지못해 상륙했으나 대패한 뒤 함대로 돌아왔다. 이때 편장 朴弘信・金該 등은 적선 100여 척을 격파하는 전공을 세우고 전사하였다.

4 衡(형) : 金衡(생몰년 미상). 본관은 靈光, 자는 正一. 공조참판을 지냈다. 金麒의 셋째 아들이다. 아들은 金應澤과 金應深이다.

5 睡隱(수은) : 姜沆(1567~1618)의 호.

6 省齋(성재) : 辛應純(1572~1636)의 호. 본관은 靈山, 자는 希淳. 과거공부를 싫어하여 經學에 열중하였다. 정유재란 때 왜군이 靈光으로 침입하자, 향교의 위패・祭器를 비롯하여 많은 서적을 배에 싣고 鞍馬島로 피하여 귀중한 자료들을 보존하였다. 1603년 생원시에 합격하였으나, 이후 광해군조에 인목대비 폐모론이 불거지자 科場에 나가지 않았다. 1624년 李适의 난이 일어나자 곡식 수백 석을 모아 찬조하였고, 1627년 정묘호란 때는 沙溪 金長生의 召募有司로 곡식 3천 석을 모집하여 난을 평정하는 데 도움을 주었다. 1634년에 郡守 元斗杓의 천거로 禧陵參奉에 제수되었다.

7 奔問(분문) : 위문하러 달려간다는 뜻으로, 여기서는 국난에 달려갔다는 의미.

생원 강시억
生員姜時億(1600~1663)

자는 천뢰(天賚), 본관은 진주(晉州)이다. 진산군(晉山君) 강희맹(姜希孟)의 6대손이고, 판관 강준(姜濬)의 아들이다. 만력(萬曆) 경자년(1600)에 태어났다. 수은(睡隱) 강항(姜沆)에게 가르침을 받았다. 문학이 대단히 뛰어났고, 그릇과 국량이 크고 고상하였다. 계유년(1633) 사마시에 합격하였다. 병자호란 때는 같은 고을의 의사(義士)들과 함께 창의격문(倡義檄文)에 응하여 의병을 모우고 군량을 거두어서 자신의 몸을 잊고 적진으로 달려갔으나 강화가 이루어졌다는 소식을 듣고는 몹시 분해하며 고향으로 돌아왔다. 경인년(1650)에는 우계(牛溪) 성혼(成渾)과 율곡(栗谷) 이이(李珥)의 문묘종사를 위해 상소하였다. 신묘년(1651)에는 동몽교관(童蒙教官)에 제수되었고, 경자년(1660)에는 봉렬대부 행 경양도 찰방(奉列大夫行景陽道察訪)에 제수되었다. 계묘년(1663)에 죽었다.

字天賚, 晉州人。晉山君希孟[1]六代孫, 判官濬[2]之子。生萬曆庚

---

1 希孟(희맹) : 姜希孟(1424~1483). 본관은 晉州, 자는 景醇, 호는 私淑齋·雲松居士·菊塢·萬松岡. 1447년 친시문과에 장원급제한 뒤 宗簿寺主簿가 되었다. 1450년 예조좌랑과 돈녕판관을 역임하고, 1453년 예조정랑이 되었다. 1455년에 원종공신 2등에 책봉되었고, 그 뒤 예조참의·이조참의를 거쳐, 1463년 중추원부사로서 進獻副使가 되어 명나라에 다녀왔다. 세조의 총애를 받아 세자빈객이 되었으며, 예조판서를 거쳐 1467년에는 형조판서로 특배되었다. 1468년에 南怡의 獄事를 다스린 공으로 翊戴功臣 3등에 책봉되어 晉山君에 봉해지고, 1471년에는 佐理功臣 3등에 책봉되었다. 1473년에는 병조판서가 되고, 이어서 판중추부사·이조판서·판돈녕부사·우찬성을 역임한 뒤, 1482년에 좌찬성에 이르렀다.

子[3]。受業于睡隱[4]。文學蔚然[5]，器局峻雅。癸酉[6]中司馬。丙子乱，與同鄉義士，應倡義檄文，募兵募粮，忘身赴敵，聞講和，慨然而還。庚寅[7]，爲牛溪栗谷，從祀疏。辛卯[8]，除童蒙教官，庚子[9]，奉列大夫行景陽道[10]察訪。癸卯[11]卒。

2 濬(준)：姜濬(1563~1628). 본관은 晉州, 자는 德深, 호는 晦隱. 아버지는 姜克儉이다. 姜沆의 둘째형이다. 1591년 진사시에 급제하여 軍資監判官을 지냈다. 임진왜란 때 군량을 거두어 싸움터에 나갔고, 정유재란 때에는 두 동생 姜渙·姜沆과 함께 같은 날에 사로잡혔다가 1600년에 모두 귀국하였다.

3 萬曆庚子(만력경자)：宣祖 33년인 1600년.

4 睡隱(수은)：姜沆(1567~1618)의 호.

5 蔚然(울연)：문예 방면의 재능이 뛰어남.

6 癸酉(계유)：仁祖 11년인 1633년.

7 庚寅(경인)：孝宗 1년인 1650년.

8 辛卯(신묘)：孝宗 2년인 1651년.

9 庚子(경자)：顯宗 1년인 1660년.

10 景陽道(경양도)：전라도 광주의 경양역을 중심으로 한 驛道.

11 癸卯(계묘)：顯宗 4년인 1663년.

생원 정명국
生員 丁名國(1605~1639)

자는 신보(藎甫), 본관은 영광(靈光)이다. 영광군(靈光君) 정찬(丁贊)의 11대손이고, 임진왜란 때 창의수성장(倡義守城將)으로 승지(承旨)에 증직된 정희열(丁希說)의 손자이다. 타고난 바탕이 충직하고 온후하였는데, 부모를 효로 섬기고, 예를 갖추어 제사를 받들었다. 일찍이 여묘살이를 하면서 예제(禮制)보다 심하게 슬퍼했는데도 정신과 체모가 조금도 흐트러지지 않으니, 당시 사람들은 지극한 효성의 소치라고 칭찬하였다. 시문을 짓는 것이 일찍 성취되어 잇달아 향시(鄕試)에 합격하고 숭정(崇禎) 계유년(1633)에는 사마시에 합격하였다.

병자호란을 당하여 같은 고을의 의사(義士)들과 함께 의병을 모우고 군량을 거두어 적진에서 죽을 것이라며 맹세하였으나 강화가 이루어졌다는 소식을 듣고는 통곡하면서 고향으로 돌아왔다. 만력(萬曆) 을사년(1605)에 태어나 숭정(崇禎) 기묘년(1639)에 죽었다.

字藎甫, 靈光人。靈光君贊[1]十一代孫, 壬辰乱倡義守城將贈承旨希

---

1 贊(찬) : 丁贊(?~1364). 1354년 兵馬判官으로 李芳實과 함께 麟州(평안북도 의주 지역)에 침입한 홍건적을 물리쳤다. 1362년 밀직부사가 되었다가 이듬해 李仁復과 함께 공민왕의 행궁에 침입하였던 金鏞의 잔당들을 巡軍에서 국문하였다. 그 해 공민왕의 반원정책에 불만을 품은 원나라가 공민왕을 폐위시키고 德興君을 고려왕으로 세우기 위해, 崔濡를 앞세워 고려에 침입하려 하였다. 이때 지밀직사사로서 서북면도안무사가 되어 원나라의 침입에 대비한 병영을 내왕하며 군사의 동정을 살피는 일을 맡았다. 최유를 앞세운 원나라 군대를 물리친 뒤 휘하의 병마사 睦忠이 재상 睦仁吉의 세력을 믿고 그를 시기한 나머지 덕흥군과 밀통한다고 무고하여 투옥되었다. 조정에서 그를 순군에 가두고 목충과 대질하였으나 누명을 벗지 못하자 울분으로 옥중에서 병사하였다.

說[2]孫。性質忠厚, 事親以孝, 祭祀以禮。嘗廬墓, 哀毁逾制, 神貌不變, 時稱至孝之致。文雅夙成, 連選鄕解, 崇禎癸酉[3]中司馬。

當丙子亂, 與同鄕義士, 召募兵粮, 誓擬死敵, 聞講和, 痛哭而還。萬曆乙巳[4]生, 崇禎己卯[5]卒。

2 希說(희열) : 丁希說(1539~1612). 본관은 靈光, 자는 君遇, 호는 萬松堂.

3 崇禎癸酉(숭정계유) : 仁祖 11년인 1633년.

4 萬曆乙巳(만력을사) : 宣祖 38년인 1605년.

5 崇禎己卯(숭정기묘) : 仁祖 17년인 1639년.

유학 김상경
幼學金尙敬(1601~1670)

자는 인경(仁卿), 호는 죽재(竹齋), 본관은 상산(商山 : 경북 상주)이
다. 개국공신 죽헌공(竹軒公) 김운보(金云寶)의 8대손이다. 어려서 부
모를 여의고도 정성스레 예절에 부합되게 효를 다했다. 수은(睡隱) 강
항(姜沆)의 문하에서 가르침을 받았고, 시(詩)로써 세상에 이름을 떨쳤
다. 초당(草堂)을 부모의 묘 아래에다 짓고서 거문고 타며 책을 읽었다.
앞뜰에다 대나무를 심어놓고 뒤의 개울에다 낚싯대를 드리우니, 당시
사람들은 죽재(竹齋) 선생이라 불렀다. 늘그막에 신산동(新山洞)에다
정자를 짓고서 충의로써 스스로를 다짐하며 말하기를, "나라에 위급하
고 어려운 일이 있는데도 죽지 않고 구차히 면한다면 신하된 자로서의
도리가 아니다." 하였다. 늘 이것으로써 자손들을 타일렀다. 만력(萬曆)
신축년(1601)에 태어나 숭정(崇禎) 경술년(1670)에 죽었다.

字仁卿, 號竹齋, 商山¹人。開國功臣竹軒公云寶²八代孫。早失怙
恃³, 誠孝合禮。受業姜睡隱門, 以詩鳴世。搆草堂父母墓下, 鳴琴讀
書。種竹前庭, 垂釣後溪, 時稱竹齋先生。晚年, 作亭新山⁴, 忠義自勉

---

1 商山(상산) : 경북 상주의 옛 이름.

2 云寶(운보) : 金云寶(1333~1402). 본관은 尙州, 자는 國光, 호는 竹軒, 시호는 武烈.
1353년 왜적의 노략질을 평정한 공으로 保勝中郎에 올랐고 홍건적의 난을 평정하여 判典
議侍事에 올랐으며 조선의 개국 때는 이성계를 도와 開國原從功臣이 되었으며 中樞院府
事 및 司僕寺에 올랐다.

3 怙恃(호시) : ≪詩經≫〈小雅·蓼莪〉의 "아버지 아니시면 누구를 의지하며, 어머니 아
니시면 누굴 믿을까.(無父何怙, 無母何恃.)"에서 나온 말.

曰：“國有急難, 不死苟免, 非臣子道.” 常以此貽戒子孫。 萬曆辛丑[5]生,
崇禎庚戌[6]卒。

---

4 新山(신산) : 전남 영광군 법성면에 있는 마을 이름.

5 萬曆辛丑(만력신축) : 宣祖 34년인 1601년.

6 崇禎庚戌(숭정경술) : 顯宗 11년인 1670년.

유학 강시만
幼學姜時萬(1603~1673)

자는 거경(巨卿), 본관은 진주(晉州)이다. 수은(睡隱) 강항(姜沆)의
아들이고, 진산군(晉山君) 강희맹(姜希孟)의 6대손이다. 그릇과 국량이
걸출하였고, 학식은 연원이 있었다. 병자호란 때에는 도내의 제공(諸
公)들과 함께 의병을 모으고 군량을 거두어서 국난에 달려가기로 맹세
하였지만 강화가 이루어졌다는 소식 때문에 고향으로 돌아왔다. 과거
를 탐탁하게 여기지 않았는데, 부친의 명 때문에 여러 번 향시(鄕試)에
응하였지만 부친이 돌아가시고는 과거공부를 폐하였다. 임인년(1662)
에 중부 참봉(中部參奉)에 제수되었고 또 경기전 참봉(慶基殿參奉)에도
제수되었으나 모두 나아가지 않았다. 가난한 생활을 하면서도 편안한
마음으로 도를 즐기며 자연 속에서 여생을 마쳤다. 만력(萬曆) 계묘년
(1603)에 태어나 계축년(1673)에 죽었다.

字巨卿, 晉州人。睡隱[1]沆子, 晉山君希孟[2]六代孫。器局魁偉[3], 學識

---

1 睡隱(수은) : 姜沆(1567~1618)의 호. 본관은 晉州, 자는 太初. 전남 靈光에서 태어났으
며 姜希孟의 5대손이다. 1588년 진사가 되고 1593년 별시문과에 병과로 급제하였다. 교
서관박사·전적을 거쳐 1596년 공조·형조 좌랑을 지냈다. 1597년 정유재란 때는 分戶曹
判書 李光庭의 종사관으로 南原에서 군량보급에 힘쓰다가, 남원이 함락된 뒤 고향 영광
으로 돌아가 金尙寯과 함께 의병을 모집하여 싸웠다. 전세가 불리하자 통제사 이순신
휘하에 들어가려고, 南行 도중에 왜적의 포로가 되었다. 일본에 끌려가 오사카, 교토에
있으면서 敵情을 고국으로 밀송하였다.

2 希孟(희맹) : 姜希孟(1424~1483). 본관은 晉州, 자는 景醇, 호는 私淑齋·雲松居士·菊
塢·萬松岡. 1447년 친시문과에 장원급제한 뒤 宗簿寺主簿가 되었다. 1450년 예조좌랑과
돈녕판관을 역임하고, 1453년 예조정랑이 되었다. 1455년에 원종공신 2등에 책봉되었고,

淵源。丙子乱, 與道內諸公, 募兵募粮, 誓心赴難, 以講和還。不屑屑
於科, 以親命累舉鄉解[4], 親歿廢科。壬寅[5]除中部參奉, 又除慶基殿參
奉, 皆不就。安貧樂道, 終老林泉。生于萬曆癸卯[6], 卒于癸丑[7]。

그 뒤 예조참의 · 이조참의를 거쳐, 1463년 중추원부사로서 進獻副使가 되어 명나라에 다
녀왔다. 세조의 총애를 받아 세자빈객이 되었으며, 예조판서를 거쳐 1467년에는 형조판
서로 특배되었다. 1468년에 南怡의 獄事를 다스린 공으로 翊戴功臣 3등에 책봉되어 晉山
君에 봉해지고, 1471년에는 佐理功臣 3등에 책봉되었다. 1473년에는 병조판서가 되고,
이어서 판중추부사 · 이조판서 · 판돈녕부사 · 우찬성을 역임한 뒤, 1482년에 좌찬성에
이르렀다.

  3 魁偉(괴위) : 남달리 뛰어남.
  4 鄉解(향해) : 지방에서 실시하던 과거인 初試.
  5 壬寅(임인) : 顯宗 3년인 1662년.
  6 萬曆癸卯(만력계묘) : 宣祖 36년인 1603년.
  7 癸丑(계축) : 肅宗 14년인 1673년.

통덕랑 강시건
通德郎姜時健(1606~1669)

자는 자이(子以). 문량공(文良公) 강희맹(姜希孟)의 6대손이다. 타고난 바탕이 충직하고 온후하였으며, 부모께 효도하고 형제간 우애하는 것은 타고난 성품이었다. 널리 글을 배웠으니, 여러 차례 합격하고 여러 차례 떨어진 것이야 곧 그에게 그다지 중요한 일이 아니었다.

부모가 병환이 위독하여 두 번이나 손가락을 깨물어 병구완하자, 어떤 사람이 만류하니 "효성으로 이만한 것이 없다."고 하였다. 형제는 책상을 마주하고 아침저녁으로 잠시도 떨어지지 않았다. 집에 〈유거도(幽居圖)〉가 있으니, 그러한 모습이 그려져 있다.

병자호란 때에는 나라에 충성을 다하기 위해 의병을 일으켰는데, 부인 신씨(辛氏)가 옷자락을 잡고 울자 그 옷자락을 잘라버리고 적진을 향해 갔지만 강화가 이루어진 후에 몹시 분해하며 고향으로 돌아왔다.

호는 석정처사(石亭處士)이다. 거문고를 타며 스스로를 달랬다. 만력(萬曆) 병오년(1606)에 태어나 기유년(1669)에 죽었다. 동생 정언(正言) 강시경(姜時儆)이 행장을 지었다.

字子以。文良公希孟六代孫。天姿忠厚, 孝友根性。博於文, 累中累屈, 乃其餘事[1]。

父母疾革, 再血指, 人有挽, "孝莫如斯." 兄弟連床, 不離昕夕。家有

---

1 餘事(여사) : 그다지 중요하지 않은 일.

幽居圖, 畫出其形像。

丙子亂, 奮義勤王, 妻辛氏²執衣哭, 斷衣行, 講和後, 憤慨還。

號石亭處士。琴書自遣³。萬曆丙午⁴生, 己酉⁵卒。弟正言時儆⁶狀。

2 妻辛氏(처신씨) : 寧越辛氏 辛亨吉의 딸.

3 自遣(자견) : 스스로 자기 마음을 위로하거나 근심을 잊음.

4 萬曆丙午(만력병오) : 宣祖 39년인 1606년.

5 己酉(기유) : 顯宗 10년인 1669년.

6 時儆(시경) : 姜時儆(1612~1682). 본관은 晉州, 자는 儆吾. 좌찬성 姜希孟의 후손으로, 할아버지는 姜克文이고, 아버지는 姜淳이다. 1648년 진사가 되고, 1652년 증광문과에 급제한 뒤 장령·지평 등을 지냈다. 1667년 정언이 되고, 1671년 지평이 되었으며, 1673년 다시 정언이 되었으나 병으로 관직에서 물러나 고향으로 돌아갔다. 1675년 경상도사에 제수되었으나 나아가지 않았다. 1682년 宗簿寺正兼春秋館編修官에 임명되었으나 병으로 사직하였다.

유학 이휘
幼學李暉(1597~1656)

자는 국서(國舒), 본관은 함평(咸平)이다. 죽음(竹陰) 이만영(李萬榮)
의 증손이다. 수은(睡隱) 강항(姜沆)의 문하에서 가르침을 받아서 문장
이 일찌감치 드러났다. 기개와 도량이 크고 뛰어났으며 성품이 매우 대
범하여 사람들은 옛날 군자의 풍도가 있다고들 하였다. 만력(萬曆) 정
유년(1597)에 태어나 숭정(崇禎) 임오년(1642) 사마시에 합격하고 병
신년(1656)에 죽었다.

字國舒, 咸平人。竹陰萬榮[1]曾孫。受業於姜睡隱沆之門, 文章早
著。氣宇宏偉, 性甚坦率[2], 世稱有古君子風。萬曆丁酉[3]生, 崇禎壬午[4]
中司馬, 丙申[5]卒。

---

1 萬榮(만영) : 李萬榮(1510~1547). 본관은 咸平, 자는 盛卿, 호는 竹陰. 李碩의 아들이
다. 1538년 문과에 장원하여 세자시강원 사서, 성균관 사성 등을 역임하였으며 1543년
사신으로 중국에 다녀왔다. 1544년 金溝의 수령으로 나가 청백리로 이름이 났으나 을사
사화 이후 관직을 그만두고 낙향하여 세상에서는 乙巳完人으로 불렸다. ≪咸平善行錄≫
에 행적이 올라 있다. 동생 李長榮, 아들 李瀞과 함께 靈光祠에 제향되었다.
2 坦率(탄솔) : 성품이 너그럽고 대범함.
3 萬曆丁酉(만력정유) : 宣祖 30년인 1597년.
4 崇禎壬午(숭정임오) : 仁祖 20년인 1642년.
5 丙申(병신) : 孝宗 7년인 1656년.

영거장교생 김경백
領去將校生金慶伯(1608~?)

  본관은 김해(金海)이다. 성균관 생원 김지강(金之綱)의 증손이다. 병자호란 때에는 몸을 떨치고 일어나 의병 모집에 응하여 의병을 이끌고 여산(礪山)에 달려갔다. 만력(萬曆) 무신년(1608)에 태어났다.

  金海人。成均生員之綱[1]曾孫。當丙子胡亂，挺身應募，領赴礪山。萬曆戊申[2]生。

---

1 之綱(지강) : 金之綱.
2 萬曆戊申(만력무신) : 宣祖 41년인 1608년.

┃ 함평·도유사(咸平都有司)

역주자 주 : "본장(本狀)에는 정(鄭)·정(鄭)·이(李)·정(鄭)의 서명
이 있었는데, 두 사람은 서명에 따라 이름을 알 수 있었으나 2번째 정
씨와 3번째 이씨는 알 길이 없어 애석하였다.(本狀有鄭鄭李鄭着署, 而二
公準署得諱, 第二鄭第三李, 無徵惜哉)"는 협주가 있음.[1]

유학 정색
幼學鄭穡(1590~1652)

자는 여유(汝有), 본관은 진주(晉州)이다. 진양백(晉陽伯) 충장공(忠
莊公) 정황(鄭璜)의 10세손이다. 정유재란 때 왜적의 배를 만나자 할머
니 이씨, 어머니 박씨, 숙모와 고모 등이 바다에 몸을 던져서 모두 순절
하여 마을에 정문(旌門)이 세워진 사실이 삼강록(三綱錄)에 실려 있다.
아버지 정경득(鄭慶得) 형제는 포로로 얽매인 몸이 되었으면서도 굴복
하지 않고 3년 동안 피눈물을 흘리자, 왜추(倭酋 : 일본 왕)가 감복하여
배에 태워 돌려보내니 기해년(1599)에 고국으로 돌아와서야 어머니의
상복(喪服)을 추후로 입었으며, 벼슬을 하지 않고 초야에 묻혀 여생을
마쳤다. 공(公)은 효성과 우애에 돈독하였고, 문장을 잘하여 젊어서 여
러 번 과거에 응시하였으나 부모님이 돌아가시자 과거공부를 폐하였
다. 평소에 강개한 기개가 많이 있었는데, 48세 때 의병 모집에 응하였
다. 63세에 죽었다.

---

1 국립중앙도서관 소장본에는 2번째 정씨를 鄭汝倣으로 파악하여 그의 사적을 기록
해둠.

字汝有, 晉州人。晉陽伯忠莊公璜²十世孫。丁酉亂, 遇賊船, 祖妣
李氏³・妣朴氏⁴, 及叔母・姑母, 投海全節, 旌閭事, 載三綱錄。考慶
得⁵兄弟, 被拘不屈, 三年血泣, 倭酋感服, 裝船以送, 己亥⁶還國, 追服⁷
母喪, 以處士終。公篤孝友, 工詞翰, 早年累擧, 親歿廢科。素多慷慨
有志節, 四十八應募義。六十三卒。

2 璜(황) : 鄭璜(1334~1387). 文良公 鄭乙輔의 曾孫. 檢校尙書左僕射持護使 兼 羽林中郎
將을 지냈다. 시호를 논하는 일로 미움을 받아 靈光에 귀양가기도 했다. 晉陽君에 봉해
졌고, 시호는 忠莊公이다.

3 祖妣李氏(조비이씨) : 咸平李氏 訓導 李輻의 딸. 靑岩道察訪 鄭咸一(1536~1612)의 부인
이다.

4 妣朴氏(비박씨) : 順天朴氏 通德郎 朴彦琛의 딸.

5 慶得(경득) : 鄭慶得(1569~1630). 본관은 晉州, 자는 子賀, 호는 湖山. 鄭璜의 후손이
고, 부친은 察訪 鄭咸一이다. 1597년 정유재란 때 가족과 함께 피난 중에 七山 바다에
이르러 倭賊을 만나자, 어머니 李氏, 아내 朴氏, 제수 李氏, 여동생 등이 모두 절의를 지
켜 물에 빠져 죽고, 동생 鄭希得・族姪 鄭好仁・鄭好禮와 함께 일본으로 잡혀갔다가, 몇
년 후에 조선으로 송환되었다. 이때의 체험을 기록한 ≪萬死錄≫이 전한다. 1682년에는
이들의 절의를 기리어 ≪三綱錄≫에 기록하였다.

6 己亥(기해) : 宣祖 32년인 1599년.

7 追服(추복) : 어떤 사정이 있어 상복을 입지 못하다가 시일이 지난 뒤에 상복을 입
는 것.

유학 정적
幼學鄭橋(1607~1675)

자는 수경(遂卿), 본관은 진주(晉州)이다. 진양백(晉陽伯) 충장공(忠莊公) 정황(鄭璜)의 10세손이다. 정유재란 때 할머니 이씨, 어머니 이씨, 숙모와 고모 등이 한꺼번에 순절하여 마을에 정문(旌門)이 세워진 사실이 삼강록(三綱錄)에 실려 있다. 아버지 진사 정희득(鄭希得) 형제는 포로로 얽매인 몸이 되어 1년 동안 이역 땅에 있으면서 애통해하기를 하루같이 하자, 왜추(倭酋 : 일본 왕)가 감복하여 배에 태워 돌려보내니 고국으로 돌아온 뒤에야 어머니의 상복(喪服)을 추후로 입었다. 무오년(1618) 인목대비를 위하여 흉당(兇黨)을 배척하였다. 공(公)은 효자와 열녀의 집안에 태어나서 부모에게 효도하고 형제간에 우애하여 칭송되었다. 강개한 기개가 있어서 30살에 의병 모집에 응하였다. 부모가 돌아가시자 여묘살이를 하며 3년상을 마쳤다.

字遂卿, 晉州人。晉陽伯諡忠莊公璜十世孫。丁酉亂, 祖妣李氏・妣李氏[1], 及叔母・姑母, 同時殉節, 旌閭事, 載三綱錄。考進士希得[2]兄弟, 被拘一年異域, 哀慟如一日, 倭酋感服, 裝船以送, 返國後, 追服母

---

1 妣李氏(비이씨) : 咸平李氏 別座 李惟詮의 딸.

2 希得(희득) : 鄭希得(1572~1640). 본관은 晉州, 자는 子吉, 호는 月峯. 정유재란 때인 1597년 9월 27일 형 鄭慶得, 족질 鄭好仁 등과 함께 일본에 포로로 잡혀갔다가 1599년 6월 29일 전라도 출신 15인과 함께 귀국했다. 이때의 체험을 기록한 ≪月峯海上錄≫이 전한다. 1603년 사마시에 합격했으나, 인목대비 폐위사건에 반대한 것이 화근이 되어 형 정경득과 같이 과거시험의 자격이 박탈되었다. 그 후 과거를 단념하고 은둔생활을 하였지만 기개가 강한 사람이었다.

喪。戊午³爲國母，斥兇黨。公生孝烈之門，以孝友稱。慷慨有志節，三十應募。親歿，廬墓終喪。

≪호남창의록≫ 끝

湖南倡義錄 終

---

3 戊午(무오) : 光海君 10년인 1618년.

숭정(崇禎) 후 3번째 임오년(1762) 7월

개간 도유사(開刊都有司)

단구자(丹丘子) 박공(朴公：朴琮)의 현손 진사 박기상(朴麒祥)

매헌(梅軒) 이공(李公：李德養)의 현손 유학(幼學) 이만영(李萬瑩)

별유사(別有司)

적송(赤松) 정공(丁公：丁之雋)의 현손 유학 정이찬(丁以續)

칠졸(七拙) 박공(朴公：朴昌禹)의 현손 유학 박일진(朴一鎭)

수정 별유사(修正別有司)

석촌(石村) 박공(朴公：朴忠挺)의 현손 유학 박중항(朴重恒)

매헌(梅軒) 이공(李公：李德養)의 5대손 유학 이상곤(李相坤)

崇禎紀元後三壬午七月　日

開刊都有司

丹丘子[1]朴公　玄孫進士麒祥[2]

梅軒[3]李公　玄孫幼學萬瑩[4]

1　丹丘子(단구자)：광주도유사 朴琮(1578~?)의 호. 본관은 竹山, 자는 子美, 호는 丹丘. 禮賓寺正 朴應鉉의 아들, 沙溪 金長生의 문인이다. 1615년 사마시 합격하고, 1624년 李适의 난 때 義穀을 모아 官에 운반하고, 1627년 정묘호란 때 호소사 김장생의 부름으로 文書有司가 되어 전주에 이르러 和議가 이루어짐을 듣고 돌아왔다. 병자호란 때 倡義하여 淸州에 이르러 화의가 이루어짐을 듣고 돌아와 은거하였다.

2　麒祥(기상)：朴麒祥(1693~?). ≪사마방목≫에 "본관은 竹山, 자는 美甫. 아버지는 朴始華, 형은 朴麟祥·朴鴻祥·朴龜祥. 1727년 增廣試에 급제"라는 기록이 있으나, 『죽산박씨연흥군파세보』(2012)에는 이나마도 기록되어 있지 않음.

3　梅軒(매헌)：광주도유사 李德養(1579~1641)의 호. 본관은 全州, 자는 仲潤. 아버지는 忠義衛 李洛이다.

4　萬瑩(만영)：李萬瑩(1686~1734). 본관은 全州, 자는 慶淑. 『전주이씨효령대군정효공파세보』에는 '李萬榮'으로 기재되어 있다.

別有司

赤松⁵丁公 玄孫幼學以纘⁶

七拙⁷朴公 玄孫幼學一鎭⁸

修正別有司

石村⁹朴公 玄孫幼學重恒¹⁰

梅軒李公 五代孫幼學相坤¹¹

---

5 赤松(적송) : 동복도유사 丁之雋(1592~1663)의 호. 본관은 昌原, 자는 子雄, 호는 赤松. 아버지는 공조참의 丁有成이다.

6 以纘(이찬) : 丁以纘(1712~?). 본관은 昌原, 자는 述甫. 할아버지는 丁南杓이고, 아버지는 丁彦邦이다.

7 七拙(칠졸) : 광주도유사 朴昌禹(1600~1657)의 호. 본관은 順天, 자는 拜言, 호는 七拙齋. 아버지는 忠義衛 朴雲挺이고, 할아버지는 朴彦琛이다. 박언침은 朴義孫의 손자이고 朴亨壽(박의손의 2자)의 아들인데 백부 朴元壽(박의손의 1자)에게 양자로 갔다.

8 一鎭(일진) : 朴一鎭(1715~1779). 본관은 順天, 자는 乃貫. 그의 세계는 朴重栻 → 朴光契 → 朴尙履 → 朴纘善 → 朴聖民 → 朴彦湖 → 朴利壽(박의손의 3자) → 朴義孫으로 거슬러 올라간다. 결국 박창우와는 12촌간의 현손뻘이지, 직계 현손은 아니다.

9 石村(석촌) : 광주도유사 朴忠挺(1608~1657)의 호. 본관은 順天, 자는 秀夫, 호는 石村. 아버지는 忠義衛 朴彦瑊이다. 박언감은 朴義孫의 손자이고 朴貞壽(박의손의 4자)의 아들이다.

10 重恒(중항) : 朴重恒(1712~1782). 본관은 順天, 자는 子善. 아버지는 朴光增이다. 朴忠挺의 현손이다.

11 相坤(상곤) : 李相坤(1728~1795). 본관은 全州, 자는 德純. 아버지는 李萬榮이고, 형은 李垢(1726~1790)이다.

부록

(중간본) 호남병자창의록 서
湖南丙子倡義錄序

    지난 인조조(仁祖朝)는 나라가 환난을 많이 겪었는지라 위대한 공적과 우뚝한 절개가 손가락으로 이루 다 꼽을 수 없을 정도로 많았으니, 유풍(遺風)이 미치는 곳에서는 열사(烈士)들에게 의분(義憤)을 북돋우었다. 나는 수십 년 전에 처음으로 이 ≪호남병자창의록≫의 구편(舊編)을 얻어 훑어보았는데 절로 저도 모르게 분연히 감회가 일어났었고, 의병을 일으켰던 아름다운 사적들이 끝내 인멸되어 없어지지 않게 되었으니 매우 기뻤다.

    오호라! 숭정(崇禎) 병자년(1636) 겨울, 오랑캐의 기병들이 크게 쳐들어와 갑작스럽게 도성으로 육박해 오자, 대가(大駕)가 남한산성으로 피란하였고, 곧이어 애통한 교서(哀痛敎書)를 내려 사방의 군사들이 들어와 구원하도록 하였다. 이에, 옥과 현감(玉果縣監) 이흥발(李興浡), 대동 찰방(大同察訪) 이기발(李起浡), 순창 현감(淳昌縣監) 최온(崔薀), 전 한림(前翰林) 양만용(梁曼容), 전 찰방(前察訪) 류집(柳楫) 등은 격문(檄文)을 보내어 의병을 일으켰는데, 동지 100여 명에게 책임을 지워 거사를 함께하였다. 거사를 함께한 동지들의 재주와 슬기, 지조와 절개도 간혹 5현과 서로 못지않았다. 이때에 이르러 번갈아가며 서로 별 계획을 다 짜내어 의병과 군량을 모은 것이 매우 많았다. 기일을 굳게 정하여 여산(礪山)에서 일제히 모이기로 하였다. 때마침 기암(畸菴) 정홍명(鄭弘溟)을 만났는데, 호소사(號召使) 임무를 띠고 왔기 때문에 마침내 영수(領袖 : 대장)로 추대하였다. 의병들을 달리게 하여 청주(淸州)

에 이르렀으나 오랑캐와의 화의(和議)가 이루어졌음을 듣게 되자, 이에 통곡하고 해산하였다. 아, 당시의 일은 지금까지도 그 풍성(風聲)을 들으면, 또한 어찌하여 슬프고 분한 마음이 북받쳐 격렬해진단 말인가.

지난 갑신년(1764)에 호남유림들은 창의했던 사적이 인멸되어 전하지 않을 것을 걱정하여 처음으로 이 ≪호남병자창의록≫을 엮어서 만들고, 마침내 미음(渼陰) 김원행(金元行)의 글을 받아 책머리의 서문으로 삼아서 후세 사람들로 하여금 고찰해볼 수 있도록 하였다. 다만 그 기재된 것이 소략하거나 어그러지지 않을 수 없으나, 기암 정홍명 같은 이의 실적(實蹟)이 완전히 빠진 것은 그 중에서도 큰 것이었다.

지금 제공(諸公)의 후예들과 몇몇의 사우(士友)들이 서로 개수(改修)하기로 하고, 그 개수한 호남병자창의록을 가지고 와서 나에게 보여주었는데, 한번 펼쳐 보았더니 역력히 자세하다고 할 만하였다. 제공(諸公)들이 충성을 떨치고 의리를 세워서, 선비와 백성들의 의분을 일으키고 용기를 북돋워 오랑캐의 칼날 앞에 다투어 달려가도록 한 것은 이미 징험할 수 있다. 그들의 평소 기개와 절조가 원근을 깜짝 놀라게 했으니, 예를 들자면 그 중의 몇 분은 천계(天啓) 병인년(1626)에 성균관 유생으로서 오랑캐 사신의 목을 베기를 청하여 우뚝이 당시 사람들에 의해 옳은 일로 여겨진 것인데, 돌아보건대 어찌 그렇지가 않았으랴. 그렇다면 이 거사는 진실로 몸을 던져 사직을 보위하고자 충성을 하려 했던 것이며, 실로 또한 존주양이(尊周攘夷)의 대의(大義)를 좇으려는 데서 나왔던 것이다. 이것이 바로 의병을 파하던 날에 각자 흩어져 고향으로 돌아가고 은거하여 간혹 종신토록 나오지 않은 까닭이다. 이 창의록을 본 사람이면 창의의 전말을 읽어보고 두려운 마음으로 탄식하지 않을 수 있겠는가?

오호라! 나의 선조이신 우암(尤庵) 문정공(文正公 : 송시열)은 일찍이 "쇠퇴한 세상일수록 더욱 절의(節義)를 높이 추장(推獎)해야 한다."고

하셨고, 이에 주부자(朱夫子 : 주희)께서 산승(山僧)과 위사(衛士)도 표창하신 뜻을 좇아서 특별히 드러내어 미천한 포수(砲手)나 서리(胥吏)들을 쓰기까지 하셨는데, 제공(諸公)들의 충절이 그 써놓은 것에서 대략일망정 조금도 보이지 않은 것을 한옹(漢翁 : 남자어르신)이 깊이 한탄스러워한 것은 마땅하다 하겠다. 그리하여 ≪호남병자창의록≫이 엮어졌지만 불행하게도 우암의 당대에는 미치지 못하였다. 진실로 지금 쇠미한 시속에서는 편의에 따라 충성과 절의를 격려하고, 태평한 시대에는 모름지기 안일한 것을 경계할 수 있을 것이니, 이 호남병자창의록이 이때에 나온 것만도 다행이라 할 것이다.

창의록 중에 새로 보탠 것은 모두 어떤 사람의 집에 있던 묵은 종이더미 속에서 나온 것인데, 창의 당시의 서명이 있는 공문서들을 얻은 것은 구편을 편찬할 때에 고증하여 믿었던 것과 영락없이 같았으나, 또한 참봉 조수성(曺守誠)의 일기 가운데서 조사하여 식별할만한 것을 얻기도 하였다. 조수성이 처음에는 화순(和順)에서 의병을 일으켰고 끝내는 오현(五賢)들과 합세하여 의병을 일으켰는데, 제공들에 의해 기리어 칭송되는 바가 많았다.

정묘년과 병자년의 의거(義擧)가 번번이 호남에서 많았는지라 그 풍속이 매우 아름다웠음을 알 수 있으니, 오늘날 호남의 사람들이 이 창의록을 만든 것은 서로 권면하여 힘쓰도록 함이로다. 나는 ≪정묘거의록≫에 그 사실을 이제 막 서술하였다. 그런데 또 이 창의록에 대해 거듭 느낀 바 있어 마침내 이 글을 써서 호남창의록의 서문을 삼는다.

숭정(崇禎) 세 번째 무자년(1798) 5월
덕은(德殷) 송환기(宋煥箕) 삼가 서문을 짓다

粤在仁祖朝, 國家多難, 偉功卓節, 指不勝僂, 遺風所及, 烈士¹增僾. 余於數十載前, 始得閱此錄舊編², 自不覺奮然興懷, 而甚喜其倡義徽蹟, 終不至湮晦焉.

嗚呼! 崇禎丙子冬, 虜騎大至, 猝薄都城, 大駕移駐南漢, 廼降哀痛之教, 以督諸道兵入救. 玉果縣監李公興浡, 大同察訪李公起浡, 淳昌縣監崔公薀, 前翰林梁公曼容, 前察訪柳公楫, 發檄擧義, 以同志百餘人, 委任同事. 其同事諸公, 才謂志節, 亦或有與五公相伯仲. 至是, 迭相畫籌³, 募得兵粮甚多. 剋期齊會于礪山. 適值鄭畸菴弘溟, 以號召使至, 遂推爲領袖, 趣兵到淸州, 聞城下之盟, 乃痛哭而罷. 噫! 當時事, 迄今聞風者, 尙何增悲憤激烈哉?

曩於涒灘三回⁴之歲, 湖南諸儒, 懼其事蹟泯而不傳, 始編成此一錄, 遂得金渼陰⁵元行文, 以弁諸卷, 使後人得有以攷徵焉. 惟其所載, 不能無踈略舛謬, 若畸翁實蹟之全然闕漏, 是其尤大者也.

今諸公後裔與若而⁶士友, 相謀改修, 而以其錄來示余, 一繙過, 可歷歷得詳矣. 諸公之奮忠抗義, 以致士民之激僾鼓勇, 爭赴虜鋒者, 槩可

---

1 烈士(열사) : 나라를 위하여 절의를 굳게 지키며 충성을 다하여 싸운 사람.

2 舊編(구편) : 1762년에 간행된 ≪호남병자창의록≫을 일컬음. 이른바 초간본을 지칭한다.

3 畫籌(획책) : 별 생각을 다 짜냄.

4 涒灘三回(군탄삼회) : 군탄은 古甲子 12支의 9번째인 申을 가리킴. 송환기가 1728년에 태어났는데, 그가 태어난 이후 3번째 원숭이 해는 1764년이다.

5 渼陰(미음) : 金元行(김원행, 1702~1772)의 호인 듯. 본관은 安東, 자는 伯春, 호는 渼湖·雲樓. 1719년 진사가 되었다. 1722년 종조부 金昌集이 노론 4대신의 한 사람으로 賜死되고 온 집안이 귀양을 가게 되자 어머니의 配所에 따라갔다. 그곳에서 李珥·宋時烈의 저서를 탐독하였다. 1725년 조부 김창협과 아버지 金崇謙이 伸寃되었으나 과거를 포기하고 고향에서 학문에만 열중하였다. 생부는 金濟謙이다. 1740년 內侍教官을 제수받고 1750년 衛率·宗簿寺主簿, 1751년 翊贊·持平, 1754년 書筵官 등에 임명되었으나 모두 사퇴하였다. 1759년 王世孫(正祖)이 책봉되자 세손의 교육을 위하여 영조가 그를 불러들였으나 상소를 올려 사퇴하고 응하지 않았다. 1761년 工曹參議·成均館祭酒·世孫諭善에 임명되었으나 역시 사양하였다. 문집에 ≪渼湖集≫이 있다.

6 若而(약이) : 약간.

驗。其平日氣節, 聳動遠邇, 若其數公之當天啓丙寅[7], 以泮儒, 請斬虜价[8], 卓然爲一世所韙者, 顧豈不然? 然則, 是擧也, 固爲捐身衛社之忠, 而實亦從尊攘[9]大義中出來。斯其所以於兵罷之日, 各自散歸而屏居[10], 或至有終身不生焉。人之覽是錄者, 閱其始終, 而可無惕然興喟乎?

嗚呼! 我先祖尤菴[11]文正公, 嘗謂:"衰世尤當崇獎節義。" 乃遵朱夫子表享山僧衛士之意, 特著之, 筆至及於炮手吏胥之賤夫, 以諸公忠節, 而不少槩見於其記着中者, 宜乎漢翁深致恨。於是, 錄之成, 不幸而不及當世也。固今衰微之俗, 因宜激勵以忠烈, 而昇平之世, 須可警惕[12]於恬嬉, 此錄之出於此時, 亦云幸矣。

錄中新附者, 皆從人家故紙中, 得其時印署公帖, 一似舊編時所徵信, 而亦得攷識[13]於參奉曹公守誠[14]日記中。蓋曹公始倡於和順之鄕, 而終與五公合擧, 甚爲諸公所推許矣。

前後義擧, 輒多在於湖南, 可見其俗習甚美, 今日湖南諸君之爲是錄者, 蓋相勉勔哉。余於丁卯擧義錄, 纔已叙其事矣[15]。又於此, 重有感

---

7 天啓丙寅(천계병인) : 仁祖 4년인 1626년.

8 虜价(노개) : 오랑캐 사신.

9 尊攘(존양) : 尊周攘夷. 주나라 왕실을 존숭하고 이적을 물리친다는 뜻으로, 보통 정통의 명나라를 존숭하고 청나라를 배척한 것을 이르는 말로 쓰임.

10 屛居(병거) : 숨어 삶.

11 尤庵(우암) : 宋時烈(송시열, 1607~1689)의 호. 조선의 문신·성리학자·정치가. 본관은 恩津, 자는 英甫, 아명은 聖賚, 호는 尤齋·橋山老夫·南澗老叟·華陽洞主, 시호는 文正. 유교 주자학의 대가이자 서인 분당 후에는 노론의 영수였다. 효종, 현종 두 국왕을 가르친 스승이었으며, 별칭은 大老 또는 宋子이다.

12 警惕(경척) : 경계함.

13 攷識(고식) : 査考識別. 고증하여 분별함.

14 守誠(수성) : 曹守誠(1570~1644). 본관은 昌寧, 자는 孝伯. 병조판서 曹恰의 후손으로, 아버지는 현감 曹閎中이다. 1606년 사마시에 합격하여 생원이 되었다. 1636년 병자호란 때 종질 曹煜과 읍 사람 崔鳴海·林時泰 등과 더불어 창의하여 격문을 사방에 돌려 軍糧을 모집하였다. 옥과현감 李興浡 형제, 한림 梁曼容, 순창군수 崔蘊 등과 더불어 礪山에 모여 남한산성을 향하던 중, 청주에서 적과 화의하였다는 소식을 듣고 軍旅를 해산하였다. 그 뒤 참관 金槃이 이를 듣고 천거, 獻陵參奉에 제수되었으나 나아가지 않았다. 세상 일에 뜻을 끊고 일생을 마쳤다.

焉, 遂書此爲湖南倡義錄序。

崇禎後三戊子仲夏[16]

德殷宋煥箕[17]謹序

---

15 송환기는 1798년 5월에 서문을 지어 ≪天啓丁卯兩湖擧義錄(약칭 양호거의록)≫과 ≪丁卯擧義錄≫에 붙이도록 하였음.

16 仲夏(중하) : 여름이 한창인 때라는 뜻으로, 음력 5월을 달리 이르는 말.

17 宋煥箕(송환기, 1728~1807) : 본관은 恩津, 자는 子東, 호는 心齋 · 性潭. 宋時烈의 5대 손이며, 宋寅相의 아들이다. 외조부는 안동권씨 權瑩이고, 처부는 창녕성씨 成道凝이다. 1762년 생원시에 합격하였다. 1799년 司饔寺主簿가 되고, 사헌부지평 · 사헌부장령 · 軍資監正을 거쳐 진산군수가 되었으나 병을 핑계로 사직하였다. 1807년 형조참의 · 예조참판에 올랐다.

≪호남병자창의록≫ 초간본의 실상

신해진

Ⅰ.

효종조에서 시작되어 숙종조와 영조조를 거쳐 정조조에 이르기까지 병자호란 때 순절한 충신열사에 대한 현창이 서서히 이루어졌고 또 절의지사에게도 확대되어 갔다. 효종 때는 북벌론이 대두되었으며, 그것이 현실화될 수 없게 되자 숙종조 1704년에 대보단(大報壇)을 설치하여 성리학적 세계의 적통 국가임을 자처하면서 소중화(小中華)를 드러내었으며, 영조조에 이르러 그 대보단에 3명의 명나라 황제를 제향(祭享)하고 동시에 왜란과 호란의 충신열사도 배향(配享)하기에 이르렀다. 이 충신열사는 조선의 충신열사이자 중화질서의 수호자로서 현창되었던 것이다. 또 영조 40년(1764)에는 충량과(忠良科)라는 충신열사 후손만이 응시할 수 있는 과거가 시행되기도 하였다.

이러한 시대적 분위기는 병자호란 때의 참혹한 국난을 구하기 위하여 창의한 사실에 대한 기록물들이 엮어지게 되는 배경이었다. 호남지역의 창의자(倡義者) 후손들도 자신의 선조들이 창의한 사적을 현창하려는 의도로 창의록을 발간하였으니, 바로 정묘호란 때의 ≪광산거의록(光山擧義錄)≫과 병자호란 때의 ≪호남병자창의록(湖南丙子倡義錄)≫ 등이다.

≪호남병자창의록≫은 초간본이 1762년에, 중간본이 1798년에, 삼간본이 1932년에 간행되었다. 이홍발 등 이른바 5현이 일으켰던 창의사

적을 중심으로 하여, 후대로 오면서 새로이 밝혀진 사실(事實)들을 계속 증보하는 양상이었다. 곧, 1762년의 초간본은 기본적인 뼈대와 토대를 만든 모본인 셈이다. 그리고 후대의 증보가 지니는 의의에 대해 정치하고도 합당한 평가를 하기 위해서는 초간본의 실상을 정밀하게 살필 필요가 있다.

다음은 ≪호남병자창의록≫ 초간본의 맨 뒤에 있는 간기(刊記)의 원전 그림이다.

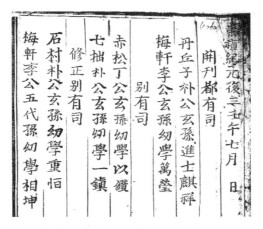

≪호남병자창의록≫ 초간본 간기

이를 풀이하면 다음과 같다.

숭정(崇禎) 후 3번째 임오년(1762) 7월

개간 도유사(開刊都有司)

단구자(丹丘子) 박공(朴公 : 朴琮)의 현손 진사 박기상(朴麒祥)

매헌(梅軒) 이공(李公 : 李德養)의 현손 유학(幼學) 이만영(李萬瑩)

별유사(別有司)

적송(赤松) 정공(丁公 : 丁之雋)의 현손 유학 정이찬(丁以纘)

칠졸(七拙) 박공(朴公 : 朴昌禹)의 현손 유학 박일진(朴一鎭)

수정 별유사(修正別有司)

석촌(石村) 박공(朴公 : 朴忠挺)의 현손 유학 박중항(朴重恒)

매헌(梅軒) 이공(李公 : 李德養)의 5대손 유학 이상곤(李相坤)

이 간기는 간행년도와 더불어 간행에 참여한 사람들의 이름을 알려주고 있다. 먼저, "崇禎紀元後三壬午七月"이라 했으니 손쉽게 '1762년 7월에 간행한 것'이 파악된다. 둘째, 창의록을 간행하는데 있어서 2명의 공동 총책임자와 2명의 상임유사를 두었을 뿐만 아니라 수정하는데 있어서도 2명의 상임유사를 두었다는 것이 파악된다. 셋째, 정지준만 동복도유사이었고 나머지 네 사람은 모두 광주도유사이었기 때문에, 광주사람들이 중심이 되어 간행하였다는 것도 파악된다. 이 정도의 파악은 그간의 연구자들이 이미 살펴본 바이나, 더 이상의 진전된 파악은 아직 없는 것 같다.

과연 위의 간기가 이 정도의 정보만 제공하는 것으로 이해하고 말아야 되는 것일까. 이른바 총책임자인 개간도유사 박기상(1693~?)과 이만영(李萬瑩 : 세보에는 李萬榮, 1686~1734)을 살폈더니, 새로운 사실이 발견된다. 박기상은 『죽산박씨연흥군파세보』(2012)에 이름만 있어서 아무런 정보를 얻을 수 없으나 ≪사마방목≫을 보면 1727년 증광시(增廣試)에 급제하여 진사가 된 인물이고, 이만영은 ≪전주이씨효령대군 정효공파세보≫를 보면 1734년에 죽은 인물이다. 진사시의 급제는 나이가 7살이나 적은 박기상의 이름이 같은 총책임자이면서도 연장자인 이덕양의 이름 앞에 표기된 연유가 아닐까 짐작해 본다. 물론 창의록을 개간하는데 더 많은 역할을 했기 때문에 그러했을 수도 있다. 하여튼 적어도 1727년부터 1734년 사이에 이미 ≪호남병자창의록≫ 간행을 위한 사전 준비가 시작되었음을 의미하는 것인 바, 그렇다면 상당히 오랜 기간 동안 준비과정을 거쳐 1762년에 간행된 것임을 짐작할 수 있다. 특히 이만영의 아들인 이상곤(1728~1795)은 아버지의 뜻을 이어받아 수정별유사로서 참여하여 끝내 간행의 결실을 거두었던 것이다.

한편, 박일진(1715~1779)은 박창우의 직계 현손이 아니다. 박창우의 고조부는 박의손(朴義孫)이다. 박창우는 박의손의 둘째아들인 박형수(朴亨壽)의 증손이었으나, 할아버지 박언침(朴彦琛)이 박의손의 첫째 아들인 박원수(朴元壽)에게 양자로 가서 그의 후손이 되었다. 박일진은 박의손의 셋째아들인 박이수(朴利壽)의 7세손이다. 그러므로 박일진은 박창우에게 12촌간의 방계 현손이다. 그리고 박충정은 박의손의 넷째 아들 박정수(朴貞壽)의 손자이고, 박창우의 7촌 재당숙이다. 따라서 박충정의 현손 박중항(1712~1795)은 박일진과 15촌간의 족숙과 족질 사이이다. 이들은 순천박씨인데, 박의손의 후손가들이 가문의 돈목적(敦睦的) 차원에서 창의록의 간행과 수정을 하는 일에 곧 박일진은 개간별유사로서 박중항은 수정별유사로서 심혈을 기울였던 것으로 짐작된다.

이 간기는 보다시피 그리 간단한 정보만을 제공하는 것이 아니라 꽤 다양한 정보를 제공하고 있었다. 창의록의 간행이라는 결실을 거두기 위해서 30여 년간 집요하게 노력했지만, 그들은 〈범례〉에서 "이것들에 근거하여 고치고 바로잡은 것이 자못 몹시 거칠고 소략하겠지만, 보는 이가 자세히 살필 일이다.(依此修正, 頗甚草略, 觀者詳之.)"라고 밝힌 것을 보면, 아직도 무언가 부족하다는 것을 느끼고 있었던 듯하다.

그런데 그토록 오랜 시간 동안 자료를 찾고 준비했음에도 이 시기에 없던 자료들이 뒷날에 갑자기 풍성하게 나타났다면 어떻게 이해해야 할까. 초간본의 부족한 점을 메우고 잘못된 것을 바로잡아서 1798년 간 행한 중간본의 범례에서도 "창의록의 구본은 1762년 간행한 것으로 의 례(義例:편찬의 주제와 방침)가 자못 정밀하지 못하여 인물전의 서술

[紀傳]에 착오가 많아서, 뜻을 같이한 여러 사람들이 중간하기로 논의하였지만, 문헌은 모두 일실되고 단지 교문 1편, 통문 1편, 종사관의 공문서와 목록[回移書目] 각 1편, 15고을의 보고서[報牒] 약간 등이 있을 뿐이었다. 그리하여 여러 집안의 문적을 두루 찾아 약간의 인물 사적을 보태어 이와 같이 편찬한다.(倡義錄有舊本, 崇禎後三壬午所刊, 義例頗草率, 紀傳多差誤, 同志諸人, 方議重刊, 而文獻皆逸, 只有敎文一, 通文一, 從事官回移書目各一, 十五州報牒若干編. 仍又傍搜諸家文字, 加得若干人事蹟, 編纂如左.)"고 하면서 여전히 자료 발굴의 어려움을 토로하고 있다. 어느 정도 겸양의 말일 수 있겠지만 그 속에서 중간본의 편찬의도도 아울러 간취해 낼 수 있는 바, 그 이유야 어떠하든 의병활동에 관한 자료를 보충하는 것보다는 인물 개인의 사적에 대한 착오를 바로잡는 데에 주안점을 두었던 것으로 보인다. 곧 대대로 쌓아 내려오는 미덕 그리고 벼슬과 행실 등의 내력에 관한 관심이었던 셈이다. 이는 병자호란 당시의 의병활동에 대한 관심이 아니라, 그 의병활동 자체는 뒷전으로 밀려난 채 인물의 집안내력에 대한 관심으로 초점이 이동한 것이다. 달리 말하면, 의병활동의 자료에 대한 관심이 있었다 해도 그것은 각 집안의 명성을 선양하기 위한 의도에 귀속될 가능성이 높아졌음을 일컫는다.

Ⅱ.

병자호란은 1636년 12월 2일 청나라가 12만의 대군을 이끌고 압록강을 건너 조선을 쳐들어옴으로써 시작된 전란이다. 침공한 것조차도 몰랐던 조선은 청나라 군대가 개성을 지나고서야 사태의 심각성을 파악하게 되었다. 그리하여 인조(仁祖)와 조정의 신료들은 14일 밤에 대궐을 떠나 강화도로 피난하려 했으나 청군에 의해 길목이 봉쇄되어서 여

의치 못했다. 인조는 소현세자(昭顯世子)와 신료를 거느리고 겨우 남한산성(南漢山城)으로 파천하였지만, 이틀 뒤 남한산성은 청나라 군대에 의해 포위되었고 그곳에는 50여 일분의 식량밖에 없었다. 그래서 12월 19일 청군을 물리치기 위하여 각도에 교서(敎書)를 내려 의병을 일으키도록 효유하였다.

이에, 호남지역에서도 인조의 교문(敎文)을 읽고 12월 25일 의병을 모집하려는 움직임이 시작되었다. ≪호남병자창의록≫ 초간본의 〈창의시사적(倡義時事蹟)〉에 따르면 옥과 현감 이흥발, 대동 찰방 이기발, 순창 현감 최온, 전 한림 양만용, 전 찰방 류집 등 다섯 사람이 도내(道內)에 격문을 보내어 각 고을에 모의도유사를 나누어 배정하였다고 한다. 이를 염두에 두고, 의병활동이 조직적으로 구성된 곳은 호남지역이라고 하는 것이다.

국난을 구하기 위하여 거의할 것을 호소하는 격문은 이 책에 번역되어 실려 있으니 참고하면 될 것이다. 그 격문은 12월 25일 이흥발에 의해 지어졌는데, 27일에야 5현 명의의 격문이 옥과를 출발하였다. 이에서, 물론 추론에 불과하지만 25일 옥과 현감 이흥발이 작성한 뒤, 26일과 27일 오전에 네 사람에게 회람케 한 것이 아닌가 한다. 그렇지 않으면 25일에 작성된 격문이 27일 신시(오후 3~5시)에 옥과를 출발했을 리가 만무하기 때문이다. 여하튼 격문의 파발마가 지나간 곳을 순서대로 표를 작성하면 다음과 같다.

지명	출발 또는 도착 시간	서명자
옥과	12월 27일 신시 출발	좌수 허섬
창평	12월 27일 해시 도착	도유사 오이두
광주	12월 27일 자시 도착	좌수 김
남평	12월 28일 사시 도착	분의유사 류
능주	12월 28일 유시 도착	좌수 문

화순	12월 28일 해시 도착	도유사 조
동복	12월 29일 신시 도착	도유사 정지준
낙안	기록 없음	기록 없음
흥양	기록 없음	기록 없음
보성	12월 30일 도착	기록 없음
장흥	기록 없음	기록 없음
해남	기록 없음	기록 없음
진도	기록 없음	기록 없음

이 경유 순서가 얼마나 효율적이었는지 알아보기 위해 경유지를 그려본 것이 다음의 지도이다.

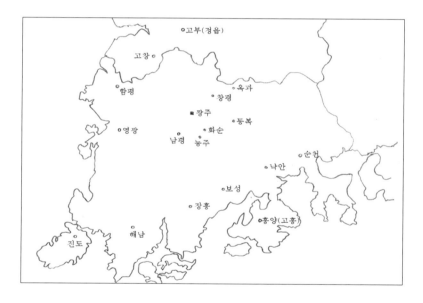

서북부(영광, 함평, 고창, 고부)와 남동부(순천)를 제외하면, 전남지역의 전역 곧, 옥과에서 해남에 이르기까지 격문을 보내는 데 있어서 이보다 더 효율적일 수가 없을 만큼 동선을 정확하게 가늠하여 파발마가 지나갔음을 알 수 있다.

1798년 중간본 통문

그런데 다음의 그림들을 보면, 이 격문의 경유지를 1798년 중간본과 1932년 삼간본에서는 축약하거나 생략하고 있다.

중간본을 보면, 물론 권1에는 초간본의 '격문'을 '통문'이라고 제명만 고쳐서 그대로 옮겨 수록해 놓았다. 그런데 좌측 그림은 권5 말미에 첨부된 '통문(通文)'인데, 명신의 유묵(遺墨)이라며 새로 발굴한 자료라고 밝히고 있다. 중간본 편찬자들은 둘 중에서 택일하지 못하고 모두를 수록한 것 같다. 권5 말미에 첨부된 통문은 양만용이 손수 쓴 필체라고 하는데, 통문의 최종 도착지가 동복이다. 이는 고도로 계산된 축약인 것으로 의심할 정도이다. 앞의 지도를 보면, 이홍발 등 5현 명의의 격문이 지녔던 영향권을 전남지역의 북동부지역으로 한정짓는 결과가 되기 때문이다. 그렇지가 않다면, 격문의 실제 경유지가 이와 같았는지 한번 규명할 필요가 있다.

한편, 좌측 그림은 삼간본 권1에 실린 '오현격문(五賢檄文)'이다. 우측 그림에서 보듯이, 격문의 경유지가 아예 생략되어 있다. 중간본에서의 혼란스러움을 생략하는 것으로 일단락을 지었던 것 이라 할 수도 있다. 그렇지만 이렇게 됨으로써 단지 격문이 작성되

1932년 삼간본 격문

었다는 것만 알려주는 결과를 낳았다. 그것이 어떤 경로를 통해 각 지방으로 보내졌는지 전혀 알 수 없게 된 것이다.

요컨대, 초간본의 격문 자료가 없었다면 얼마나 조직적이었는지, 그 구체적 양상은 어떠한지, 그 구성원은 누구였는지, 어떤 경로를 통해 전달되었는지, 이 모든 것을 알 수 없었을 것인 바, 초간본의 격문은 자료적 가치가 상당한 것임이 드러난다.

그 격문에는 "이때에 밤낮없이 차례대로 전령(傳令)을 띄우며 일각(一刻)을 지체하지 말되, 해당 고을의 도유사가 혹 먼 곳에 있어서 만약 기어이 통지한 뒤에 다른 고을로 보내야 한다면, 반드시 시각을 지체하는 염려가 있어도 각 고을의 향소(鄕所)는 시각을 써넣고 성(姓)을 써서 서명하여 부리나케 보내고, 한편으로는 온 고을사람들에게 알려서 일제히 모이도록 할 것이며, 마지막에 다다른 고을에서는 원래의 통문을 밤낮 가리지 않고 돌려보내어서 태만했던 곳을 살필 수 있도록 하라."고 하면서 "향교(鄕校)·서원(書院)·사마재(司馬齋)의 유사(有司)는 비록 통문에 적힌 사람이 아닐지라도 또한 의당 빠짐없이 일제히 모이도록 조처하고 힘쓸 일이다."고 하였다.

Ⅲ.

초간본의 범례에는 "고부(古阜), 고창(高敞), 순천(順天), 영광(靈光), 함평(咸平) 등의 고을들은 비록 격문에서 상고할 수 없었지만, 이 다섯 고을의 유사(有司)들이 모의청(募義廳)에 보첩(報牒 : 공문)을 보낸 것들이 열두 고을 도유사(都有司)들의 거행한 현황과 서로 어긋나지 않았으므로 함께 입록(入錄)하였다."는 항목이 있다.

이 항목은 초간본의 편집방향이 일관성을 지니지 못하고 혼란스러웠음을 보여주는 대목이라 하겠다. 이흥발 등 5현 중심의 창의록을 엮을 것인지, 아니면 여산 모의청 막부편제 중심의 창의록을 엮을 것인지, 그 방향성을 정하지 못한 결과이다. 예컨대, 정묘호란 때 광주 중심의 거의록을 엮고자 하여 ≪광산거의록≫이 간행되었고, 김장생 호소사 막부편제 중심의 거의록을 엮고자 하여 ≪양호거의록≫이 간행되었던 것처럼 방향성이 확고했어야 했다. 그러나 초간본은 그 어느 것도 충족시키지 못한 채로 편찬되고 말았다. 이렇게 될 수밖에 없었던 것은 병자호란 당시 호남지역에서의 의병활동이 지역별 또는 개인별로 차이가 있었고, 그 활동 반경도 달랐기 때문이다. 달리 말하자면, 이런 부분을 조정할 수 있는 막부의 지휘권이 제대로 실행되었었다면, 그에 근거한 의병활동 양상을 제대로 드러내는 창의록이 편찬되지 않았을까 한다.

고창, 고부, 순천, 영광, 함평 등 5개 고을은 이흥발 등 5현의 의진(義陣)에 속했던 것은 아닌 것 같으나, ≪호남병자창의록≫ 초간본에 수록되어 있어서 어찌할 수 없는 까닭에 5개 고을까지 포함하여 살펴보면, 병자호란 당시 호남지역의 고을 책임자는 다음과 같다.

지휘부 : 이흥발(37), 이기발(35), 최온(54), 양만용(39), 류집(52).

옥과도유사 : 양산익(44), 허섬(48), 허정량(46), 김홍서(37), 정운붕(22).

창평도유사 : 남수(62), 조수(50), 류동기(47), 현적(23), 양천운(69), 이중겸(64), 안처공(61), 남이녕(51), 오이두(31).

광주도유사 : 류평(60), 신필(미상), 정민구(72), 이덕양(58), 고부립(50), 고부민(60), 박종(59), 박충렴(58), 박충정(29), 박창우(37), 이정태(42), 이정신(44), 박진빈(36), 기의헌(50).

남평도유사 : 최신헌(47), 서진명(46), 서행(44), 윤검(53), 홍남갑(56).

능주도유사 : 양제용(48), 주엽(41), 문인극(49), 위홍원(21).

화순도유사 : 조수성(67), 조황(37), 임시태(47), 최명해(30).

동복도유사 : 김종지(54), 정지준(45), 하윤구(67), 정호민(39).

낙안도유사 : 이순(사실), 류악(사실), 이순일(51).

흥양도유사 : 정운릉(62), 송유문(미상), 정환(미상).

보성도유사 : 박춘수(47), 박현인(사실), 임황(사실), 김선(44), 안후지(사실), 이종신(사실), 이민신(사실), 염성립(사실).

장흥도유사 : 정남일(49), 김확(58), 위정명(48).

해남도유사 : 백상빈(45), 백상현(42), 윤유익(사실), 윤선계(40), 윤인미(사실), 윤적(59), 김연지(60).

고부도유사 : 조극눌(66), 최경행(사실), 김지문(54), 김지영(45), 박광형(사실), 김지서(35).

고창도유사 : 류동휘(62), 류철견(54), 박기호(39), 조첨(37), 류여해(사실), 류지태(미상).

순천도유사 : 안용(사적), 조시일(31), 조시술(29), 김정두(47).

순천영군유사 : 조원겸(26).

영광도유사 : 이희태(75), 이민겸(미상), 이구(54), 송식(39), 이장(43), 김담(38), 강시억(37), 정명국(32), 김상경(36), 강시만(34), 강시건(31), 이휘(40), 김경백(29).

함평도유사 : 정색(47), 정적(30).

〈참고 : 괄호 속의 '숫자' 표기는 나이를 나타내며, '사실' 표기는 원문에 사적이 없음을 나타내고, '미상'은 원문에 사적은 있으나 생몰년을 확인할 수 없는 것을 나타냄. 나이는 호남병자창의록 원전뿐만 아니라 인터넷, 대동보, 파보, 세보 등을 통해 확인한 것임.〉

위의 106명 도유사에 대한 지역별 연령층 분포를 살피기 위하여 표로 나타내면 다음과 같다. 실제로 싸워보지도 못한 의병이라고는 하지만, 사전에 결성한 의진(義陣)의 면모를 가늠하기 위한 잣대가 필요하기 때문이다.

	연 령 대								계
	20대	30대	40대	50대	60대	70대	미상	사실	
지휘		3		2					5
옥과	1	1	3						5
창평	1	1	1	2	4				9
광주	1	2	2	5	2	1	1		14
남평			3	2					5
능주	1		3						4
화순		2	1		1				4
동복		1	1	1	1				4
낙안				1				2	3
흥양					1		2		3
보성			2					6	8
장흥			2	1					3
해남			3	1	1			2	7
고부		1	1	1	1			2	6
고창		2		1	1		1	1	6
순천	2	1	1					1	5
영광	1	7	2	1		1	1		13
함평		1	1						2
합계	7	22	26	18	12	12	5	14	106

　모두 106명 가운데 사실(事實)이 없이 이름만 등재된 인물이 14명이
고, 사실과 이름이 함께 등재되어 있지만 생몰년이 확인되지 않는 인물
이 5명이다. 이들을 제외한 87명을 연령별로 분석해보면, 20대가 7명
(8%), 30대가 22명(25%), 40대가 26명(30%), 50대가 18명(21%), 60대
가 12명(14%), 70대가 2명(2%)이다. 무엇보다도 40대와 30대가 주축
을 이루고 있음을 확인할 수 있다. 또한 21살의 청년(위홍원)부터 75살
의 노인(이희태)에 이르기까지 근왕(勤王)의 깃발 아래 참전 가능한 모

든 연령대가 참전하였음을 알 수가 있다. 호남의 전역이 충의보국의 일념으로 가득했음을 나타내는 것이리라. 그러나 창평·광주·영광을 제외하고 각 고을 차원에서는 도유사가 연령대별로 골고루 분포되지 못했던 것 같다. 특히, 영광 같은 지역은 다른 지역과 달리 30대가 압도적인 비율을 나타내는 특징을 지니고 있다.

이 도유사들은 각 지방에 통문을 보내어 주로 의병을 모집하고 군수물품을 조달하는 역할을 수행하였다. 모집한 의병을 한 곳에 집결하여 싸움터로 나가서 관군의 무력함을 대체하자는 것이 그 취지였다. 각 고을에 하달된 통문을 보면 "지금 더 이상 다른 방법이 없으니, 군대에 들어가 전쟁터로 나아가는 길에 전직 관원(前職官員), 진사(進士), 충의(忠義 : 공신의 자손으로서 忠義衛에 소속된 사람), 교생(校生 : 향교에 다니는 생도), 품관(品官 : 향소의 좌수나 별감 같은 지방의 유력자) 중에서 합당한 젊은이는 스스로 마땅히 행장을 꾸려 달려가고, 그 나머지 늙고 잔약하여 군대를 따라 전쟁터로 나가기에 합당하지 못한 사람은 노비로 대신하든 군량을 운반하든 군기(軍器)나 전마(戰馬)로써 내든 스스로 원하는 대로 모으고 거둘 일이다."고 하였으며, 또 "모집한 군병(軍兵)과 군량, 군기, 전마(戰馬) 등은 많고 적은 것에 얽매이지 말고 그 얻은 바에 따라서, 도유사 한 사람으로 하여금 일일이 모두 거느리고 올라와서 본청(本廳)에 넘겨줄 일이다."고 하였다.

이러한 방침 하에 각 고을의 도유사들이 모병 및 모곡에 있어서 활약한 실적을 표로 나타내면 다음과 같다.

지역＼구분	모병 (명)	모속 (석)	의포 (필)	군기류		
				전마 (필)	장전 (부)	장창 (병)
광 주					여전 16	
동 복	6		40			
고 부	6	20				
순 천	30	100		1		
해 남		40			20	20
영 광	12	100				
함 평	12	37				
계	66	297	40	1	36	20

　　17개 고을 가운데 7개 고을의 실적이라고는 하지만, 의병조직에 비
해 실적이 너무 저조하다. 동복현의 모의도유사는 "우리 고을은 쇠잔하
고 피폐하여 고을의 모양을 제대로 이루지 못해서 백성들이 극히 적은
데다 물자까지 결딴났는지라, 의병은 불러 모아도 겨우 유생 6인을 모
집하였고, 의포(義布) 40필을 거두었다."고 하였으며, 고부 도유사는
"비루한 우리 고을은 유사 4인을 정하여 갖은 방법으로 불러 모았지만
모집에 응하는 자가 별로 없었기 때문에 겨우 6인을 모집하였고 군량
20여 석을 거두었다."고 하였으며, 심지어 순천 도유사는 "우리 순천부
는 본디 호남에서 아주 큰 고을로 이 망극한 때를 당하여 싸움터에 달
려갈 군사를 모집한 것이 겨우 30명에만 이르렀으니, 도유사가 마음을
다하지 못한 정상이 되고 말아 진실로 매우 편치 못하다."고까지 하였
다. 이러한 정황을 고려할 때, 각 고을에 있어서 모병(募兵)과 모곡(募
穀)의 실적은 기대할 만한 것이 못되었던 것 같다.

Ⅳ.

　≪호남병자창의록≫ 초간본의 기록을 보면, 병자호란 때 의병에 참여한 인물들은 관군이 국난을 구하지 못하여 나라의 운명이 풍전등화와 같게 되자, 쓰러져 가는 국가를 수호하고 생령들을 구하기 위해 자발적으로 일어난 인물들이었다. 대개 전직 관원이거나 문반 출신이었고 무인은 그리 많지 않았으며, 덕망이 있어 지방에서 추앙을 받는 인물이었다. 그 가운데는 선대가 임진왜란, 정유재란, 이괄의 난 등에 직접 참여하여 의병활동을 했었던 집안의 후손들도 있고, 본인이 이전의 임진왜란, 정유재란, 이괄의 난, 정묘호란 등에 직접 참여하여 의병활동을 했던 인물들도 있다. 또한 선대와 본인이 모두 의병활동을 경험했던 인물들도 있는데, 양만용, 고부립, 고부민, 최신헌 등이다. 이처럼, 경험을 물려받거나 직접 해본 사실은 상대적일망정 그만큼 의병활동을 조직적으로 전개할 수 있는 요인의 하나라 할 것이다.

　집안의 의병활동에 대한 내력을 살펴보면, 임진왜란을 언급한 것이 16건이고, 정유재란을 언급한 것이 6건이며, 이괄의 난을 언급한 것이 3건이다. 호남이 임진왜란 때보다는 정유재란 때에 상당한 피해를 입었던 사실을 염두에 두면, 정유재란 때의 의병활동 경험이 더 많았을 것으로 생각되었으나 그렇지 않았다. 한편, 본인의 의병활동 경험은 정묘호란 때가 15건이고, 이괄의 난 때가 12건이며, 임진왜란과 정유재란 때가 각각 2건씩이었다. 의병의 주된 연령층이 40대와 30대였음을 고려하면, 당연한 결과로 여겨진다.

	총원	집안내력	본인경험	명(%)
지휘	5	1	2	2(40)
옥과	5			
창평	9	2		2(22)
광주	14	3	11	12(86)
남평	5	2	1	2(40)
능주	4			
화순	4			
동복	4	2		2(50)
낙안	3		1	1(33)
흥양	3	1	2	3(100)
보성	8	1		1(13)
장흥	3	1	1	2(67)
해남	7	1	1	2(29)
고부	6	3	1	4(67)
고창	6		1	1(17)
순천	5			
영광	13	2	3	5(38)
함평	2	2		2(100)
합계	106	21	24	41(39)

위의 표는 각 고을별로 도유사의 의병활동에 대한 집안 내력과 본인 경험을 숫자로 나타낸 것이다. 중복 경험자가 있어 실제 인원수보다 수치가 높지만, 오른쪽 인원수에서는 중복 경험 건수를 계산하지 않고 그것을 가진 사람만 계산한 것이다. 모집단이 작은 흥양과 함평은 사전 경험자가 100%를 차지했다. 그리고 광주는 고을의 모집단이 큼에도 불구하고 사전 경험자가 86%(12/14)를 차지한데다, 호남지역 41명 가운데서 12명으로 약 30%를 차지함으로써, 호남 의병활동의 본거지임을 나타내었다. 요컨대 106명 가운데 41명이 병자호란 이전에 이미 의병활동 경험이 있었던 것으로 나타났으니, 약 40%나 되는 꽤 높은 비율이

다. 이 수치는 뒷날 자료 발굴로 인하여 더욱 올라가게 된다. 이러한 현상은 충신열사의 집안가가 많음을, 호남이 의향임을 나타내는 굳건한 징표의 하나라 할 것이다.

V.

≪호남병자창의록≫ 초간본에는 이홍발, 이기발, 양만용, 정운붕, 이중겸, 기의헌, 서진명, 조황, 조시일, 송식 등 10명의 시 11편이 실려 있다. 이 시들은 인조가 남한산성에서 청나라에게 항복하여 화의가 이루어졌다는 소식을 듣게 되자 의병을 해산하고 고향으로 돌아온 뒤에 지은 것들이 대부분이다.

예외적으로 8명의 장사(壯士)를 이끌고 전북 태인(泰仁)에 이르렀다가 감회가 일어 지은 시가 있으니, 바로 양만용의 시이다.

오랑캐 평정할 계책 없으나 긴 밧줄 있어	平戎無策有長纓
한밤중 칼 두드리니 울분에 평안치 못해라.	擊劍中宵氣不平
멀리서 그리워하는 남한산성 꼭대기 달이여,	遙憐南漢山頭月
외로운 신하의 한 조각 정성스런 마음을 살피라.	照得孤臣一片誠

한(漢)나라 종군(終軍)의 고사를 활용한 시이다. 한무제(漢武帝)가 종군을 발탁해 간대부(諫大夫)로 삼아 남월(南越)에 사신으로 보내려 하자, 종군도 자청하면서 "긴 밧줄(長纓)을 받아 반드시 남월왕을 묶어 대궐 아래 바치겠다."고 하였다. 종군이 드디어 가서 남월왕을 설득하여 한나라의 속국이 되게 하였다는 고사이다. 시적 화자는 오랑캐를 평정할 만한 책략은 없지만 그 옛날 종군처럼 긴 밧줄을 얻어서 오랑캐를

처부수겠다는 결기 어린 마음에 칼날 두드리며 잠 못 이루는 충군지정(忠君之情)을, 남한산성 꼭대기의 달로 비유된 임금께서 알아달라는 마음을 표현한 것이다.

그러나 대부분의 시는 화의가 이루어져 의병을 해산하고 고향에 돌아온 뒤에 지은 것으로 울분과 체념의 정조(情調)를 담은 것들이다.

나그네 바람 앞에서 울분으로 평안치 못하거늘 　　有客臨風氣不平
변방의 구름 속 가을빛은 하늘 너머로 저무는구나. 　塞雲秋色晚層城
청사검 칼집 속에서 울부짖다 시퍼런 날 드러내나 　青蛇吼匣霜鋩露
곰곰이 생각노니 음산에 눈 내린 뒤의 일일러라. 　細想陰山雪後程

이 시는 화의가 이루어져 의병을 해산하고 고향으로 돌아와 지은 정운봉의 시이다. 중원과 북쪽 오랑캐 흉노의 경계를 짓는 곤륜산(崑崙山)과 관련된 어휘들인 층성(層城)과 음산(陰山)으로 시상을 전개하였다. 오랑캐의 침략을 막아내지 못하고 뿔뿔이 흩어져 객이 되고만 울분으로 마음이 편치 않은데, 명나라를 상징하는 추색(秋色)이 곤륜산의 가장 높은 층성 너머로 기울어가는 것까지 보노라니, 절로 칼집 속에 있던 청사검(青蛇劍)을 꺼내들었지만 곤륜산 북쪽의 음산에 눈이 이미 내린 뒤라 쳐들어갈 수가 없음을 안타까이 읊은 것이다. 멸망해가는 명나라에 대한 안타까운 심회를 담고 있는 것으로 보인다.

다음은 이 쇠망해가는 명나라에 대한 소회를 읊은 시들이다.

명나라는 우리의 선조와 같으니, 　　　　天朝猶我祖
성스러운 임금은 나의 어버이일러라. 　　聖主卽吾親
이미 인륜에 정한 바가 있으니 　　　　已有人倫定
어찌 내가 처신하기 어려울 것이랴. 　　何難處此身

중원 대륙에 본래의 주인 없으니	中原自無主
어느 곳에서 황제의 위엄 보려나.	何處見皇威
하북에선 전쟁 티끌만이 자욱했건만	河北風塵暗
강남에는 급한 격서조차 드물었구나.	江南羽檄稀
지난날 문물이 번성했던 곳에선	當年文物地
오늘날 전쟁이 일어난 터가 되어	此日戰爭畿
영원히 존주하는 의리를 저버렸으니	永負尊周義
서쪽에 돌아가도 눈물이 옷깃 적시리라.	西歸淚滿衣

앞의 시는 이흥발의 시이고, 뒤의 시는 이흥발의 동생 이기발의 시이다. 앞의 시는 명나라가 임진왜란 때 풍전등화와 같이 위급한 조선을 구해주어 재조지은(再造之恩)을 입었으니 우리의 선조이고 또한 어버이이라는 것이며, 그렇다면 부모와 자식 사이에 마땅히 지켜야 할 도리가 이미 있거늘 어찌 달리 처신할 수가 있겠느냐고 한 것이다. 뒤의 시는 저 중원의 명나라가 청나라와 격렬히 전쟁할 때에 중원의 남쪽 지역에서 호응과 지원이 없었던 것에 안타까워하면서, 조선도 결국 청나라에게 굴복하여 이제는 존주(尊周) 곧 존명(尊明)의 의리를 저버릴 수밖에 없게 되었음을 비통히 여기는 것이다. 이에, 서진명은 "동해에 빠져 죽지 못하는 것이 부끄러우니 / 억지로 술잔 들고 쇠잔한 이의 목구멍 달래노라.(東海愧無蹈死者 / 强携盃酒慰殘喉.)"고 읊으며 술로 자신의 울분을 달랬고, 송식(宋軾)도 끓어오르는 충분(忠憤)을 비슷한 시구절로서 읊으며 슬피 통곡하였던 것이다.

삼전도(三田渡)에서 청나라에게 항복한 이후에도 여전히 왕실을 걱정하는 시가 있으니, 바로 조시일의 시이다. 1638년 정월 보름날에 지은 시이다.

애석해라 새해는 이르렀거늘	可惜新年至
언제나 왕손은 돌아올런고.	王孫幾日廻
하늘 끝엔 풀이 또다시 푸르니	天涯草又綠
술동이 열고픈 마음 견딜 수 없네.	尊酒不堪開

이 시의 왕손(王孫)은 바로 소현세자(昭顯世子)를 가리킨다. 1637년 항복 후, 아우 봉림대군(鳳林大君)과 함께 청나라에 인질로 끌려가 9년간 심양(瀋陽)의 세자관에 머물면서 많은 고초를 겪었다. 시적 화자는 1637년 1월 30일 치욕을 겪고 1년이 지난 시점에 정월 대보름날의 둥근 달을 보면서, 또 한 해가 지나 새해는 돌아왔으나 왕손은 돌아오지 않았건만 무심하게도 자연은 아무런 일 없었다는 듯이 그대로 순환되자 술 마시고픈 갈증을 느꼈던 것이다.

이러한 절망 속에서도 다시 일어서려는 의지를 다지는 시가 있으니, 바로 기의헌이 꿈에서 지었다고 하는 시이다.

병자년 정축년에 걸쳐 큰 난리가 일어나니	子丑年間時大亂
거룩한 임금님의 수레가 어디로 향해 가랴.	聖君車駕向何之
오늘날 자신이 쓸모없다고 말일랑 마라	莫言今日身無用
백발백중 오호궁 손수 잡으면 되리로다.	百發烏號手自持

병자년(1636) 12월부터 정축년(1637) 1월에 걸쳐 일어난 병자호란 때 대가(大駕)가 남한산성으로 파천하는 수모를 겪었다고 해서, 백성들 모두가 자신은 쓸모없는 존재라고 말하지 말고, 활이라도 손수 잡는 심정이면 언젠가 그 수치를 씻을 날이 있으리라는 가냘픈 희망의 끈을 잡는 시이다.

요컨대, 이 시들은 '존명(尊明)'과 '근왕(勤王)'의 기치로 의병을 일으켰지만 실제로 싸우지도 못한 채 항복한 현실을 받아들여야 하는 데서 느껴야 했던 여러 결의 정조가 표출된 시들이다.

Ⅵ.

≪호남병자창의록≫ 초간본은 1764년 12월 13일에 쓴 김원행(金元行)의 서문, 6항목의 범례, 의병을 일으켰을 때의 사적(事蹟), 1636년 12월 19일의 교문(敎文), 1636년 12월 25일의 격문(檄文), 9통의 공문서, 106명의 창의제공사실(倡義諸公事實), 1762년 간행연도 및 간행 참여인의 이름 등이 차례로 실려 있다. 표제에는 '창의록', 서문에는 '호남병자창의록', 판심제에는 '호남창의록'이라고 칭해져 있다. 목활자본으로, 매장 10행 20자이며, 1책 47장이다.

≪호남병자창의록≫은 호남의 유림들이 병자호란 당시 '의리(義理)'에 기초하여 구국의 깃발을 내세운 의병활동의 기록물을 모아 편찬한 책이다. 이 유림들의 의리는 공자의 역사철학인 '춘추의리'에 기반을 두었던 것이며, 병자호란 이후에는 조선중화주의 곧 '소중화(小中華)' 사상의 뿌리를 이루는 것이었다. 청나라의 군사적 강압 앞에서 현실적으로는 비록 패배했지만, '존명(尊明)'이라는 명분 아래 우리 민족 나름의 문화적 우월의식이 잠재된 유림의 정신을 드러낸 문헌이라 할 것이다.

오늘날의 연구자들이 ≪호남병자창의록≫의 뼈대와 토대가 된 초간본을 만든 이들의 집요한 노력을 간과한 채 자료의 영성함만을 탓하고 풍성한 자료만 주목하는데, 풍성하게 된 과정에 대해 정밀한 조사와 검토를 하고 그에 관한 정치한 이해 없이, 곧 원전자료의 비평 없이 풍성한 자료라고 해서 마치 역사적 사실과 한 점 어그러짐이 없는 것인 양 간주해도 되는 것인지 생각해 볼 일이다. 물론 영성한 것은 문제이더라도, 영성한 자료일지언정 적확하다면 자료적 가치는 합당한 평가를 받아야 하리라 본다. 또한 편찬자의 의도 속에 기록들의 변개와 변모 여부를 살피지 않은 채 초간본, 중간본, 삼간본의 기록들에서 연구자의 구미에 맞게 마구잡이 인용하는 것도 금도의 하나일 것이다.[18]

1798년 ≪호남병자창의록≫ 중간본에 있는 〈범례〉의 항목5를 보면, "오현의 격문은 한림 양만용이 손수 쓴 필체이다.(五賢檄文, 出自翰林梁公手筆.)"고 되어 있는 바, 초간본과 삼간본 어디에도 언급되어 있지 않은 것이므로 그것을 증빙할 만한 구체적 자료가 뒷받침되어야만 한다. 그 항목5에는 또 앞서 살핀 바 있는 중간본 권5의 '통문(원본)'이 명신의 유묵으로 진귀한 것이라 첨부한다고 되어 있다. 중간본의 '양만용 사실'에도 "격문은 양만용이 직접 초를 잡은 것이다.(檄文公之手草也.)" 라는 구절이 있다. 하지만 초간본의 '이흥발의 사실'에 언급된 "남한산성이 포위되어 위급함을 듣고는, 아우 서귀공 이기발 및 동지 몇 사람과 함께 의병을 일으키기로 모의하고 직접 격문을 써 도내에 두루 알리면서, 여러 고을들의 유사에게 여산에서 의병을 모이게 하였다.(聞南漢圍急, 與弟西歸公起浡, 及同志數三公, 共謀擧義, 手草檄文, 徧諭道內, 與諸邑有司, 會兵于礪山.)"는 기록과 전혀 다른 것이며, 삼간본의 '범례'와 '양만용 사실'에는 그러한 구절이 전혀 없다. 여기서, 중간본에서 '범례'의 '수필(手筆)'과 '양만용의 사실'에 쓰인 '수초(手草)' 사이에는 미묘한 어감 차이가 없는지 살펴볼 일이다. 편찬자들은 양만용이 격문을 직접 짓지는 않았더라도 손수 쓴 필체의 유묵(遺墨)을 찾아서 첨부한다는 의도를 보인 반면, 1798년 중간본을 편찬할 당시 양만용의 사실을 제공한 측은 격문을 직접 지은 것으로 보려한 것이 아닌가 하는 것이다. 공교롭게도

---

18 신해진,「창의록 문헌의 변개양상: ≪우산선생병자창의록≫과 ≪은봉선생창의록≫ 비교를 중심으로」,『세대 간 소통을 위한 국어국문학』(제56회 국어국문학회 전국 학술대회 발표집), 국어국문학회, 2013, 186면.

정묘호란 때의 양만용 사적이 1761년의 ≪광산거의록≫과 1798년 7월의 ≪천계정묘양호거의록≫에는 나오지 않다가, 1798년의 ≪정묘거의록≫에서야 비로소 나주 소모유사로 나온다. 그렇지만 1762년 ≪호남병자창의록≫ 초간본의 '양만용의 사실'을 보면, 이괄의 난 때 의곡도유사로 활약한 기록은 나오지만 정묘호란과 관련하여 활약한 기록은 없다. ≪광산거의록≫에는 양만용이 나주 출신이기 때문에 원천적으로 나올 수가 없기는 하다. 이처럼, 한 구절을 인용하기 위해서는 살피고 고려해야 할 것들이 참으로 많다.

이제, 중간본과 삼간본에 대한 역주 작업도 이루어져 초간본에 비해 그 변모의 양상(과장 또는 왜곡)은 어떠한지 살펴보기를 제안하는 바이다. 그래야만 원전자료 인용의 적절성과 가치성을 담보할 수 있기 때문이다. 한 가지 첨언하자면, 의병 핵심 인물들 사이의 연계는 '사승관계'도 중요한 고리였겠지만 '혈연과 혼인'에 의한 관계도 그에 못지않은 중요한 고리였을 것으로 짐작되는 바, 이후의 역주 작업에 있어서는 각 인물들의 처가나 외가까지도 조사해 보기를 희망한다. 이번 역주 작업에 있어서 가장 아쉬운 대목이 바로 이 부분이다.

찾아보기

影印

통문(通文): 《호남병자창의록》, 중간본(1798년) 권5, 국립중앙도서관 소장본
《호남병자창의록》: 초간본(1762년), 국립중앙도서관 소장본

여기서부터는 影印本을 인쇄한 부분으로
맨 뒷 페이지부터 보십시오.

平寇戰馬自損弱眼多不得力

多目一人速～率領某交付千

多精子一耀悦因大小人負

中些勇力流倫計應銷假

著為先姓名歐冊裝束馳走事一今

之應募衝進士忠勇敢生者皆免
年少□令人字自當裝束聽起
其餘老弱居全陣軍者另武代耙
武運糧或以軍芜或以戰馬從自
歡募兩手一兩募軍兵粮餉

等元通文二等同後二等　以為

新懽之如為齋

一以敎書院目馬齊　有　神兒通

文中　書之人自當無去富舍

措辦事　一此時文無如悵出軍

一到為先本邑都領日或在遠邑

若必通諭陵傳令如邑号必刁移

律的刻ニ悉皇罟羔名皆以砒移

刻書裡書姓舀名急傳令ニ一

急通牒一ム主一时諸金羅吾官

閱福都府司金宗智　丁之偁　河潤九

丁好敏

十二百晦日申時都府司丁壽

些中同晝夜污毚儕毋津

尹儉　洪南甲

十二月二十八日己時美武有司柳囬囬

綾州郡有司梁炘容　朱輝　文仁克

魏卲遠

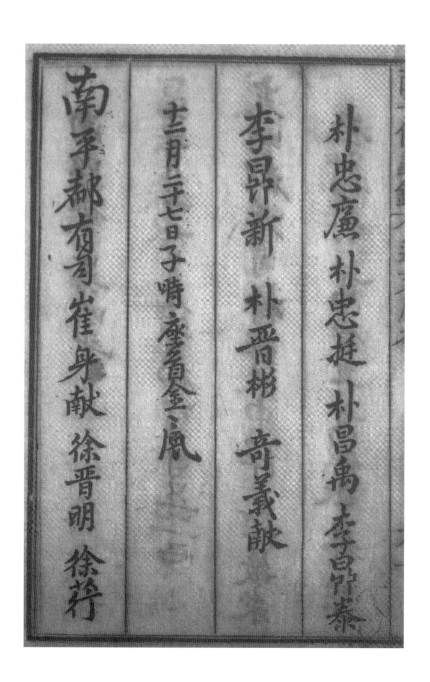

朴忠虛 朴忠挺 朴昌禹 李昌松泰

李昴新 朴晉彬 奇義獻

十二月二十七日子時產宦員金二風

南平郡有司 崔身献 徐晉明 徐荇

南以寧　吳以斗

十二月二十七日亥時都有司呈三二三

光州郡有司　柳珚　申澤　鄭敏求

李德養　高傅立　高傅敏　朴琮

金弘緒　鄭雲鵬

十月二十七日申時座目許蓁

昌平郡有司南燧　曹璲　柳東紀

玄績　梁千運　李重謳　安慶恭

淳昌縣監崔蘊古

前翰林梁曼容書

前察訪柳楫言

玉果郡有司梁山盍許暹許廷亮

304

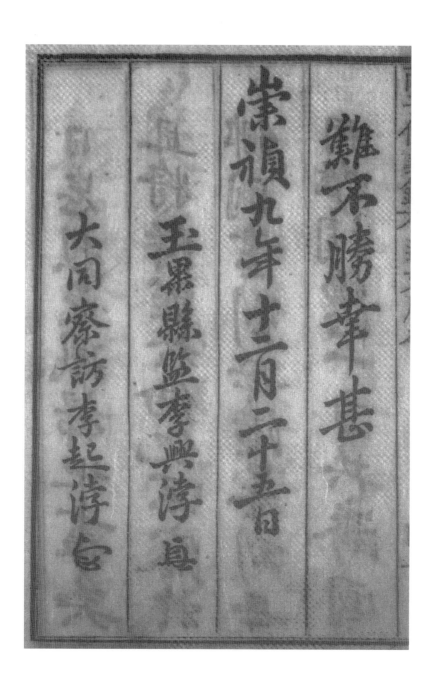

難不勝辜甚

崇禎九年十二月二十五日

延評玉果縣監李興淳面

大同察訪李起淳白

日忠烈之風掃地盡矣

且將得罪扵倫紀不容扵

鄉國書到毋淹暴刻毋

相推諉恊心一力共濟國

粮刻期齋會于礪山

鄉期以一心趍敬以校

君父之憲如式遲囬觀望

越視蔡瘠則非但前

讀未不覺失聲痛哭

吾死而不得也惟願

諸君于各自奮勵授誅

而起科合同志資助兵

通諭

教書自闈中出來無非
哀痛之語其責望於
道內士民至深切矣

難而惟我湖南素稱

忠義之邦嘗在壬辰

義烈已必者況此

若父在圍之日乎卽者

通存、上之機決於呼吸
言念及此五內如焚主
辱臣死古今通誼忆有
血氣者固當忘身赴

通文

國運不幸奴賊逼京

大駕移駐孤城賊兵今

闔道跪阻絕歸令不

≪통문≫ 影印

≪호남병자창의록≫ 중간본(1798년) 권5, 국립중앙도서관 소장본

여기서부터 영인본을 인쇄한 부분입니다.
이 부분부터 보시기 바랍니다.

崇禎紀元後三壬午七月　日

開刊都有司

丹丘子朴公玄孫　進士麒祥

梅軒李公玄孫幼學萬瑩

別有司

赤松丁公玄孫幼學以續

七拙朴公玄孫幼學一鎭

修正別有司

石村朴公玄孫幼學重恒

梅軒李公五代孫幼學相坤

追服母喪戊午為

國母斤兒黨公生孝烈之門

以孝友稱慷慨有志節三十應募親歿廬墓終喪

湖南倡義錄終

幼學鄭穚字汝有晉州人晉陽伯忠莊公璜斗世孫

丁酉亂遇賊船祖妣李氏妣朴氏及叔母姑母投

海全節旌閭事載三綱録考慶得兄弟被拘不屈

三年血泣倭酋感服裝船以送已亥還 國追服

母喪以廬士 終公篤孝友工詞翰早年累舉親歿

廢科素多慷慨有志節四十八應募義六十三卒

幼學鄭穚字遂卿晉州人晉陽伯謚忠莊公璜十世

孫丁酉亂祖妣李氏妣李氏及叔母姑母同時殉

節羍間事載三綱録考進士希得兄身被拘一年

異域哀慟如一日倭酋感服裝船以送返 國後

家有幽居圖畫出其形像兩子亂奮義勤　王妻

辛氏執衣哭斷衣行講和後憤慨還號石亭處士

琴書自遣　萬曆丙午生已酉卒兄正言時徹狀

幼學李暉字國舒咸平人竹陰萬榮曾孫受業於姜

睡隱沈之門文章早著氣宇宏偉性甚坦蕩世稱

有古君子風　萬曆丁酉生　崇禎壬午中司馬

丙申卒

領去將校生金慶伯金海人成均生員之綱曾孫嘗

丙子胡亂挺身應募領赴礪山　萬曆戊申生

咸平都有司　本狀有鄭奭等　鄭奭著而二公準

戒子孫　萬曆辛丑生　崇禎庚戌卒

幼學姜時萬字巨卿晉州人睡隱沆子晉山君希孟

六代孫器局魁偉學識淵源丙子亂與道內諸公

募兵募粮誓心赴難以講和還不屑於科以親

命累舉鄉解親歿廢科壬寅　除中部參奉又

除　慶基殿參奉皆不就安貧樂道終老林泉生

于　萬曆癸卯卒于癸丑

通德郎姜時健字子以文良公希孟六代孫天姿忠

厚孝友根性博於文累中累屈乃其餘事父母疾

革再血指人有挽孝莫如斯兄弟連床不離昕夕

辰乱倡義守城將　贈承旨希說孫性質忠厚事
親以孝祭祀以禮嘗廬墓哀毀逾制神貌不變時
稱至孝之致文雅風威連選鄉薦　崇禎癸酉中
司馬當丙子亂與同鄉義士召募兵粮誓擬死敵
聞講和痛哭而還　萬曆乙巳生　崇禎己卯卒
幼學金尚敬字仁卿號竹齋商山人開國功臣竹軒
公云寶八代孫早失怙恃誠孝合禮受業姜驪隱
門以詩鳴世撰草堂父母墓下鳴琴讀書種竹前
垂釣後溪時稱竹齋先生晚年作宁新山忠義
自勉曰國有急難不死苟免非臣子道常以此貽

陽鄉彙信服其教實申子适變與本縣辛旬齋發

炅道内收募兵粮及丙子乱應倡義撤文奮身奔

問忠孝大節天性然也三世懿行著邑誌

生員姜時億字大賚晉州人晉山君希孟六代孫判

官濟之守生　萬曆庚子受業于聎隱文學蔚然

器局峻雅癸酉中司馬丙子乱與同鄉義士應倡

寅爲牛溪栗谷從祀疏辛卯　除童蒙教官庚子

義撤文募兵募粮忘身赴敵聞講和慨然而還庚

奉列大夫行景陽道察訪癸卯卒

生員丁名國字蓋甫靈光人靈城君贊十一代孫壬

忠憤曰吾將蹈海仲連志擊楫中流痛笑袁遂隱

以終李持平世德銘公墓曰寒松後凋玉山其頹

幼學李𡉕字華伯全州人完山府院君襄悼公天佑

七世孫壬辰亂為本郡守城都別將成均生員應

鍾之孫甲午生天性忠厚志節宏潤八葊尚悌名

重士流不營產業終事文學累舉不中早年廢科

樂貪林泉忘世終老

幼學金礇字伯石靈光人麗朝平章事文安公審言

後孫　世宗朝討倭戰亡將軍談七世孫工書參

議衡孫天姿粹美居家孝友處事忠直受學姜驊

幼學李敏謙字子益素出咸豊天姿剛方忠義自勵

甲子适變與同志之士倡義募兵募粮

幼學李垍字次山完山人完山君襄悼公天佑後孫

壬辰亂本郡守城都別將生員應鍾孫壬辰守城

弊瘼官無掌交書察訪克扶子癸未生後　贈通

訓大夫司僕寺正

通德郎宋軾字汝瞻號鉢山系出新平孝憲公知止

堂欽五代孫也考仁先際昏朝杜門屏跡妣周氏

遇倭賊斷臂自靖公忠義我承家志節伺儻甲子之

變募聚兵粮丙子之亂又將舉義及聞講和詩寫

旅難其領去人公出班自薦時年二十六會中以

年少難之公奮然曰聞主辱臣死年多則能死而

年少則不能死耶遂領赴左右感歎

靈光都有司

道政大夫僉知中樞府事行結城縣監李喜熊字廷

尚號杞泉全義人文義公彦冲十一世孫居喪三

年一遵朱子家禮歠粥廬墓廬之傍有字猫死而

狗為之乳人謂仁孝所感　萬曆壬子中司馬

仁廟改　玉朋年登第官至禮佐辛巳廳　旨上

治道十六策　仁廟嘉歎　命該曹特陞堂上

翁鄭先生門癸酉中司馬卒于壬午自早歲文章

學業鳴于一世為儕類所推重行蹟載邑誌

勁學金挺斗字應樞慶州人高麗禮儀判書冲漢八

世孫生　萬曆庚寅天稟豪俊慷慨八則盡其孝

出則極其悌賓朋滿堂應接不倦當世士友以樂

易君子稱之　崇禎癸未卒

領軍有司

幼學趙元謙字子益淳昌人虔谷先生瑜八世孫七

代祖崇文六代祖拓山與六臣同死公天性孝友

氣質秀異慷慨有大節丙子亂本邑有司收聚義

前經歷安璨

進士趙時一字子健淳昌人虔谷先生瑜八世孫有

至行九歲受尚書深得察守之旨癸酉司馬丁丑

聞講和曰　主辱臣不死此吾輩所羞戊寅元夕

有詩曰可惜新年至　王孫幾日迴天涯草又綠

尊酒不堪開時則　兩大君尚在虜中也遂廢舉

業自號野遺无庵先生書贈邅晦二字以深興之

進士趙時述字學而淳昌人前朝副正虔谷先生瑜

之八世孫生員瞭之子生　萬曆戊申受業於畸

幼學曹添字恩源昌寧人直提學庶之五世孫性剛

穀有志節誠篤事親雖六七歲時父母有疾廢食

飲則涕泣侍側不忍退食盖出於天平生以忠孝

持身作家訓戒帙至今後孫觀則鄕隣莊誦者亦

多每讀古書至義烈處未嘗不捥有同調之感

每 國忌整衣冠蔬食三日三十始讀書成文章

柳汝楷無后

幼學柳之泰字來甫高興人誠齋濯後孝友夙著瞻

略過人至此丙子募穀聚軍圖濟國難其義烈之

事鄕人至今傳稱天爵以來

召募將輸穀江都辛酉省齋應純普冊曰高敝進士

鐵堅天姿魁偉性質忠厚召募兵糧前後如一為

國之誠可尚至丙子募軍募粟送義廳官至察訪

齋有司

幼學朴奇琥字和叔窩城人吏曹恭議賢孫之五世

孫稟性溫雅且強毅事親盡其誠孝友愛兄妹極

其敦睦年纔弱冠簡重慎黙以禮律已居鄉惟謹

未嘗領吏放過於忠孝之行也探究奧義教誨後

進克咸家訓至今為鄉隣傳稱生于戊戌卒于戊

辛天爵副護軍

諡籍志氣激勵早廢擧業專心學問丙丁以後杜

門屏迹邑誌以高尚其志不求聞達稱之生于

萬曆壬寅卒于　崇禎壬午

高敞都有司

都事柳東輝字　　高興人誠齋濯後性忠孝爲世

所推不幸無後官至都事反　正原從一等功

贈左承旨

察訪柳鐵堅字波壽高興人誠齋濯後乙卯司馬壬

辰乱靈光多士倡義守城公亦選丁聚穀共守甲

子憂又募粟丁卯亂沙溪金先生爲號召使公爲

宣務即金地英字子華号伴鶴堂義城人生壬辰 八
代祖居翼本 朝右相祖鰲峯先生齊閔以淳昌
宰壬辰為義兵將祭天樹勳録二等功臣丁酉又
倡義以文章道德立祠道溪考斯以彦陽宰倡義
丁酉先姚金氏殉節旌閭公性慈仁竭力孝親志
氣激勵适亂舉義聚穀見募義録

朴光亨無后

通德即金地西字大獻義城人右議政居翼之八代
孫竹軒先生齊顏之孫甲子适亂義穀都有司生
員晟之子受業於從叔安息先生金習之門文譽

親藏力禮以律己左勤方學業研究講廥貧望遠

近甲子适乱倡集義穀以助軍糧亂平後名曰義

倉刊出幕義録行于世

崔敬行無后

通德郎金地文字輝遠号怡菴義城人八代祖居翼

本朝右相祖齊閔鰲峯先生以淳昌寧壬辰為

義兵將祭天樹勲録二等功臣丁酉又倡義以交

革道德立祠道溪考曙　贈兵曹叅判有學行公

性仁厚孝友出天學究理氣志尚節義朔望茶禮

家貧克誠人謂世傳忠孝其子年六十二.

進士金鍊之字精叔金海人副提學自庵繡之七代

孫泰奉迎壽孫生員安邦子　　　萬曆丁丑生乙卯

進士庚午庭試八格有　宣賜小學從事文學篤

行孝悌士風有以振鄉黨甄以薦之丙子亂聞奏

靮即設義聽校撤書前召募兵粮中道聞和成痛

哭而歸卜居西湖自號耐瞯以終世享年六十五

古阜都有司

生員趙覔誨孚敬之金提人十代祖門下侍中右議

政　諡文良公簡八代祖判書通元七代祖判書

希甫祖判決決事夒得爻進士中髙公天性純孝事

幼學尹善繼字孝伯躃难亭海南人漁樵隱先生孝
貞玄孫杏堂復之魯曾孫丁酉義兵從事官端中孫
自少以古人自期早廢舉業修身行誼為世所推
累入郷薦丙丁以後絕意世事蔡湖洲以逸士稱
之生於丁酉卒扵丁酉

尹仁美

進士尹績字熙伯躃蒜山漁南人漁樵隱先生孝貞
之曾孫拙齋行之孫也　萬曆　中進士忠孝
愷悌丁卯亂伏忠奮義糾合義旅丙子亂募兵聚
粮以盡忠義累八郷薦生於戊寅卒扵庚子

湖振南子生于　萬曆壬辰中　萬曆丙辰生員

詩筆克紹家聲寒岳李安訥詩曰三世流傳仍父

子百年磨滅幾公卿丁丑講和後廢科杜門興季

氏塤簾迭唱詩酒自悞而終子孫居靈巖

進士白尚賢字景輝號月洲玉川之弟生于　萬曆

乙未中　天啓丁卯進士詩筆克紹家聲至是乱

兄弟赴義講和後廢科杜門興伯氏塤簾迭唱詩

酒自娛而終鄉人梁圖南輓之曰丁丑年來隱不

專義聖清子孫居靈巖

尹唯翼

死赴難至清州聞講和揮涕罷歸隱居安谷　朝

家徵以　禧陵參奉竟不就惜乎無嗣只有一壻

晉興君柳宣而判書柳儼承旨柳健其外曾孫

幼學魏廷鳴字叔謙號磻溪懷州人忠烈公繼廷後

發大小十三辭丁昏朝廢寧業甲子适亂兄身倡

募義穀丁卯虜變興伯仲兄應號召使沙溪金先

生檄至全州而還及是難聞　大駕播越兄㢸席

纂露慶日夜揮泣見義檄而起

　海南都有司

生員白尚賓字景揚号玉川水原人玉峯光勳孫松

生員丁南一字道謙蹄松隱靈光人麗朝死節臣靈

城君贊九代孫嶺南義兵將光國宣武功臣蹄盤

谷景達孫昏朝托盲節士慶尚都事蹄霽巖鳴說

子天性純粹孝友隆篤甲子變奉壽巖公倡義丙

子聞 大駕播越誓死奮昌袂而起曰竭誠報 國

吾家世業應乎丁雲巖搬到清州聞講和痛笑而歸

孫天姿忠孝雅性忼慨早廢擧業砥礪節行丙子

幼學金礭字礭黙清風人月川君諡文平吉通六代

亂聞 大駕去邠與同鄉丁魏兩益各自擔裝冒

進士金銑_{舊本誤作鉄}字汝潤號南澗系出金海縣監希

說于氣稟沉重飭躬慎密孝友信睦接物和順雖

與眾同塵皮裹春秋凜然若嘉言善行具載山陽

五賢錄當丙子亂先推安牛山邦俊為帥倡義募

兵而公主軍中都任及見諸公檄文愈增慷慨忘

身同赴　崇禎癸巳生戊戌卒

安厚之

李宗臣

李敏臣

薫成立　殘舊本誤作來

興倡義諸公同謀勤　王到淸州聞講和罷兵

寶城都有司

直長朴春秀字意寶自號我誰珍原人直提學熙中

之後也祖竹川光前壬辰倭亂為義將父晚圃根

孝丁酉倡義公學承家庭志專忠孝　天啓壬戌

薦　除直長丁卯中進士及當是亂一遵前烈斜

合兵粮謀畫得宜忽聞和成便決踏海齋志而終

顯廟己亥　褒贈參議世稱三代倡義家

朴顯仁 顯成云弘成云 末詳孰是

住況

進士裕吉身也器宇宏豁行誼敦重能文章累中

鄉解　萬曆丁酉亂爲本邑守城將勒軍嚴防使

倭賊不得鈔掠收捧邑中稅米運納于龍灣行

在所特蒙　嘉獎及是亂興倡義諸公戮力勤

王行到清州聞講和北向四拜慟哭罷歸

幼學丁煥字子章系出靈光灵城君贊之後不憂軒

克仁之八世孫郡守弘祿之子也魯祖神兵使傑當

壬辰幸州之戰以忠清水使立大功戰船板屋及

鐵蒺火箭等軍器皆其所剏所向克捷倭人震怖

至呼名以相驚公生而卓犖人稱有祖風及是亂

感适夔倡義難平辭切不居丙亂雪涕露霑日

主上蒙塵遑敢室廬召募西赴聞講和灑泣而還

興陽都有司

判官丁運隆字而會系出靈光靈城君賛之後不憂

軒克仁之七世孫監察浩之子　萬曆乙亥生高

行誼能文章丁酉倭亂與兄孤舟運熙將舉義討

賊賊得其檄文以千金購之事遂求集常以憤悅

及是亂與倡義諸公同謀　勤王至清州聞講和

罷兵　崇禎後戊子終壽七十四

幼學宋裕問字問甫號漁隱系出南陽忠順備琦子

以禮朔望必薦酒果乙酉中生員丙子乱見李雲

巖義檄與族兄之儁同聲倡起至清州聞講和罷

歸謝絕世事逍遙白鵝山下以終老丙申卒

樂安都有司

柳滉無後

李淳無後

幼學李純一字誠之光山人　英廟朝提學封慶昌

君先齊五世孫考灌逮巳丑讁址關赦還遇害倭

賊公甫七齡紫豎過歲人爲父死北平生夜不閉

北窓人稱北窓先生母病劚禱先靈得甦人謂孝

資多所規畫成罷歸仍廢科第于赤壁癸卯卒

典籍河潤九字汝沃號錦沙晉陽人元正公楫後大

司諫潔八世孫父參軍大豹壬辰勤龍灣獻策督

運糧勝捷　天狩移咨　宣廟嘉獎公生　隆慶

庚午從鄭寒岡李月沙學庚戌進士乙卯斥館凶

疏佐大倫詩癸酉登第乙亥拜栗峯察訪丙子遞

典籍是難赴義媾成不復仕作去邪歎憶青幛詩

生員丁好敏字士明昌原人昌原君寬十世孫昌陵

君元景九世孫判決事仁禮八世孫　萬曆戊戌

生姿稟純粹博學多識事親以孝役廬墓祭祀

工曹判書信佐八世孫生員延彦魯孫處士慶成

子公生　萬曆癸未稟性強毅早承庭訓孝友支

行著稱當世是乱見李雲巖撤興鄉隣同志倡義

赴難至清州聞嬪成痛哭而歸仍廢擧業逍遙林

泉卒于戊子

幼學丁之雋字子雄號赤松昌原人祖進士巖壽踣

滄浪以孝旋閭汝立逆變抗疏治其黨壬辰倭亂

從高霽峯舉義考主簿有成亦以倭亂時給餉功

贈工議公生於壬辰孝友忠信卓犖寬毅至是

募義衆危懼公曰　君父危急臣當效死選兵治

丙子亂終日磨短劒曰吾有死慮章甫舉義曰召
募以誠庶幾效力中道罷歸杜門謝世天爵以終
通德即崔鳴渲字巨源海州人文憲公冲後壬辰亂
倡義招討使行持平蹻竹隱弘載孫　萬曆丁未
生氣宇英俊神采灑落孝友出天節義卓異沂川
洪相公命夏甚敬重之嘗曰南中師表崔公是耳
丙子以後絕意世事杜門不出專心讀書　崇禎
庚寅卒于家
同福都有司
幼學全宗智字國寶光山人文蕭公周鼎十二世孫

監後曹燧字晦而号九峯昌寧人郡守景中孫　天
啓甲子中進士丙子後廢擧隱居性至孝兩親喪
皆盧墓六年與安牛山為道義交嘗咏燕京白菊
詩曰海内烟花非故國爲憐名帶舊燕京手抄綱
目卷末書古詩曰醉後獨知發甲子病中猶作晉
春秋以寄意後以閔老峯薦　　除繕工監役不就
幼學林時泰字　　　進士繪五代孫八歲當父病醫
括飲血當母病又醫指入學讀到求忠臣於孝子
之門擧扇擊案扇柄破盡當書忠孝字附四壁人
贈瀟湘八景笑天以無空壁辭只觀忠臣義士文集

丙辰生性至孝內外艱六年廬墓哀毀踰禮亦以

文藝鳴世累墾不中丙丁以後絕意赴舉號聽溪

乙卯卒于家

和順都有司

鑫奉曹守誠字孝伯昌寧人號清江玉川君恰後父

縣監閣中丙午生員好學力行安牛山推以師世

丁酉亂陪母八島遇颶幾覆舟慷慨曰雖以老母

不死國死於颶恨梁智容同舟後稱兩子倡義我先

驗於是倡義日夜點閱廢寢食地主柳營數草野

如是食祿愧死丁丑金槃薦　除獻陵叅奉不就

高爹待之慷慨有志節丙子遊太學其令奴首之

亂欲陪 聖廟位版入江華為掌務官等櫃所沮

仍南歸稟安先生周旋舉義諸節師孫松戊寅卒

幼學文仁克字榮叔始祖多酉隆于南平長者池上

曰以南平為貫公稟性英邁連三代孝行 除授

高魯祖之孫也平生氣節多有壓勝之道具衣冠

正坐則子弟不敢仰視婢僕亦不敢直步或作邑

行乘暮歸時則夜又數十蕈自中路藝炬護送如

是者數矣丙丁後以 國恥未雪千古齎恨

幼學魏弘源字子潤懷州人縣監天佑之子 萬曆

光海壬子司馬遊國庠戊午後見倫紀日非枕葦

表徽遂還專心講究癸亥改壬薦授齋郎不就

丙子亂到清州聞和感慟哭而歸經籍自娛書

崇禎二字於座右時時涕泣以拜世稱瑰亭遯人

綾州都有司

幼學梁悀容字汝恭端七松系出耽羅學圖彭孫曾

孫　萬曆巳丑生火有志節講究學問行誼篤實

累被鄉薦文藝筆法不鳴于世丁丑卒于家

生員朱瞱字晦之　萬曆丙申生　崇禎癸酉中生

員尤庵先生榜下受業于牛山安先生常以

除

厚陵蔘奉丙子以後杜門廢墾婆娑林泉以

終其身

忠義尹倫字子郁號藍川坡平人佐 命功臣領議

政坤八世孫右議政垠六世孫直長廷勳子萬

曆甲申生性孝友六年盧墓群從同室累被繡薦

毋八銓剡蔭補忠義備父壬辰亂扈 駕錄宣武

功公常曰忠烈吾家青氈至丙子應撤而起 孝

廟辛卯終

進士洪南甲字斗元豊山人十二歲遭壬辰亂奉親

避匿賊至將加刃輒以身蔽乞親命賊奇而盡釋

年登第官至佐郎壬辰乱叔父時望勤

錄勲從兄希立馬賊殉節公之赴難盖得扵家庭

叅奉徐晉朔字聖求利川人　贈判書孝堂六世孫

處士玘子　萬曆辛卯生丁巳中司馬性至孝老

峯閣公以御史薦公至行自禮曹奉　教賜米肉

慷慨有氣節丙子亂後有詩曰東海愧無蹈死者

強携盂酒慰幾喉其悲憤之發於吟咏類如是有

子鳳翎克趾嚴義以學行薦　除叅奉鄉人立祠

叅奉徐莃字　利川人　贈判書孝堂五世孫縣

監祥之孫　萬曆癸巳生以文藝行誼見稱薦

虔六世孫德城君進曾孫　贈工曹叅議孝坊子

志存韜晦沉潛經學甞夢有詩曰子丑年間時大

亂　聖君車駕向何之莫言今日身無用百發烏

沆手自持丁卯亂沙溪金先生為歸召使公以擧

義有司募聚兵粮講和後扈　鶴駕祗送于礪山

南平都有司

佐郎崔身獻字士泌号懶齋江華人平章後監察

星望于光海朝赴會圍見時事大非抱卷徑歸逢

一(布衣略述)已意　仁廟朝延平李相訪公邸舍

乃前日布衣執手數日世昏則退時清則進真烈

馬時：國有內難若狩滉馬不應榜而歸仍廢科
築室先塋下於馬棲息甲子乱以募義有司兵粮
既聚聞賊平乃止高晴沙製其序无庵累薦不起

幼學朴晉燧字交益號禿翁竹山人開　國切臣右
議政求忠十世孫吏書判書文正公元貞八世孫
壬辰乱白衣起從平市直長蹄竹林處士璟孫天
性頴悟年纔三歲能知文字直長公指飛鷹曰彼
似何物對曰如十字人皆奇之孝友純至人無間
言南丁以後退守幽貞杜門謝世

幼學奇義獻字士直端豪隱幸州人清白吏貞武公

以後絶意擧業號七拙翁　崔頔甲午考終于家

別提李鼎泰字公寶号野隱永川人麗季大提學釋

之九世孫我　朝直提學安直八世孫副提學宗

俛七世孫少遊鄭畸翁弘滇門甚器重之丁卯亂

沙溪金先生為踊召使公以舉義有司扈　鶴駕

全州講和後祗送礪山秋中司馬兩試官別提在

官聞親病歸中道奔喪自是無意仕宦逍遙林泉

進士李昌新字彛之號默隱永川人麗季大提學釋

之九世孫我　朝直提學安直八世孫副提學宗

俛七世孫以文章行誼著名　仁廟朝丁巳中司

政府右贊成　謚文蕭公錫命七世孫生　萬曆日

戊申二十中司馬兩試自幼有出天孝考參議公

遇賊被害公時在他昕不及冒刃廬心六載跟尋

譬賊盡誅其黨人服誠孝丙丁後絕意蟹業專心

實學號石村　崇禎丁酉辛閭相公鎮厚撰行錄

進士朴昌禹字拜言平陽人集賢殿大提學

政府右贊成　謚文蕭公錫命八世孫嘉靖大夫　贈議

同知義寧府事叔善六世孫通訓大夫監浦縣監

義孫玄孫生　萬曆庚子自少孝友出天清儉自

持文藝氣節為世所推登　天啓甲子司馬丙丁

朝廢科自靖丁卯亂以擧義有司扈　東殿于全

州議和後祇送于礪山自後杜門謝世逍遙林泉

號丹丘子

蔡奉朴忠齋字孝源號鏡巖咸陽人　侍講院輔德

以寬玄孫遊表叔孝烈公高後厚門公甚器重庚

戌中司馬文章節行望重一世疇翁鄭公玅溟薦

授　顯陵蔡奉不就甲子乱以召募都有司募兵

穀事在甲子義錄丁卯亂號召使沙溪金先生以

公為召募有司扈　東宮全州聞議和祇送礪山

進士朴忠挺字秀夫平陽人集賢殿大提學　贈議

稱南州高士丁丑卒

幼學高傅敏字務叔號灘隱長興人巳卯名賢刑書
佐郎　贈叅判雲玄孫廣州牧使敬祖孫壬辰宣
武原從切臣益山郡守　贈叅議號竹村成厚子
遊姜驕隱流門交章行檢爲世眄推丁卯亂号召
使沙溪金先生以公爲召募有司扈　東宮全州
賊退扈至礪山而還丙丁以後杜門屏跡
進士朴琮字子義竹山人吏曺判書文正公元貞六
世孫弘文館修撰嶙孫禮賓寺正應鉉子早遊沙
溪金先生門研究經學雅尚節義乙卯中司馬昏

公補八世孫　贈戶曹叅判金城君　對玄孫全州

府尹楫曾孫文章節行早著當世甲子适變應募

義都有司丁卯亂為募兵都有司與号召使沙溪

先生尾　東殿全州聞講和祗送碣山豊山金應

祖祭公六云湖南多豪傑士公其第一流奇男子

叅奉高傳立字君誨長興人孝烈公従厚長子忠烈

公壽峯先生敬命孫生於　萬曆丁亥孝烈公以

復讐将守晉州及城陷赴南江而死遺骸未收公

以此為至痛常以罪人自處著蕨陽子居側陋室

能文章終身不赴舉　除　慶基殿叅奉不就世

罵賊不屈俱罹鋒刃于果川亂已公始克葬于果

之霜草洞丁卯亂公召募兵粮事在光山義錄公

痛父兄非命終身自廢拜官不就菲食麤衣以終

縣監鄭敏求字景達歷黙齋瑞山人清白吏戶判洞

六世孫校理希廉孫東溪處士隲子奉承家訓不

事舉業事親孝以　宣廟屁聖功補兵曹屬即得

闕軍千人又遷都監郎司憲監察昏朝棄歸改

王除庇安丁卯亂踽召使沙溪金先生以公為召

募有司尾橐宮于全州賊退祗送礪山而歸

進士李德養字仲潤號梅軒全州人孝寧大君靖孝

358

光州都有司

泰奉柳坪字和甫號松庵瑞山人吏判文靖公諱樺

亭伯濡七世孫府使號雪江泗孫遊沙溪門有文

章節行事親至孝值昏朝廢舉癸亥改　玉始司

馬適乱以義募都有司募兵穀適誅納穀于方伯

丁卯亂沙溪為師召使以公召募有司虛　東宮

于全州至礪山還至曰延文倡義罷歸後作詩杜門

別提申渾字子混號靜友堂高靈人大司諫號歸來

亭末舟五世孫吏曹判書號伊溪公濟曾孫考教

官應河當壬辰亂與子進士渤進士昊字在員潔

玄孫考恪適亂應召募都有司公 萬曆丙戌生

早工詩無文章 仁祖朝再中進士或拔榜或罷

榜自此歸命崎嶇廢舉藏修丙子後加意絕世以

講論吟詠自娛 孝廟朝職中樞已酉終

生員吳以斗字達伯系出羅州羅城君自治五世孫

內翰希道長子生于 萬曆丙午天賀果毅氣節

慷慨議論英發早負重望癸酉中生員當是亂典

曹博士琛發通隣近聚義兵數百收軍糧八十石

雲巖李公撤文來到遂與合議并力同赴興本道

方伯李公有毋三徙復書辛巳卒

酉生事親孝斷指得蘇與鄭畸翁弘湜吳翰林希

道相善戊午中司馬和畸翁劒字詩細研清樽仍

說劒黃河可倒碧山傾自號鏡塘甲申卒

進士安處恭字敬夫號西湖竹山人進士号月軒命

山五世孫參奉軸玄孫　萬曆丙子生性質純厚

孝友蕭全鄭畸翁甞曰安某學力至精中丙午司

馬作亭於后山湖水之陽不求聞達逍遙山水年

逾七旬卒

中樞南以寧字幼安號黿巖宜寧人沙川伯乙珍八

世孫直提學踊知　止堂褒五世孫南臺掌令廷緒

進士玄績字公懋號鱧翁延州人麗朝尚書德秀之

後司諫思義八世孫　萬曆甲寅生受業于疇翁

鄭公文章早歲丁卯中進士一等壬寅卒

主簿梁千運字士亨號灜洲系出耽羅縣監鼓巖子

嚴子蕭灑處士山甫孫中　萬曆庚寅進士受業

於牛溪先生孝友純篤壬辰亂鼓巖公老病命公

資兵粮助高霽峯軍訣以父子同裏幽明恊力之

語高公惘其無兄身強使歸養　仁廟癸亥以篤

行　除童蒙教官知司瞻主簿丙子後杜門謝世

進士李重謙字德容水原人主簿光弼孫　萬曆癸

數竹孫立子　萬曆丁亥生 壬子中司馬 崇禎

戊辰登文科至博士性至孝常有憂國愛君之心

至是與進士吳以斗聚義兵收軍粮之際雲巖李

公撤文來到遂興并力周旋丁丑三月卒

奉事柳東紀字善卿文化人　中廟朝名賢典翰沃

玄孫奉事滇子生　萬曆庚寅自少有忠義志丁

卯進士是乱雲巖李公以公為都有司公時在京

公之子判官倪寧家丁數十行收兵到清州聞講

和罷兵尋公於京聞公還鄉閉夜歸省公以忠孝

興家子稱之戊寅薦拜參奉轉為奉事丙戌卒

青蛇吼匣霜鋩露細想陰山雪後程因無意世事

築亭於合江上琴酒自娛丁巳卒

昌平都有司

主簿南懷宇仲漈號聽竹宜寧人沙川伯乙珍七世

孫直提學蹄知 止堂褒玄孫南臺掌令廷縉曾孫

燊奉景掊子 萬曆乙亥生天姿忠厚簡重素痛

早孤至老靡鮮愛眾弟督課無怠一世韙之 宣

廟朝中司馬筮仕至主簿昏朝退歸不復仕進丙

子後杜門絕世講究經旨 孝宗庚寅卒

傅士曹瑝字子長昌寧人 贈燊議光福孫牧使蒂

踰海賊義而擇之事 聞奎閒

進士金弘緒字緒甫慶州人新羅敬順王之後我

朝判書冲漢八世孫咸均生員克修子天質剛明

處事果斷篤學安貧孝友出天躬行節儉未嘗言

人之過文章德行見重士林丙子以後無意世事

潛名自老焉

進士鄭雲鵬字摶仲端北滇草溪人麗朝光儒侯倍

傑之後掌令寅孫生於 萬曆乙卯年二十一乙

亥中司馬文章筆法俱名于世丙子亂罷兵還歸

吟詩一絕曰有客臨風氣不平塞雲秋色曉層城

立子生崇禎巳丑乙卯中司馬天性純孝日事

奉養隱居獨善　仁廟朝鄭畸翁弘濱薦以遺逸

除章陵系奉士忱養親浩然棄歸畸翁有別詩

云黃冠返璧投綬彩服趨庭慰倚閭歸家勤養

且講經學怡然無仕宦之意

孝子許廷亮字子善泰仁人持平斯文之七世孫

仁廟朝定社切臣之熙子七歲遭倭亂父幾被賊

害公曰刃盡藏願以身代賊感而不傷書公背曰

此孝子後來者勿害後賊見而稱奇釋去海南船

頭公告父曰忍棄家邦越彼異域以死自誓狩欽

勤於教誨邑化俗善其死門人服喪從葬者百餘

人人皆歎艷師喪之禮三代以後今始復見此誠

稀有之事宜有令典　孝廟嘉歎　贈司憲府特

平達祠金堤郡

玉果都有司

幼學梁山益宇　南原人資禀特異早知百行之

源孝父母友兄弟勇力兼人氣像抑抑醇厚有大

度無疾言遽色喜怒不形於外睦婣親信鄉里敦

朴飭躬未嘗言人之過與妻娚許廷亮應此舉

泰奉許暹字明遠泰仁人持平斯文七世孫都事之

任昉

前察訪柳楫字用汝文化人沙溪金先生門人以文
章德行著於斯文號白石以禁府都事　王子師
傅侍講院諮議累有召　命皆不就丁卯虜變老
先生為訕召使召致幕下咨以籌策事見老庵先
生所製碑銘暮年築室山谷安貧樂道以開進後
學為已任學徒多從生于　萬曆乙酉卒于　孝
廟辛卯始卒道臣以　聞命給弊需自病時至葬
門人泯俗吏胥不肉采集者甚多老峯閔公廉問
本道還朝　啓曰故諮議柳楫以學行望重士林

鼎之孫孝子山軸之子孝子公當壬辰亂與其兄
生貢公山龍承吉公山璹倡義赴江都承吉公以
忠殉節建祠旌閭生員公孝子公以孝殉節俱擢
閭公生　萬曆戊戌甲子乱爲義穀都有司忠勤
斡局人莫不服癸酉中司馬兩試一等文科第二
一月之內連貫三場人望洽然選翰林丙子北虜
八寇公奮勵起義寧八壯士以爲勤　王之計到
詩山感吟曰平戎　無策有長纓擊劍中宵氣不平
遙憐南漢山頭月照得孤臣一片誠與李雲嚴諸
公募義赴　難終始周旋官至應教辛卯率于清風

時鄭太和以元帥從事撰保安處馳抵淳邑三更
夜驚大作皆震慄請避公堅卧不起俄乃自安鄭
服其量　仁廟升遐因山後以病辭歸連有進善
掌令之　命皆不就戊冬卒于家　賜祭春秋
館進祭文　上以文不稱實三改用之公嘗曰人有
病則求治心有病不治深可痛也曰名其堂曰砭
齋公没之明年士抹俎豆之議大起辛丑奉安于
露峯書院考未能齊其享於一堂兄判書公亦事
于芳山書院
前翰林梁曼容字長卿躃攄梧瀛洲人松川先生

叅賛潁孫校理號末能齋尚重子俊彩英睿年甫

十一天将望見於講武稠人之中竒其儀表逈埋

厚贈曰此誠天下竒男中國所罕見也中已酉司

馬廢朝政亂以危邦不入之意告于偏親長徃卜

集頭流漁釣避禍癸亥改　玉以遺逸連有職名

以麟坪大君師傅始講之日置書案請師進坐公

以師無徃教之義稟于　上上大以為可卽令陞

正永爲定式講論語大君聞後庭鶴喚目不在書

公引奕秋鴻鵠之說而警之種胡椒於階遽報生

芽公引壽經庸慎之訓而戒之丙子冬公守淳昌

氏北首慚笑而還於薪臺舊舍躬治田園爲養母
夫人慷慨在詩曰中原自無主何處見皇威河北
風塵暗江南羽檄稀當年交物地此日戰爭議永
負尊闈義西歸淚滿衣對客酬酢語及丙丁輒流
涕焉貨毛物未嘗加體　朝家以鶉醬獻納梁昭
不起作躍東海疏辭義凜然嘗畜一犬名曰延汙
對客呼犬田汝何以殺汙太即張目踊躍取未嚼
翠申公鏐見而異之公壬寅辛亥以孝友贈
都承旨乙丑以忠孝節義　命廷間立祠西山
淳昌縣藍雀巖家輝叔系出寧城文靖公恒七世孫

翰薦出爲大同察訪嘗與方伯諸員奉審箕子殿
方伯以下毋拜公獨不拜方伯詰其故公曰拜者
有拜者之心不拜者有不拜者之心盖非其白馬
朝周之意也是年冬清兵猝至南漢受圍公方以
觀在王果伯氏任所無路還官與伯氏及同志移
檄倡義與本道諸邑有司斜聚義旅於礪山進與
義將鄭公及方伯李公合兵至清州賊陣甚逼軍
情洶〻監司及義將購覘賊而莫有應者公挺
身詣往陝山俯瞰率遇賊軍舊劍一喝而擊走之
追斬九首而還士氣增倍俄聞南漢出城公與伯

備禮盧墓三年公生於　萬曆庚子卒於　顯廟

壬子全州任實玉果等邑各服享之今　上朝褒

公節孝　贈吏曹叅議又　命莅閭俞相公拓基

撰墓銘

大同察訪李起浡字沛燕號西歸即雲巖公之仲弟

萬曆壬寅生八歲受讀詩傳至檜風誰將西歸懷

之好音之句慨然泣曰周　天子之國而其衰微如

此可不悲乎人異之　仁廟甲子公兄身三人俱

中司馬居泮公與伯季氏抗疏請斬虜使函送

天朝一國義之丁卯公與季氏聯捷登第丙子以

山公以從事官專管軍兵行到清州聞已講和與

西歸公握手慟笑決意共遯賦詩見志云　天朝

猶我祖聖主卽吾親已有人倫定何難處此身又

云春光霽遂腥塵變山色還同去歲新疫馬獨尋

江上路　大明天地釣漁身逐八雲巖山中終身

不出屢有臺省之　命一不就每語丙丁時事輒

流涕至老坐不向西物之自雪中來者雖袭帽之

屬絶不近身遺命只以王果縣監題主盖以　教

旨書　崇禎此王果也公无篤孝友其丁外憂幼

而能致哀毀柴滅性及遭內艱年過六旬而執喪

倡義諸公事實

玉果縣監李興浡字油然號蹄雲嚴韓山人牧隱先生

稿之後進士克誠之子公天姿清粹志操端礭早

孤力學文章振世　仁廟甲子興二兄同登司馬

遊泮宮士友推重之丙寅虜使至公倡議與二兄

及同館十餘人上章言虜方匪茹大邦在我義不

可交請斬虜价函首送　天朝僻意凛然一世譁

之戊辰登文科丙子冬虜又大寇時公守玉果聞

南漢圍急與第西歸舍起浡及同志數三公共謀

奉義手草檄文編論諭道內與諸邑有同會眾手碼

運計料錢乎風勢不順俸有遲緩之弊是乎所竭力陸

運趂時上納則便當是乎二十石以牒呈如為乎有節一

依道行下船運次以校生等叱分募合米三十七石一

斗乙船隻以時方載運為旀

右牒呈　募義廳

崇禎十年正月十三日都有司鄭橚　鄭橚

題辭　都元帥及南北兵已到京城南漢北門屯賊

乙襲擊大破賊勢摧挫勦滅可期即今寧萬

分繁憂義旅義粟不可小緩斯速發送運輸

俾無事過未及之悔事

崇禎十年正月初九日都有司前縣監李喜熊 効

學李敬謙　李垁　宋軾　李垚　金礎 生

員姜時億　丁名國　幼學金尚敬　姜時萬

姜時健　李暉

題辭　來到軍丁十二名段點送軍前果在又有隨

後加襄募送之報為　國急難之意誠可嘉

歎 是在 這這募得馳報事

咸平義廳都有司為急急馳報事本縣義旅裝束發

程後馳報次以未及歲冊上送 是如 今月十五日義

旅校生十二名發送 旅 是乎 當初義糧馳報時優數給

崇禎十年正月初七日酉時都有司進士金鍊之

尹績　幼學尹善繼

題辭　到付景爲　在義粮收聚後牒報爲義旅斯速科

合刻　日上送以爲合勢進擊事

靈光都有司爲文報事本縣義廳召募義旅爲乎勒

定爲難乙仍取其奮義我應募者十二人先爲上送乎旀

其中金慶伯以定將領去爲去乎此後連爲召募計

科旀爲乎義粮段一百石納上次以今月初六日爲先

船運爲臥乎事

右牒呈　募義廳

至三十名都有司不為盡心之狀誠極未便

斯速加數募兵裝束起送事

海南都有司為文報事　國事至此罔極慟哭之外

更何喜焉本縣士民等聞變之初即為收募兵糧則

糧米四十餘石軍器長箭二十部長槍二十柄等

已為措辦而今方這這募聚於乎義兵段亦為募召

星火催督為在大縣義兵糧措辦形止魯於本縣

撥撥文牒中枚報于都差使員前如本縣士民等

兵糧措為緣由　馳報為卧事

右牒呈　募義廳

齋有司朴哥琥　曹添　柳汝楷　禰之卷

題辭　到付

順天都有司為發送事本府所募義兵三十名有司

一人　行軍日　領送　願納戰馬一匹及所募

義粮缺一石成册上送　事

右牒呈　募義廳

崇禎十年正月初六日都有司前經歷安瑢　進士

趙時一（趙時述）　幼學金廷斗

題辭

義兵戰馬及義粮點送軍前為　在本府素以

湖南莫大之邑當此同揆之日所得戰車僅

別定有司四人多般召募而無應募者故只得五六

人將為起送時方盡心募得而軍糧二十餘石收合

今將輸送事

右牒呈　募義廳

崇禎九年十二月三十日都有司趙克詢　崔敬行

金地文　金地英　朴光亨　金地西

高敞都有司為起送事本縣募兵七名募粟十八石

成冊上送　為卧乎事

右牒呈　募義廳

崇禎十年正月初五日都有司抑東輝　抑鐵堅

無錄

同福縣募義都有司為馳報事當此　君父危急之
日為臣子者固當慷慨赴難與我列邑奮舊義之士義
力滅賊而本邑衰獎不成邑樣人民鮮小物力板蕩
義旅段招募僅得儒生六人處冊一時起送為義布
四十疋以補軍需次以不日內上納計料為㫖

右牒呈　募義廳

崇禎十年正月二十日都有司河▨署金▨署丁▨署丁

題辭　到付

古阜都有司為馳報事伏見通文无不勝慷慨鄙邑

待貴陣鎮定軍情斯速赴難以樹不世之勳母貽事

過之悔事

募義廳從事官

光州義兵廳有司為文報事本廳收合弓箭赴敵軍

分給後餘箭十六部乙 募義廳納上 考捧

右牒呈　募義廳

崇禎十年正月二十四日有司申　署著　奇　著　署

題辭　長箭十五部二十九箇捧上碼山雷置到付

安南傑交子弓二丁長箭一部納上內一箇

384

碼山募義廳從事官為回答事今到貴陣移文內行
到奓仁目道路訛傳驚動軍情似難鎮定為去探知是
賊情次以馳報為去從實題送以鎮軍情事移文直是
相考于有其為　國致死之義誰不嘉歎
領率上去卧手所如為　貴州牌文則既已召募義旅拜將
今見移文則已到近境无切頤望道路訛傳不過逃
軍潰卒之做旅而目此驚疑不即前進不可使聞於
他將况南北軍都副元帥兵已到南漢之下北門屯
賊夜擊大破愈不岭東岭南兩湖官軍及統制使精
砲數千一時齊進期以合勢等為去　觧圍之期指日可

一今番之變非如甲子丁卯之比不可一刻留滯蹤
夜上來事

一今番募義非之前日鄉曲自相糾合乃是　有旨內
事事明去　為臣民者不可慢忽或遷延等待坐失期
會則後　君之罪終必難免各別惕念舉行事

一列邑都有司牧合形止為先馳通事

一軍中時急者莫如粮餉各邑境內家計富足者則
送事

或百石或十石或數三石各隨其力為先成冊上

文狀

一鄉校書院司馬齋有司則雖非通文中所書之人

亦當無遺齊會措辦事

一此時更無他條出軍之路前街進士忠義校生品

官中年少可合人則自當裝束馳赴其餘老殘不

合從軍者或代奴或運粮或以軍器或以戰馬從

自願募聚事

一所募軍兵粮餉軍器戰馬勿拘多少隨其所得都

有司一人這這寧領上來交付于本廳事

一各邑境內大小人員中如有勇力絕倫計慮稍優

者則為先姓名成冊裝束治送事

長興都有司丁南一　金礭　魏廷鳴

海南都有司白尚實　白尚賢　尹唯翼　尹善繼

尹仁美　尹績

珍島都有司校執綱　雷鄉所

此亦中囚晝夜次次飛傳無帶一刻矣為乎本邑都

有司或在遠地若必通諭後傳送他邑則必有遲

滯時刻之患置各其官鄉所時刻書塡書姓著名

急急傳送一邊通諭一鄉使之一時齊會終到官

則元通囿晝夜還送以為考慢之地為齊

同福都有司金宗智　丁之雋　河潤九　丁好敏

騎到都有司曹著署　十二月二十八日亥

樂安都有司李淳　柳潟　李純一

騎到都有司丁著署　十二月二十九日申

興陽都有司丁運隆　宋裕問　丁煥

寶城都有司朴春秀　朴顯仁　任況　金鉄安
厚之　李宗臣　李敏臣　廩來立

十二月三十日　到

光州都有司抴枰

以斗 十二月二十七日亥時到都有司吳著署

申渾　鄭敏求　李德養　高

傅立　高傅敏　朴琮　朴忠廉　朴

忠挺　朴昌禹　李鼎耉　李昂新　十二月二十七日

朴晉佖　奇義獻　到座首金著署

南平都有司崔身獻　徐晉明　徐荇　尹俊　洪

南甲　時到義有司抴卸著署　十二月二十八日乙

綾州都有司梁悌容　朱燁　文仁克　魏弘遠源改

十二月二十六日酉時到坐首文著署

和順都有司曹守誠　曹燦　林時泰　崔鳴海

時到坐首文著署

觀望越視秦瘠則非但前日忠烈之風掃地盡矣且

將得罪於倫紀不容於邦國書到無淹晷刻無相推

調悏心一力共濟國難不勝幸甚

崇禎九年十二月二十五日　王果縣監李興渟

大同寨訪李起渟　淳昌縣監崔縕　前翰林梁曼

容　前寨訪柳楫

玉果都有司梁山益　許暹　許廷亮　金弘緒

鄭雲鵬　十二月二十七日　齿座首許着署

昌平都有司南燧　曹璲　柳東紀　玄績　梁千

運　李重謙　安處恭　南以寧　吳

國運不幸奴賊逼京　大駕移駐孤城賊兵合圍道路阻絕歸令不通存亡之機決於呼吸言念及此五肉如焚主辱臣死古今通誼凡有血氣者固當忘身赴難而惟我湖南素稱忠義之邦魯在壬辰義烈已著況此君父在圍之日乎即者　通諭教書目圍中出來無非哀痛之語其責望於道內士民至深切矣讀來不覺失聲慟笑求死而不得也惟願諸君子各自奮勵投袂而起糾合同志資助兵糧剋期齊會于碼山郡期以一心赴敵以救　君父之急如或遲回

湖南倡義錄

392

深以和事為恥者久矣況今君父危迫之禍至於此
極此正忠臣義士捐軀報國之秋也噫予惟智不能
明仁不能博以負甫士民則有之矣今茲禍亂之作
非有所自取徒以不忍背君臣大義也此心此義通
天下上下爾亦安忍恝然於君父之義不救予之急
難哉宜力奮智力或糾合義旅或資助軍粮器械奮
勇北首廓清大亂扶植綱常樹立勳名豈不快哉故
茲教示想宜知悉
崇禎九年十二月十九日

教文：

王若曰我國臣事 天朝二百年于茲 皇朝覆育之
恩至于壬辰而極此萬古不可渝之大義也一自西
虜猾夏我國義在同仇丁卯之變出於猝迫上奏
天朝權許羈縻者只為保全一國生靈之命故也今
者此虜至稱僭蹄要我通議耳不忍聞口不忍說不
計疆埸顯斥其史只為扶植萬古君臣之義故也子
之終始為生民為 天朝者昭如日星此皆一國士
民所共悉伊虜肆虐輕兵乘突予出駐南漢期以死
守存亡之勢決於呼吸爾士民等同受 天朝恩澤

崇禎丙子十二月　日奴賊直犯京城

仁祖大王入南漢　中殿率世子及嬪宮入江都

虜騎圍南漢數重危急之勢迫在朝夕府尹黃公

皓請募人潛出使督諸道兵於是　通諭教書自圍

中出來玉果縣監李公興浡大同察訪李公起浡淳

昌縣監崔公蘊前翰林梁公曼容前察訪柳公楫五

人發撥道內分定列邑募義都有司諸公一齊

響應募兵聚粮刻期都會于礪山行到清州聞江都

失守已成城下之盟諸公北向慟哭而歸

湖南倡義錄

此五邑有司之報牒茲募義一聽者與十二邑都有司

擧行形止不相緯繻故僅爲八録焉

一倡義諸公中或後裔彫滅文字無徵者闕註㵯

湖南倡義錄凡例終

湖南倡義録凡例

一奴賊入寇時倡義顛末略著卷首以備考覽

一倡義時凡干六蹟年久之後太半遺失只有 教
文一檄文一及列邑有司報牒略干編及諸公名
帖而已依此修正類甚草略觀者詳之

一倡義諸公姓諱既列於檄文中而又從紀傳例別
為列書於下揭其世德官爵及行實梗槩以備後
人之考覽

一丙子倡義則既是本事故示為疊錄於註脚中

一古阜高敞順天靈光咸平等邑雖無檄文可考商

安東金元行謹序

煌在天此豈偶然而然歟余既感

諸公風烈之如昨而崇禎之涓灘

適三回矣竊爲之俯仰流涕而

書于卷憶其必有知余之意也歟

崇禎紀元百三十七年季冬庚寅

400

之如彼而獨靳其筆法余知其

無是也雖然今玄丙子浸遠天

下不復知有　皇朝矣然則是錄者

雖不幸而不及於九翁而亦幸而出

於此時如長夜晦冥東方一星當煌

表章大義如吾祖文正公及三學
士諸賢詳矣至於砲手吏胥之賤
亦皆為之特書而公等之名不見于
其間豈兵未久而罷事蹟於晦
無能以告者歟不然以公等樹立

係心 天朝感憤激烈有匪風下

泉之遺音推其志即與日月爭

光可也雖功烈不得遂于一時其秉

義卓然品是暴於天下後世矣詎

不偉哉當公之世有尤齋宋先生

辛犯百萬不測之強虜不計其力
之強弱惟知死於 君父之為忠赴
白刃如鶩及其兵罷之日或入深山
或遯荒野多終身不出蓋省昔
人踰海之風今讀李公所為繫詩

馳雲合得兵累百人夜趣兵至淸

州而和事成矣遂相繼痛哭而散

嗟乎此數公者皆職早責徵其

餘則多布衣踈賤耳一朝倉卒

徒以忠義相感激提數百烏合之

詔激回方兵入救於是玉果縣監李

公興渤其爭察訪起渤淳昌縣

監崔公蘊前翰林梁公曼容前

察訪柳公楫聞 命悲憤立草

檄傳告列郡馳召同志十餘日中風

近從人家故紙中得其時往來公

帖印署如新遺跡爛然此不可使

之復泯顧吾子勗之噫余固靳之

信有是哉盖其時虜騎驟薄

王城 車駕入南漢 自圍中下

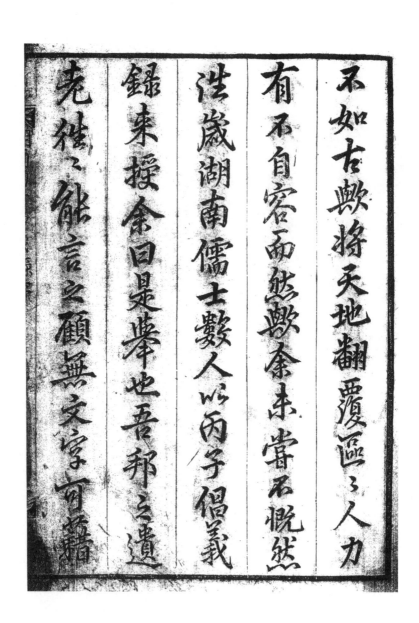

不如古歟將天地翻覆豈人力

有不自容而然歟余未嘗君慨然

洪歲湖南儒士數人以丙子倡義

錄來授余曰是舉也吾邦之遺

老猶乞能言之顧無文字可藉

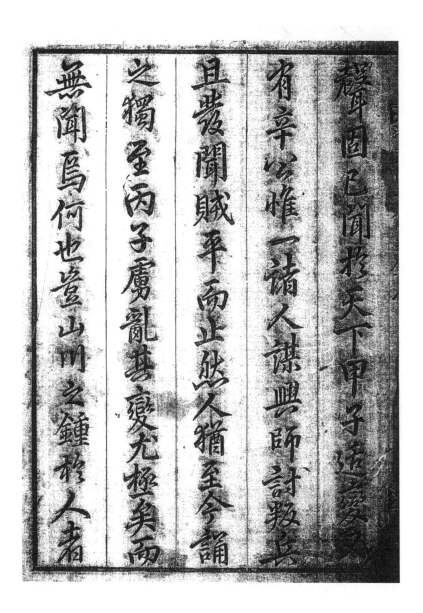

譬固已聞形矣下甲子遠逶迤愛

省辛公惟一諸人謀興師討叛兵

且曩聞賊平而止然久猶至今誦

之獨至丙子虜亂其寇尤極矣而

無聞焉何也登山川之鍾於人者

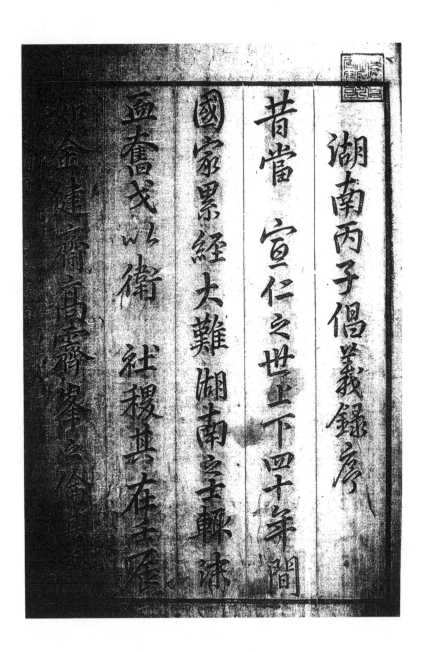

湖南丙子倡義錄序

昔當　宣仁之世上下四十年間

國家景經大難湖南之士輒涉

亟奮戈以衛　社稷其在壬歷

汝金建齋馮霽峯十之倫

≪호남병자창의록≫ 影印

초간본(1762년), 국립중앙도서관 소장본

여기서부터 영인본을 인쇄한 부분입니다.
이 부분부터 보시기 바랍니다.